조선 지식인의 서가를 탐하다

조선 지식인의 서가를 탐하다

김풍기 글

푸르메

책의 운명을 이야기하다

재미있는 책을 잡으면 시간 가는 줄 모르고 빠져들어 할머니의 걱정을 자아내던 어린 시절이 있었다. 아무것도 없는 시골에서 나는 다행히 근동의 학교 중에서는 제일 큰 도서관을 가진 학교에 다녔고, 그 도서관을 마음껏 이용할 수 있는 기회를 가졌다. 언제나 내 손에는 책이 들려 있었는데, 그런 모습은 할머니에게 자랑거리이면서도 근심거리였다. 날이 저물도록 손자가 돌아오지 않으면 할머니는 걱정스러운 나머지 손자를 찾아나섰고, 대부분의 경우 길모퉁이나 교실 한 귀퉁이에 쭈그리고 앉아 책을 읽고 있는 나를 발견하셨다. 그렇게 나는 책과 벗이 되었고, 지금도 소중한 벗으로 지낸다.

오랫동안 책을 벗 삼아 살아오면서 나는 늘 그 책의 생애가 궁금했다. 사람이나 다른 생물처럼, 나는 책에게도 그 나름의 운명이 있다고 믿는다. 부엌의 불쏘시개로 쓰일 책이 누군가의 눈에 띄어 극적으로 살아나는 경우도 있고, 추운 겨울밤 붕어빵을 포장하는 봉투로 사용되어 사라지는 책도 있다. 어떤 『춘향전』은 연구자의 서재에서 읽히지만 또 어떤 『춘향전』은 시골 사랑방에서 낭송된다. 똑같은 책인데도 오랜 세월을 살아남아 귀중본으로 대우를 받는 책이 있는가 하면 순식간에 잿더미로 변해 사라지는 것도 있다.

아무리 하찮게 보이는 책일지라도 그 책의 탄생에는 온갖 인연들이 오묘하게 얽혀 있다. 그것의 이면에 스며 있는 책의 이력은, 물론 누구에게나 읽히는 것은 아니다. 전문 연구자가 매일 보는 자신의 책이라 해도 그 책의 이력이나 운명이 한눈에 읽히는 것은 아니다. 그들이나 나나 모두 책을 귀하게 여기고 읽지만, 나는 책의 탄생과 소멸, 전승 과정에서 생겨난 여러 사연들이 언제나 궁금했다. 그런 마음으로 책을 읽노라면 누군가가 무심코 해놓은 낙서조차도 심상치 않게 보였다.

이런 과정들을 추적하면서, 책의 유통 과정 속에서 만들어지는 사유의 길을 따라가보고 싶었다. 한 시대를 이끄는 새로운 사유와 지식은 책의 유통과 관련이 있기 때문이다. 학파의 형성에는 언제나 그들이 공유하는 책이 있었을 것이다. 책의 운명이 인간의 운명을 만들어가는 현장이 나는 여전히 궁금하다.

'책에 대한 책'이라 할 수 있는 이 책 역시 많은 인연 속에서 탄생했다. 그 인연을 모두 열거할 수도 없는 일이지만, 그래도 잊혀지지 않는 인연들이 있다. 처음 계간지 『북 앤 이슈』에 연재되던 이 원고가 계속 이어질 수 있었던 것은 한국출판마케팅연구소 한기호 소장님의 제안 덕분이다. 원고의 많은 부분은 격주간지 『기획회의』에 연재되었던 글이다. 더욱이 이 원고가 푸르메에 정착한 것도 이 책의 운명이라면 운명이다. 그런 점에서 김이금 사장님과의 인연도 참 깊다. 책의 도판 자료를 도와주신 김남돈 선생님도, 원고의 곁을 기웃거리며 말을 걸어주던 보림과 용현 도반역시 이 책의 운명에 흔적을 만든 이들이다.

내 운명도 짐작하지 못하는 처지에 어찌 책의 운명을 이야기하랴만, 이 책이 언제까지 사람들의 벗으로 남아 있을지 자못 궁금하다. 이 책의 무병장수를 빈다.

2009년 9월 춘천에서
김풍기

차례

1부 소설의 별난 재미에 빠져들다

2부 시문을 통해 열어가는 새로운 사유의 세계

3부 조선의 서당에서는 무슨 책을 읽었을까

4부 중생의 삶을 벗어버리다

5부 조선과 중국의 관계를 엿보다

지식의 유통과 책의 문화사

책을 귀하게 여기는 마음

어릴 적 철 지난 잡지를 찢어서 딱지를 만들었다가 어른께 혼이 났던 적이 있다. 내용이 딱히 훌륭하거나 중요한 것도 아니었고 집안의 누군가가 늘상 펼쳐보던 책도 아니었다. 그냥 뒷방에 굴러다니던, 아무도 거들떠보지 않던 책이었다. 딱지 사건만 아니었다면 그 책의 존재조차 몰랐을 정도였다. 그런데 그 책을 뜯어서 만든 딱지 때문에 어른들의 꾸지람을 들은 것이다. 그따위 책이 무슨 대수란 말인가. 마음속에서는 불만이 들끓었지만 당시로서는 그냥 꾸중을 들을 수밖에 없었다.

세월이 흐르고, 여전히 책을 즐겨 읽으면서 책에 대한 내 시선은 점차 바뀌었다. 아무리 작은 종이 조각이라도 허투루 보지 않게 된 것이다. 만화책이든 이름 없는 작가의 소설 작품집이든, 혹은 조잡하게 찍어낸 세계 고전 전집이든, 기본적으로 책을 만드는 마음에는 작으나마 인간과 세상에 대한 희망이 들어 있다는 걸 서서히 깨닫게 되었다. 책 만드는 과정을 보면 누가 함부로 책을 대할 수 있겠는가. 원고를 모으고 편집을 하고, 식자植字를 해서 활판을 만들고(지금이야 컴퓨터 조판을 하지만, 내가 어렸을 때만 해도 활판으로 판형을 만들어 책을 찍었다), 인쇄공의 손을 거쳐 각 페이지가 인쇄되고, 그것을 차례대로 모아서 제본을 하고, 표지를 만들어 책 한 권을 만들어낸다. 이 문장에 생략되어 있는 수많은 사람들의 숨결을 우리가 어찌 상상이나 할 수 있겠는가.

지금처럼 책이 흔치 않던 시절에는 책을 본다는 것 자체가 하나의 성스러운 행위로 여겨졌다. 근대 이전의 책이 가지고 있던 사회적 권력의 그림자가 여전히 영향력을 끼침으로써 책의 성스러움을 신비화하는 데 기여한 바가 있겠지만, 다른 한편 인간의 지식은 대부분 책을 통해 전승되고 발전되어왔다는 암묵적인 합의가 있었기 때문에 책 읽는 행위를 성스럽게 여겼을 것이다. 그러니 책을 귀하게 여기는 마음이 자연스레 생기고, 그에 따라 책을 소중히 보관하고 싶은 마음이 행동으로 표출된다. 어른들에게는 비록 철 지난 잡지였을망정 책을 뜯어서 잠시의 놀잇감으로 삼는다는 것은 교육적으로나 심정적으로 용인하기 어려운 일이었다. 당시의 꾸중이 쌓여서 지금의 나를 만들었다는 생각을 하면, 사람은 책을 만들고 책은 사람을 만든다는 평범한 경구가 마음에 깊이 스민다.

책의 유통 경로

책이 널리 읽히기 위해서는 여러 가지 사회·경제적 혹은 문화적 환경이 조성되어 있어야 한다. 얼핏 생각해도 문자가 발명되어 무엇인가 기록할 필요가 있는 것들을 발견해야 하고, 지식을 필요로 하는 분야가 있어야 하고, 그것을 읽어서 새로운 지식을 생산하는 계층과 소비하는 계층이 두껍게 형성되어 있어야 하며, 종이를 만드는 기술이나 필기구를 만드는 기술 등이 발달해야 하고, 인쇄술이 발전해야 하며, 유통망이 어느 정도 형성되어 있어야 한다. 이처럼 책 한 권에 담긴 사회·문화적 의미망은 단순하지 않다.

요즘만 해도 책은 여러 경로를 통해서 유통된다. 가장 널리 유통되는 방식은 서점을 통한 것이다. 그러나 서점이라 해도 다 같은 것은 아니다. 집 근처 동네 서점에 갈 수도 있고 인터넷 서점을 이용할 수도 있다. 고서적만을 전문으로 매매하는 서점에 갈 수도 있지만 헌책방이라고 불리는 서점을 이용할 수도 있다. 개인적으로 서적을 교환하거나 경매를 통해서 매매할 수도 있으며, 증정을 받거나 경품 추첨에 당첨되어 책을 얻기도 한다. 심지어 복사본을 만들어 볼 수도 있으며, 내가 직접 만들어 볼 수도 있다.

근대 이전에는 어떠했을까. 당시에 가장 널리 유통되는 방식은 필사에 의한 것이었으리라. 인쇄에 의한 책의 유통이 활발하지 않던 시절에는 새로운 책을 보거나 중요한 책을 읽고 보관하기 위해서는 그 책을 빌려와서 밤새도록 필사를 한 뒤 원본을 돌려주어야 했다. 이미 8세기경에 목판본이 등장할 정도로 인쇄술이 일찍부터 발달한 우리로서는, 당연히 판본에 의한 서적의 유통도 중요한 몫을 차지했다. 인쇄본 역시 판각 주체에 따라 관판官版인지 사찰본寺刹本인지, 서원판書院版이나 사가본私家本인지 혹은 방각본坊刻本인지 차이가 있고, 판각 방식이나 재질에 따라서 목판본인지 목활자본인지 금속활자본인지 토활자본土活字本인지 차이가 있다. 다양한 방식은 그것이 만들어지던 시대의 경제적·사회적·문화적 환경과 관련이 있기 때문에 일괄 설명하기는 어렵다. 그러나 책을 쉽고 정확하게 만들고자 했던 마음은 다 같았을 것이다.

이렇게 만들어진 책들은 여러 경로를 통해서 유통되었다. 임금이 관료들에게 하사하는 책도 있었고, 관청에서 만들어 당시의 지식인들이나 일반 백성들에게 유포하는 책도 있었다. 시대가 흐름에 따라서 서점과 비슷한 책사冊肆가 등장했고, 책의 매매를 도와주던 일종의 거간꾼인 책쾌冊儈도 등장했다. 외국과의 무역이나 외교 사절들을 통해서 중국을 비롯한 여러 나라들의 책이 대거 이 땅에 들어와서 지식인들에게 영향을 끼치기도 하였다.

책의 종류와 유통 경로가 다양했다는 것은 근대 이전을 살았던 이 땅의 지식인들이 책에 대한 대단한 열정을 가지고 있었으며,

독서를 통한 지식의 구성 및 확장에 심혈을 기울였음을 짐작하게 한다. 세상에는 수많은 책들이 있다. 세월이 흐르면서 인간의 지식이 쌓여감에 따라 책의 양도 계속해서 많아진다. 그 책들을 모두 읽어서 내 것으로 만든다는 것은 현실적으로 불가능하다. 유한한 시간을 사는 우리에게는 결국 어떤 책을 읽을 것인가 하는 문제가 남는다.

책의 유통으로 만들어지는 학파

예나 지금이나 우리는 꼭 읽어야만 하는 책의 목록을 나름대로 가지고 있다. 고전을 즐기는 지식인이든, 만화를 즐기는 어린아이든, 혹은 어떤 분야를 깊이 연구하는 전문 연구자든 간에 자신만의 목록을 가지고 있게 마련이다. 자신이 좋아하는 분야에 대해 누군가가 물어온다면 당연히 그 목록을 기반으로 대답할 것이다. 나아가 자신이 생각하는 이상적인 독서 순서와 방향 및 방법을 권유하면서 그 사람이 나와 같은 생각을 공유하기를 원할 것이다.

일찍이 주희朱熹는 과거 선현들의 책을 사서四書로 정리하면서 읽는 순서를 정한 바 있다. 공부하는 사람은 가장 먼저 『대학』을 읽어야 하고, 그 다음으로 『맹자』 『논어』 『중용』 순으로 읽는 것이 좋다고 권했다. 그것은 책의 내용을 충분히 읽은 뒤에 얻은 결론일 것이다. 주희라고 하는 사람의 선택을 믿는다면 우리는 당연히 그 순서에 따라 책을 읽으며 공부를 할 것이다. 그렇게 읽어나가는 순간 우리도 모르는 사이에 주희가 생각했던 사유의 구조를 받아들이게 될 것이다. 주희가 원했던 것은 바로 이 점이었으리라. 책을 읽는 행위는 읽는 것 자체만으로 끝나지 않는다. 반드시 읽는 사람의 생각을 바꾸고 그의 사회적 행동에 변화를 준다.

근대 이전의 호학군주好學君主로 우리는 정조正祖를 꼽곤 한다. 그는 세손 시절부터 방대한 독서량을 자랑했고, 깊은 학문적 성취로도 뒤질 것 없는 뛰어난 인물이었다. 그만큼 책에 대한 관심도 컸다. 당시 중국에 사신으로 다녀오는 사람들을 통해 중국의 다양한 서적들이 마구 들어와 유통되고 있었다. 정조는 그 사실에 대해 불만을 가지고 있었는데, 중국의 불온한 서적들이 유학자들의 심성을 흔들어놓는다고 믿었기 때문이다. 생각해보면, 선비는 나라의 기둥이요 미래가 아니던가. 그런 계층이 중국의 하찮은 책들에 의해서 흔들린다면 결국 나라의 사상이 흔들려 위험에 처할 것은 불을 보듯 뻔한 일이다. 그런 맥락에서 그는 중국 사행단에게 수입 금지를 명하는 여러 가지 품목을 지정하였다. 대체로 당시 청나라에서 유행하던 소품문小品文들이거나 『삼국지연의』나 『수호전』 같은 소설들이었다. 이런 책을 읽으면 정통 고문古文을 구사해야 할 선비들이 이상한 문체에 물들게 되어 문제가 생긴다는 것이다. 또한 중국에서 출판된 유교 경서도 금지 품목 중에 들어 있었다. 그 내용에 문제가 있어서가 아니었다. 중국에서 만들어진 경서는 판형이 작았는데, 이런 책을 선비들이 보노라면 자기도 모르게 누워서 책을 읽을 것 아니겠느냐는 생각에서 였다. 성현의 말씀은 의관을 정제하고 단정히 앉아서 읽어야 마땅한데, 어찌 비스듬히 누워서 읽을 수 있겠느냐는 것이다. 어쨌든 독서 경향이나 읽어야 할 책의 목록을 제시하거나 제한함으로써 정조는 자신이 생각하는 문화적 흐름을 주도하려 하였다. 책을 통해서 이 모든 일들이 일어난 것이다.

독서를 통해 생각의 흐름이 만들어진다는 것에 정조의 경우는 해당되지 않는다. 수많은 작은 흐름들, 문학적이든 철학적이든 혹은 다른 분야의 경우든 생각의 흐름들은 독서 경향과 도서 목록의 암묵적 선정을 통해서 서로 차이를 드러내며 가지를 쳤다. 작은 가지들의 연속선상에서 새로운 생각들이 다시 새끼를 쳤고, 그 생각들의 다툼과 얽힘으로 우리의 문화사가 풍성해졌다. 그렇다면 어떤 책들이 많이 읽혔고, 어떤 책들이 어떻게 유통되었는지를 살피는 일은 생각의 흐름들을 추적하는 첫걸음이 되는 셈이다.

그 많던 허균의 책들은 어디로 갔을까?

조선의 책벌레를 꼽는다면 아마도 교산蛟山 허균許筠을 빼놓을 수 없을 것이다. 그의 독서광적인 면모는 익히 알려진 바이기도 하지만,[1] 그의 장서량 또한 만만치 않았다. 그는 집안에 전하는 책과 처가에 전하던 책, 자신이 중국에 사신으로 다녀오면서 구해 온 책 등을 합친 상당량의 장서를 자랑하고 있었다. 게다가 많은 책을 읽고 중요한 부분을 메모하거나 암기해둔 그의 독서 태도는 다양한 생각을 만들어내는 기폭제가 되었다. 당시로서는 대단히 전복적인 사유를 보인 것도 모두 독서의 결과로 만들어진 것들이다.

허균은 역모죄에 연루되어 사형을 당했다. 그의 집안은 순식간에 풍비박산났으며, 재산은 어디로 갔는지 행방이 묘연했다. 국가에 몰수되었을 수도 있고 주변 사람들에게 분배되었을 수도 있다. 가장 궁금한 것은 그의 장서의 행방이다. 책은 국가에 몰수된다 해도 딱히 쓸 데가 없기 때문에 이리저리 흩어지거나 관심 있는 주변 사람에 의해 수습되었을 가능성이 높다.

이 같은 의문에 실마리를 제공해주는 인물이 유재游齋 이현석李玄錫과 이필진李必進이다. 특히 이필진의 집안에 허균의 책이 수장되어 있었고 그것을 이현석이 열람한 기록을 살펴볼 때, 17세기 후반 수원을 중심으로 허균의 장서가 부분적으로 보관되면서 독서의 대상이 되었다는 점을 짐작할 수 있다.

이현석은 누구인가. 그는 지봉芝峯 이수광李睟光의 증손자로 한양에 세거한 명문 집안의 후손이다. 조부 이성구李聖求는 영의정을 지냈고 부친 이당규李堂揆는 이조참의를 지냈으니, 관직으로

---

1) 허균의 독서광적인 면모는 이미 필자가 「독서광 허균, 그 책 읽기의 위험함」(『강원작가』 제2집, 강원예술인총연합회, 2001) 「허균의 문화적 토대와 독서 경향」(『강원인문논총』 제14집, 강원대학교 인문학연구소, 2005) 등에서 자세히 다룬 바 있다.

보아도 명망이 있는 가문이었다. 이현석 역시 21세에 진사시, 29세에 문과에 오른 이후 여러 관직을 거친 뒤 형조판서까지 지낸 인물이다. 너댓 차례 좌천되거나 귀양을 간 적이 있기는 했지만 전반적으로 성공적인 관료 생활을 한 셈이다. 가학家學의 영향으로 독서 범위도 광범위했거니와 젊은 시절 시문을 쓰던 모습을 보여준다는 점에서 흥미롭다.

이현석의 독서 이력에서 중요한 것은 집안의 장서藏書들이었다. 문과에 급제하기 전에 그는 수원에 있던 지봉 이수광의 구거舊居에서 독서를 하곤 했다. 그에게 이수광은 단순히 증조부로만 머물지 않았다. 문인 학자로서의 모델이었고 따르고자 하는 어른이었다. '수성장水城庄'이라 불리는 이수광의 구거는 그가 어지러운 세상을 피하여 머물던 곳이었는데, 마을의 노인들은 아직도 그 맑은 풍모와 두터운 덕을 생각하며 눈물을 흘린다고 했다. 그가 쓴 『수성장기水城庄記』에 기록되어 있는 내용이다. 그는 한동안 이곳에 머물면서 이수광의 많은 장서를 접했고, 그 속에서 독서광적인 면모를 갖추기 시작했다.

그의 기록에 등장하는 인물 중에 이필진李必進이 있다. 이현석의 『수성장기』에 의하면, 이필진은 조선 중기의 유학자인 동고東皐 이준경李浚慶의 후손이다. 이현석은 그와 교유하면서 이필진 집안의 장서를 열람하게 된다. 수원에 있던 이수광의 구거인 수성장과 같은 마을에 이필진의 집이 있었던 것이다. 그곳에서 이준경의 수적手迹도 배견拜見하였으며 허균의 문집인 『성소부부고惺

所覆瓿薴』, 명나라 화원 고병顧炳의 화첩인 『고씨화보顧氏畵譜』도 열람한다. 특히 이필진의 집안에는 허균이 수장했던 방대한 장서가 남아 있었기 때문에, 이현석은 20여 일 동안 왕래하면서 상당히 많은 서적을 접했을 것으로 보인다. 수원에서의 독서가 그의 일생을 통해 연속적으로 이루어졌는지는 확인할 길이 아직은 없지만, 젊은 시절의 독서 경험에서 명대明代 문헌을 방대하게 접한 것은 그의 문학적 경향에 영향을 끼쳤을 터이다. 허균의 독서량과 책의 수집 정도는 '벽癖'의 경지에 이른 것이었으니 당연히 다양하고 많은 책들이 수장되어 있었을 것으로 보인다.

이필진을 통해 접한 허균의 문집과 그의 장서는 기묘하게도 그의 증조부 이수광과 연관을 가지는 것이기도 했다. 허균과 이수광은 동서同壻 관계였기 때문에 그들은 살아생전에 서적을 매개로 한 교유가 있었다. 게다가 많은 책을 다양하게 읽는 것이라든지, 동시대의 중국문학에 관한 깊은 관심이라든지 중국의 책을 다량 구득하여 읽은 뒤 선집選集이나 유서類書와 같은 책을 편집하는 등 두 사람 사이에는 여러 가지 상통되는 점이 있었다. 그런 점에서 보면 이필진이 허균의 장서를 이어받았다면 이현석은 이수광의 장서를 이어서 독서의 자료로 삼은 셈이었다.[2]

---

2) 여기서 논의된 이현석과 이필진에 관한 사항은 필자의 「유재 이현석의 독서 경향과 그 의미」
(『열상고전연구』 제22집, 열상고전연구회, 2005)에서 논의된 것을 이용하여 서술하였다.

자유롭게 떠도는 사유를 따라가는 여행길

문제는 여기서 끝나지 않는다. 책의 유통이 이렇게 이루어지면서 어떻게 후대 사람들의 사유에 변화를 주었는지 확인해야 한다. 물론 지금으로서는 허균의 장서가 어떻게 전승되었는지 확인하지 못한 상태이기 때문에 그에 대한 의미 추적도 불가능한 상태이다. 게다가 이처럼 장서의 전승 문제를 추적한다는 것은 많은 노력이 필요하다. 그렇지만 이같은 문제를 찬찬히 살피노라면 자연히 사유의 형성과 새로운 생각의 탄생을 지켜볼 수 있을 것이라고 생각한다.

이 책의 문제의식은 바로 이 점에 놓여 있다. 근대 이전 수많은 책들은 지식인들에게 읽히고 해석되면서 자신의 가치를 발현하였다. 나는 그들이 읽었던 책들을 오랫동안 다시 읽고 생각하면서, 그 책들이 지금 우리 시대에 어떤 의미로 재해석될 수 있을까를 고민해왔다. 책은 언제나 시대와 독자의 해석을 기다리며 거기에 그렇게 존재하는 하나의 텍스트였지만, 동시에 그 해석에 따라 자신의 모습을 수시로 변화시키며 사유의 역사를 만들어 온 주체이기도 했다. 그렇다면 가장 먼저 해야 할 일은 무엇인가. 각각의 책에 스민 옛 사람들의 자취를 더듬어보고, 책의 성립 과정을 살피며, 현재 남아 있는 책의 판본을 정리하고, 나아가 그 책의 의미를 되새겨보는 일이 아니겠는가.

여기서 다루는 책들은 각각의 독립된 조각들이지만, 그 조각들을 섬세하게 살피다보면 그 책을 읽었던 수많은 지식인들의 사유의 흔적을 발견할 수 있으리라 생각한다. 이러한 작업을 통해 근대 이전에 지식이 어떻게 유통되고 매개되었는지, 지식인들의 생각이 어떻게 머무르고 창발되었는지, 그런 것들에 대한 작은 실마리를 얻을 수 있을 것이다. 말하자면 이 책은 '책'을 매개로 이루어지는 사유의 자유로운 떠돎을 따라가보는 여행인 셈이다.

소설의 별난
재미에 빠져들다

1부

귀신 이야기,
동아시아를 뒤흔들다

『전등신화』

임금도 좋아했던 소설

폭군으로 알려진 연산군은 소설 작품을 즐겨 읽었던 것 같다. 중국에 사신으로 가는 사람에게 책을 사오라고 어명을 내렸는데, 연산군이 원하는 책은 『연방집聯芳集』과 기타 볼 만한 것이었다. 이에 승정원에서 몇 권을 추천한다. 『향대집香臺集』 『유예록遊藝錄』 『여정집麗情集』 등이었다. 어떻게 이런 책을 알고 추천했느냐는 연산군의 질문에, 신하들은 『향대집』과 『유예록』은 『전등신화剪燈新話』에 실려 있어서 제목을 알게 되었고 『여정집』은 강혼姜渾이 말하는 것을 들었노라고 대답한다. 연산군 12년(1506) 8월 7일자에 기록된 기사다. 같은 기사에서는 연산군이 『전등신화』를 이미 읽은 뒤, 그 책에 수록된 화답시 1백여 수를 모아서 『연방집』이라는 제목으로 편찬되었다는 것을 알고 사오도록 한 것이었음을 기록해두었다. 구우의 『전등신화』는 이렇게 임금조차도 좋아해서 공공연하게 사오도록 명령을 할 만큼 재미있는 소설책이었다.

우리의 역사 속에서 지식인들에게 관심을 끌었던 소설 작품이 몇 편 있다. 흔히 '사대기서四大奇書'라고 일컫는 『삼국지연의』 『수호전』 『금병매』 『서유기』가 그것이다. 이들은 광범위한 독서층의 지지에 힘입어 찬반양론이 갈라지는 조선시대에도 여전히 읽혔다. 그와 함께 가장 많은 관심을 받으며 읽혔던 작품이 바로 『전등신화』다.

이 작품이 우리 귀에 익은 것은 바로 조선의 뛰어난 천재 문인 매월당梅月堂 김시습(金時習, 1435~1493) 때문이다. 그는 『전등신화』를 읽은 뒤의 감흥을 상당히 긴 장편 한시를 통해서 표현한 바 있다.[3] 뿐만 아니라 그 작품에 촉발되어 『금오신화金鰲新話』라는 명편을 창작했으니, 그 영향력을 가히 짐작할 만하다. 구우가 『전등신화』를 지은 시기가 언제인지 정확히 알려진 바는 없지만 1381년 무렵에 지어졌다고 한다면[4], 김시습은 굉장히 빨리 이 작품을 접한 셈이다.

16세기의 중요한 유학자인 기대승은 선조에게 『전등신화』의 유행을 비판적으로 아뢴 바 있다. 그는 이 책이 "놀라울 정도로 저속하고 외설적인 책인데도 교서관이 재료를 사사로이 지급하여 각판刻板하기까지 했으니 지식인들이 마음 아프게 여긴다"고 하면서, 일반 여염에서도 이 책을 다투어 인쇄하여 보고 있다고 말한다(『선조실록』 선조 2년 6월 20일자 기사). 게다가 임진왜란 이후 일본인들이 조선 정부에 여러 종류의 책을 요구했는데, 조정에서는 『동파집東坡集』과 『전등신화』만 주고 나머지 책은 보내주지 않는다(『인조실록』 인조 19년 1월 5일자 기사). 이 정도면 조선 방방곡곡 한문을 즐길 수 있는 사람들은 『전등신화』를 많이들 읽었다는 의미며, 나아가 일본에서도 큰 관심과 인기를 끌었다는 것을 짐작할 수 있다. 그 영향으로 일본 고전문학사의 명편이라 할 수 있는 아

---

3) 김시습, 「제전등신화후題剪燈新話後」(『매월당시집梅月堂詩集』 권4).

4) 최용철, 「중국소설과 문화」(『중국소설논총』 제11집, 한국중국소설학회, 2000), 39쪽 참조.

사이 료이(淺井了意, 1612?~1691?)의 『가비자(伽婢子, 오토기보코)』(1666)가 창작되어 인기를 끌었다. 베트남에서도 『전등신화』의 영향력은 대단해서 응우옌 즈(완서阮嶼)의 『전기만록傳奇漫錄』이 창작되어 그 열매를 맺는다.[5]

사대기서처럼 중국에서 엄청난 인기를 끌었던 작품들이 모두 『전등신화』와 같은 영향력을 보인 것은 아니다. 『전등신화』는 동아시아 여러 나라에 자신들만의 전기집傳奇集을 창작하는 계기로 작용했는데, 그만큼 이 책의 내용은 시공을 넘어 많은 사람들에게 새로운 상상력을 발동시켰던 것이다. 책에 수록된 귀신과 사람 사이의 애증 관계를 읽으면서, 지금의 우리가 매력과 공포를 함께 경험하듯이 옛사람들도 그러했으리라.

『전등신화』의 작자와 전승 경위

『전등신화』의 작자는 명나라 초기를 살았던 구우(瞿佑, 1347~1433 또는 1341~1427)다. 그의 자는 종길宗吉이고 호는 존재存齋, 중국 절강성 항주 전당錢塘 사람이다. 어렸을 때부터 글재주가 있었지만 그의 삶은 그리 순탄치만은 않았다. 우선 그가 살았던 시기는 원나

---

5) 『전등신화』의 영향 관계에 대해서는 최용철의 「명청소설의 동아시아 전파와 교류」(『중국학논총』 제13집, 고려대학교 중국학연구소, 2000), 이학주의 『동아시아 전기소설의 문학세계』(북스힐, 2002) 등에서 자세하게 논의된 바 있다.

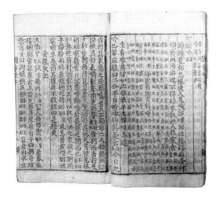

전등신화 (필자 소장본)

구우의 『전등신화』는 동아시아 여러
나라에서 자신들만의 전기집을 창작
하는 계기로 작용할 만큼 시공을 넘어
많은 사람들에게 새로운 상상력을 발
동시켰다. 한마디로 귀신 이야기를 가
지고 동아시아 전체를 뒤흔들었다.

라 말기에서 명나라 초기에 해당한다. 그만큼 수많은 전쟁의 와
중에서 어려운 시절을 거쳐왔다는 말이다. 일찍이 진사에 올라
벼슬길에서 승승장구할 만도 했지만, 오랫동안 훈도訓導라고 하
는 지방의 미관말직을 전전했다. 뛰어난 재주를 품고서도 인화仁
和나 의양宜陽과 같은 작은 고을에서 학동들을 가르치는 훈도를
지내는 그의 심정이야 말할 나위도 없으리라. 영락永樂 초년에는
주왕부周王府에서 우장사右長史를 지냈지만, 시화詩禍에 연루되어
18년 동안 섬서성 보안保安에서 유배 생활을 한다(10년 동안 유배 생활
을 했다는 설도 있다). 유배에서 풀려났을 때 그의 나이는 일흔이 훌쩍
넘어 있었다.

　지금이야 많은 사람들의 귀에 익은 작품이지만, 정작 그 작품
이 유행하던 당대에는 금서禁書로 지정되는 경우가 많았다. 1442
년, 명나라 정부는 『전등신화』의 내용이 괴이한 일을 소재로 하

여 풍속을 어지럽힌다는 것을 빌미로 이 책의 수장과 유통을 금지시킨다. 당시 국자감좨주國子監祭酒였던 이시면李時勉은 상소를 올려 "저잣거리의 경박한 무리들이 다투어 암송하고 심지어 유생들조차 학문을 소홀히 한다"며 비판하였다. 그의 말을 달리 생각해보면 그만큼 『전등신화』의 인기가 폭발적이었다는 것이다.

금서 조치 탓이었는지 현전하는 이 책의 판본은 그리 흔하지 않다. 흥미롭게도 이 책은 조선으로 흘러 들어오면서 널리 유통된다. 김시습이 읽은 흔적을 남긴 것은 이미 언급한 바 있지만, 조선 사람들의 『전등신화』 독서열은 『전등신화구해剪燈新話句解』라는 책으로 결실을 맺는다. 이 책의 성립은 주석註釋의 주역이라 할 수 있는 윤춘년尹春年(호는 창주蒼洲)과 임기林芑(호는 수호자垂胡子)의 제발題跋에서 충분히 짐작할 수 있다. 이 글에 의하면, 윤춘년과 임기는 1547년 공동으로 『전등신화』의 주해 작업을 하였는데, 윤춘년이 갑자기 외직으로 나가는 바람에 대부분의 작업을 임기가 맡아 완성시켰다는 것이다. 임진왜란 이전에 간행된 판본이 일본 내각문고內閣文庫에 소장되어 있는데, 이 책의 대본은 아마도 강원도 원주본이거나 경상도 영천본일 것으로 추정된다.[6]

당송고문唐宋古文에 익숙해 있던 조선의 선비들에게 구어체가

---

6) 박현규, 「충남대 소장 조선 임진란 이전 목활자본 전등신화」(『중국소설연구회보』 제39호, 한국중국소설학회, 1999년 9월), 52쪽 참조. 임진왜란 이전 판본이 규장각에도 소장되어 있다는 점도 함께 언급해둔다. 이에 대해서는 정용수의 「규장각 소장 고본 전등신화구해의 판본 연구」(『고소설연구』 제14집, 한국고소설학회, 2002)를 참조할 것.

많이 섞여 있는 『전등신화』는 읽기가 수월치 않았을 것이다. 『전등신화구해』의 경우는 구어체로 쓰여져 해독이 어렵거나 고사가 얽혀 있어서 해설이 필요한 구절에 대해 윤춘년과 임기가 주석을 달아 읽기 편하도록 하였다. 이후 이 구해句解는 조선의 중인들에게 필독서처럼 읽혔다. 이속吏屬들이 사용하는 문체와 문형, 단어 등을 익히기에 가장 좋은 책으로 여겨졌기 때문이다. 실용성과 함께 재미를 갖춘 책이니, 조선 후기 들어 널리 유포된 것은 당연한 일이다.

조선 후기 방대한 백과전서식의 저술을 남겼던 이규경은 '『전등신화』에 대한 변증설'이라는 글에서, 여항의 서리들은 오직 『전등신화』만 익힌다는 당시의 경향을 증언하고 있다. 또한 이 글에서는 『전등신화』를 구우가 지었다는 설을 반박하면서 양유정楊維楨(자는 염부廉夫)을 저자로 지목했다. 원나라 말기에 부富씨 성을 가진 사람이 있었다. 양유정이 마침 그의 집에 들렀는데 부씨는 외출 중이었다. 그를 기다리던 중 갑자기 폭설이 내려서 열흘 가까이 그의 집에 머무르던 양유정은, 심심풀이로 귀신 이야기를 써서 책을 만들었고 이를 기증했다는 것이다. 구우는 부씨의 수양사위였는데, 그 원고를 얻어 보고는 자신의 글 「추향정기秋香亭記」 한 편을 덧붙여서 자신의 저술로 만들었다는 것이다.

이 일화는 도목都穆이 지은 『청우기담聽雨紀談』에 들어 있다. 그러나 이 글에서조차 양유정을 작자로 지목하는 것에는 회의적이었다. 양유정의 문학적 명성이 뛰어나기는 했지만 그의 장기는 전기傳奇가 아니며, 그의 창작 수준이 구우에게 미치지 못한다는 것이 그 이유였다. 다만 양유정 저작설을 비판적으로 보는 부분을 떼어버리고 앞부분만을 초록하여 전하는 기록들이 생기면서, 구우를 작자로 처리하지 않는 듯한 논의가 생겨난 것이 아닌가 싶다.

귀신, 인간 욕망의 어두운 그림자

파란만장한 일생에도 불구하고 구우는 상당한 분량의 책을 저술했다. 현재 전해지는 것이야 『전등신화』를 비롯하여 『귀전시화歸田詩話』『영물시詠物詩』『악부유음樂府遺音』 정도에 불과하지만, 제목만 전하는 저서가 수십 종에 달한다.[7] 그만큼 문필 능력이 뛰어나다는 의미다. 그러나 유독 『전등신화』만 성대하게 전하는 것에는 나름의 이유가 있을 것이다.

고백하자면, 『전등신화』를 처음 접한 것은 김시습의 『금오신화』 때문이었다. 우리는 중고등학교 시절부터 『금오신화』를 언급할 때면 언제나 『전등신화』의 영향력을 덧붙이곤 했다. 그런 인연으로 처음 구우의 글을 읽었다.

『전등신화』를 읽으면서 신기했던 것은 우리나라 전통 설화나

7) 구우의 일생과 그의 저술 등에 대한 정보는 상기숙의 「구우의 전등신화 연구」(『새국어교육』 제53집, 한국국어교육학회, 1996)를 참고할 만하다.

고전소설에서는 볼 수 없는 귀신 유형을 발견한 것이다. 아랑 전설이든, 방방곡곡 전해오는 처녀 귀신 이야기든, 여자 귀신이 나타나는 것은 대체로 원한을 품고 죽었기 때문이다. 그래서 원한이 풀리면 귀신 역시 사라진다. 그 과정에서 귀신과 관계를 맺었던 사람이 죽는 경우는 거의 없다. 아랑 전설에서도 고을 원님이 계속 죽어나갔던 것은 귀신을 보고 놀라서이지 귀신의 해꼬지 때문이 아니었다. 처녀 귀신이 등장하는 설화에서도 총각을 죽이는 일이 없을 뿐더러 간혹 총각이 죽는다 해도 자기가 놀라 죽는 유형이 대부분이다. 그런데 『전등신화』에서는 여자 귀신이 총각을 유혹해서 죽음의 세계로 데려가는 이야기가 들어 있는 것이 아닌가. 「모란등기牧丹燈記」를 보면 주인공 교생喬生은 죽은 부符씨의 딸을 만나 사랑을 나누다가 결국은 함께 죽고 만다. 물론 부씨의 딸이 5백 년 전의 인연을 이은 것이라는 말도 얼핏 했고, 교생의 음심이 비난받아 마땅한 것이라 해도, 이들을 과연 죽음으로 몰고 가야만 했던가 하는 의문은 사라지지 않았다.

사람들은 어째서 이런 귀신 이야기에서 눈을 떼지 못하는 것일까. 지금도 여름이면 어김없이 공포영화가 개봉되는 걸 보면, 귀신은 사람을 잡아끄는 매력이 있는 모양이다. 사람들은 귀신을 무서워하면서도 보고 싶어하는 묘한 욕망을 가지고 있다. 인간의 감각으로 도달할 수 없는 세계는 우리의 호기심을 자극하기도 하지만, 알 수 없는 공포감을 던져주기도 한다. 무서운 이야기가 주는 묘미는 아마도 호기심과 공포심 사이에서 만들어지는 긴장감 때문이 아닐까 싶다.

눈에 보이는 사물들의 질서는 보이지 않는 세계의 거대한 체계에 비하면 사소하기 그지없다. 알고 보면 우리 앞에 펼쳐져 있는 세계는 개인에 의해 구성된, 극히 제한된 체계이다. 게다가 그것은 한번 구성되면 쉽게 바뀌지 않는 일종의 닫힌 체제처럼 여겨진다. 생각이 굳어지면 쉽게 바꾸지 못하는 것과도 비슷한 이치다. 보고 싶은 것만 보고, 듣고 싶은 것만 듣는 것이 인간의 습성이다. 욕망의 굴레가 덧씌워져 어떤 것도 내 의지대로(!) 하는 것이 불가능한 게 아닌가 하는 비관적 전망이 나를 지배하게 되면, 그것에 반항하듯 전혀 다른 방식으로 구차하고 어두운 현실을 벗어나려는 상상력이 발동한다. 귀신은 현실을 벗어나, 우리가 살아가는 세계에서 우리와 다른 방식으로 살아가는 이물異物을 상징적으로 표현하는 존재다. 이것은 그들을 통해서 우리가 모르는 전혀 다른 세상을 이야기하려는 것이 아니라, 바로 우리 자신의 이야기를 하려는 것이다. 귀신을 통해서 인간을 말하려는 것, 죽은 자를 내세워 살아 있는 자를 말하려는 것, 그것이 귀신 이야기의 중요한 지점이라고 생각한다.

오랜 옛날부터 인간은 이계異界에 대한 관심을 가지고 있었다. 구비문학에서도 특히 죽은 자들이 만드는 세계를 소재로 하는 설화가 많다는 것은, 그만큼 관심도의 경향이 이계로 향해 있었다는 증거다. 도저히 해명할 수 없는 귀신 이야기를 하면서, 어느 순간 엄습해오는 공포와 함께 다시 한번 내 삶을 돌아보는 계기를 만든다. 귀신을 소재로 하는 문학작품들의 앞쪽에 바로 『전등신화』가 위치한다. 이 책은 다양한 귀신과의 일화로 가득하다. 뛰어난 재능을 가지고 있지만 불우한 삶을 살아가고 있는 남자 주인공, 이승을 떠나지 못하고 헤매는 여자 귀신, 그들의 관계를 단순히 부정하고 위험한 것으로 규정하기만 하는 세간의 시선들이 책 속에 얽히면서 개성적 무늬를 만들어낸다. 작자인 구우는 이 작품을 통해 자신이 처한 현실과 세계관을 드러냄과 동시에 인간 내면의 깊은 곳에 숨겨진 어둡고 은밀한 욕망의 세계를 표현하고자 한 것은 아닐까. 그것이 귀신의 모습으로 작품 속에 드러나 있기 때문에, 사람들은 공포와 짙은 매력을 함께 느낀 것이리라.

귀신의 목소리로
인간의 삶을 이야기하다

『금오신화』

조선 전기의 『금오신화』 관련 기록

설잠雪岑은 금오산金鰲山에 들어가 글을 지어 석실石室에 감추고는,
"후세에 반드시 이 설잠을 알아주는 사람이 있으리라"고 말하였
다. 그 글은 대체로 기이한 것을 서술하여 자신의 뜻을 부쳤는데[寓
意], 『전등신화』 등을 본받은 것이다.

조선 전기 문신 김안로(金安老, 1481~1537)는 『용천담적기龍泉談寂
記』에서 위와 같은 기록을 남겼다. 여기서 언급된 '설잠'은 매월당
김시습이 출가한 뒤 사용한 법명이다. 김안로는 김시습이 출가한
뒤 보여준 기이한 행실 여러 가지를 기록한 뒤, 마지막으로 그가
지은 책 이야기를 덧붙여놓았다. 경주 금오산에 은거해 책을 썼는
데 이를 공개하지 않고 석실에 숨겨두었다는 것, 『전등신화』를 본
받아 썼다는 것을 통해서 우리는 김시습의 숨겨진 책이 바로 『금
오신화金鰲新話』라는 사실을 쉽게 알아챌 수 있다. 이 일화는 이후
권별(權鼈, ?~?)의 『해동잡록海東雜錄』, 허봉(許篈, 1551~1588)의 『해동야
언海東野言』, 이긍익(李肯翊, 1736~1806)의 『연려실기술燃藜室記述』 등에
실려서 널리 전하게 된다.

우리나라 최초의 소설로 일컬어지는 김시습의 『금오신화』는
어린 시절부터 누누이 들어온 작품이기 때문에, 읽어보지는 않았
더라도 누구나 그 제목 정도는 알고 있을 것이다. 이 책 안에는 모
두 다섯 편의 단편 작품이 수록되어 있다. 「만복사저포기萬福寺樗

蒲記」「이생규장전李生窺墻傳」「취유부벽정기醉遊浮碧亭記」「남염부주지南炎浮洲志」「용궁부연록龍宮赴宴錄」 등이 그것이다. 이들 작품은 이전부터 창작되어 오던 우리나라 전기문학傳奇文學의 전통을 이으면서, 동시에 명나라 구우의 『전등신화』의 영향을 받아 창작한 것들이다. 각 작품에 따라 영향을 받은 정도는 차이가 있지만, 대부분 고려와 조선을 시간적 배경으로, 우리나라의 산천을 공간적 배경으로 하며 소재가 한국적이라는 점, 주제의식이 당시의 현실을 반영한다는 점 등에서 우리 문학사의 중요한 성과임이 분명하다.

그런데 기묘하게도 이 책은 오랫동안 신비의 책이었다. 사람들은 이 책을 읽고 싶어했지만, 쉽게 접할 수도 없었거니와 심지어 존재하고 있는지도 알 수 없었다. 처음부터 사정이 그러했던 것은 아니다. 위에서 인용한 김안로의 글을 비롯해 조선 전기 몇몇 인물들의 발언을 통해 추정해보건대 그 시대에는 읽히고 있었다. 조선 전기의 대표적인 문신들이 함께 편찬한 『동국여지승람東國輿地勝覽』의 경상도 경주부 '용장사茸長寺' 조항을 보면 김시습이 용장사에 은거했으며 전하는 그의 저작 중에 『금오신화』가 있다는 기록이 있다. 또한 어숙권魚叔權도 자신의 『패관잡기稗官雜記』에서 세상에 전하는 중요한 '소설小說'로 여러 책을 꼽았는데 그중에 『금오신화』가 포함되어 있다.

『금오신화』를 구해서 읽고 기록을 남긴 사람도 있다. 바로 이황과 비슷한 시기에 활동한 성리학자 김인후(金麟厚, 1510~1560)이

금오신화 (일본 덴리대학교 소장본)

기묘하게도 『금오신화』는 오랫동안 신비의 책이었다. 사람들은 이 책을 읽고 싶어했지만, 쉽게 접근할 수도 없었거니와 심지어 존재하고 있는지도 알 수 없었다. 죽은 자를 통해 살아 있는 우리들의 소망을 드러냈던 김시습. 귀신의 목소리에서 그의 숨결을 느낀다.

다. 그는 윤예원尹禮元이라는 이에게 『금오신화』를 빌려 읽고 한시 한 편을 남겼다.

금오거사가 전하는 『금오신화』
흰 달 아래 찬 매화 완연히 여기 있네.
잠시 빌려서 병든 내 눈 문지르니
덕분에 두통이 시원하게 낫는구나.

金鰲居士傳新話
白月寒梅宛在玆
暫借河西措病目

頭風從此快瘳之

| 김인후, 「윤예원에게 금오신화를 빌리다借金鰲新話於尹禮元」, 『하서집河西集』권7 |

김인후는 16세기를 대표하는 성리학자 중의 한 사람이다. 그렇지만 『금오신화』를 빌려 읽고 나서 두통이 사라졌노라며 시 작품을 남겼다. 이 작품의 제목 뒤에 그는 '신화新話'가 김시습이 지은 책이라고 주註를 달아놓았다.

한편, 이황(李滉, 1501~1570)은 허봉에게 보내는 답신에서 김시습을 다음과 같이 언급하였다. "매월당은 일종의 이인異人이어서 숨겨진 것을 찾고 괴이한 짓을 행하는 무리에 가깝지만, 그가 처한 세상이 그러했기 때문에 결국 높은 절의를 이룩했을 뿐이다. 그가 유양양柳襄陽에게 보낸 편지라든지 『금오신화』와 같은 부류의 글을 보면 아마도 높은 식견을 가진 사람이라고 하지는 못할 것으로 생각된다."(『퇴계문집』권33) 이 언급으로 미루어보건대, 이황은 『금오신화』를 읽은 것이 분명하다. 당시 사람들이 김시습을 사육신死六臣 중의 한 사람으로 추앙하고 있었지만, 시대가 그를 절의 있는 사람으로 만들었을 뿐이지 실제로 그에게 사상적 깊이가 있다고 할 수는 없다는 것이 이 발언의 요체이다.

임진왜란 이후 모습을 감춘 『금오신화』

이황의 입장과는 반대로 송시열(宋時烈, 1607~1689)은 『금오신화』

를 읽으려고 애를 썼던 인물이다. 그는 김시습의 절의를 높이 평가하고 있던 터라, 그 책을 꼭 읽어보고 싶었던 모양이다. 수소문 끝에 조광정趙光亭이 소장하고 있다는 말을 듣고 그에게 빌려달라는 편지를 보냈다. 그러나 조광정으로부터 온 답장은 실망스러운 것이었다. 그는 "『금오신화』는 원래 저희 집에 소장되어 있지 않습니다. 형兄께서 들으신 소문은 아마 착오인 듯싶습니다"라고 편지를 보내온 것이다.[8] 그 이후에 과연 송시열이 『금오신화』를 읽었는지는 알 수 없지만, 그만큼 그 책에 대한 궁금증은 당시 지식인들 사이에 널리 퍼져 있었다.

『신독재 수택본 전기집愼獨齋手澤本傳奇集』이라는 책이 있다. 1950년대 중반 정병욱 교수에 의해 발굴된 이 책에는 중국 소설과 함께 조선의 소설이 여러 편 수록되어 있다. 누가 필사한 것인지는 정확히 밝히기 어렵지만, 책의 중간 부분에 17세기 중엽의 이름난 성리학자 신독재 김집(金集, 1574~1656)의 이름으로 된 교열기가 적혀 있다. 그렇다면 이 책의 독자는 적어도 17세기 전반 이전 사람들일 것이다.[9] 흥미롭게도 여기에 김시습의 『금오신화』속의 두 편, 「만복사저포기」와 「이생규장전」이 필사되어 있다. 전편이 모두 전하고 있었는데 두 편만 필사한 것인지, 아니면 이

---

8) 조광정의 편지글은 정주동의 『매월당 김시습 연구』(민족문화사, 1961;1999 재판), 484쪽에서 재인용하였다.
9) 이 책은 정학성의 『역주 17세기 한문소설집』(삼경문화사, 2000)으로 간행되었으며, 말미에는 정학성 교수의 해제가 들어 있어서 그간의 사정을 짐작할 수 있다.

전부터 두 편만 전하고 있어서 그렇게 필사한 것인지는 알 수 없다. 그러나 적어도 이 시기까지는 『금오신화』의 잔편이 읽히고 있었다는 증거가 아니겠는가.

이런 사정으로 보건대 『금오신화』는 임진왜란 이전까지는 이 땅의 지식인들에게 널리 읽혔다는 것을 알 수 있다. 게다가 당대 최고의 유학자인 김집이나 송시열과 같은 인물들이 『금오신화』에 대한 애정을 표현한 것으로 미루어 김시습의 글이 단순히 '소설'이라는 이유로 배척당하기만 한 것은 아니라는 점을 짐작할 수 있다.

7년간의 임진왜란을 거치는 동안 수많은 서책들이 불에 타서 사라지거나 일본 사람들의 손에 약탈되어 한반도에서 사라졌다. 임진왜란이 끝난 뒤 송시열은 『금오신화』를 보고 싶었으나 구할 도리가 없었다. 마음만 먹으면 얼마든지 책을 구할 수 있었을 법한 당대의 최고 지성 송시열조차 이 책은 구해볼 수 없는 것이었다. 임진왜란 이후에는 어떤 기록에서도 『금오신화』를 읽었노라는 언급을 찾아볼 수 없게 되었다. 『금오신화』는 조선 후기 지식인들에게 하나의 전설이 되었다.

조선간본朝鮮刊本의 발견과 일본에서 간행된 판본[和刻本]들

수백 년 동안 전하지 않던 『금오신화』가 다시 이 땅의 지식인들에게 소개된 것은 전적으로 육당 최남선 덕분이다. 그는 1927년

『계명啓明』 제19호에 일본에서 발견한 『금오신화』 전문을 활자로 소개하면서 「금오신화 해제」를 덧붙였다. 이 책이 바로 오랫동안 잊혀졌던 『금오신화』가 다시 빛을 보게 된 계기를 만들었다.

임진왜란을 기준으로 조선에서는 흔적이 사라졌던 『금오신화』는 결국 일본에서 모습을 드러냈다. 현재 남아 있는 판본을 중심으로 살펴보자. 1653년 간행된 화각본 『금오신화』('승응본承應本'이라고 함)가 내각문고內閣文庫 소장본으로 남아 있고, 1660년 간행된 판본인 '만치본萬治本'이 교토대학과 와세다대학에 소장되어 있다. 또한 덴리대학과 교토대학, 미국 하버드대학의 하버드 예칭 연구소 등지에 소장되어 있는 1673년 판본인 '관문본寬文本'이 있다. 그러나 우리에게 널리 알려진 것은 '대총본大塚本' 혹은 '명치본明治本'이라고 부르는 1884년 판각본이다. 이 판본이 바로 최남선에 의해 다시 이 땅에 소개된 『금오신화』인 것이다.

일본의 판본을 살펴보면 임진왜란 시기에 흘러들어간 『금오신화』는 사람들의 인기에 힘입어 여러 차례 판각을 거듭했다. 판본에 따라 체제상의 차이를 보이는 경우도 있긴 하지만, 김시습의 전기를 기록한 「김시습전金時習傳」이 앞쪽에 붙어 있고, 훈점訓點을 붙여서 작품을 차례로 수록하였다. 이들이 붙여놓은 김시습의 전기에는 약간의 오류도 발견되기는 하지만('金時習'을 '金始習'으로 표기한다든지, 그의 관향인 '江陵'을 '光山'으로 표기한다든지 하는 수준임), 전반적으로 김시습의 생애를 잘 정리했다. 이 기록은 일본으로 흘러들어간 조선의 판본을 참고한 것으로 보인다. 그러나 조선에서 간행했다는 기록이나 증거가 없는 상태에서, 과연 일본으로 전해진 것이 판각본이었는지 필사본이었는지에 대한 이견이 여전히 상존해 있었다.

그러던 중 최용철 교수에 의해 중국에서 조선의 판각본 『금오신화』가 발견되었다.[10] 중국 대련에 있는 대련도서관大連圖書館에 소장되어 있는 이 책은, 확인 결과 일본 사람이 소장하던 것이었다. 지금의 대련도서관은, 최용철 교수의 글에 의하면, 일본 점령시절 '남만주철도주식회사 대련도서관' 의 기초 위에 만들어진 것이다. 광활한 식민지를 꿈꾸었던 일본은, 이 기관을 통하여 중국에서 가장 방대한 도서관을 만들려고 했다. 물론 만주국의 자금이 이곳으로 흘러 들어가서 이루어졌다. 그 과정에서 조선간본 『금오신화』 역시 수집된 것으로 보인다.

그렇다면 『금오신화』를 조선에서 판각한 사람은 누구일까? 바로 조선 중기의 문신이었던 윤춘년이다. 이미 『전등신화』를 다루면서 살펴본 것처럼, 그는 16세기 후반 조선의 출판문화에 중요한 역할을 했다. 임기와 함께 『전등신화구해』라고 하는 주석집을 낸 바 있는 윤춘년은, 선조의 명을 받아 『매월당집』 편찬을 주도했던 것이다. 그런 사람이었으니, 김시습의 『금오신화』 판각에

---

10) 조선간본에 대한 정보 및 발견 경위는 최용철의 다음 글을 참고하면 된다.「금오신화 조선간본의 발굴과 그 의의」(『중국소설연구회보』 제39호, 한국중국소설학회, 1999년 9월),「금오신화 조선간본의 발굴과 판본에 관한 고찰」(『민족문화연구』 제32호, 고려대학교 민족문화연구원, 1999). 이 책에서의 기술 역시 이들 논문에 근거한 것이다.

힘을 쏟는 것은 당연한 일이었다. 대련도서관에 소장되어 있는 조선간본 『금오신화』의 첫머리에는 윤춘년이 편집했다는 기록이 명확하게 남아 있다.

임진왜란 이전에 조선에서 간행되어 읽히던 『금오신화』는 이후 일본으로 건너가 여러 차례 판각을 거치며 인기를 끌다가, 20세기 들어서야 비로소 이 땅에 모습을 다시 드러냈다. 시대의 불우함에 가슴 아파하면서 천하를 방랑하던 김시습의 간고한 삶처럼, 그의 책도 신산한 유랑을 하며 세상의 한 귀퉁이에서 자신의 모습을 겨우 보존하고 있었던 것이다.

귀신의 목소리로 인간의 욕망을 드러내다

'전기'라는 갈래는 당나라 때 성행하였는데, 주로 귀신과 사람 사이의 사랑 이야기를 다룬다. 『금오신화』는 중국의 전기집 『전등신화』의 영향을 받아 창작한 것이라는 점에는 딱히 이의를 달기 어렵다. 물론 중국 작품을 그대로 모방한 것은 아니다. 읽어보면 누구나 쉽게 그 차이점을 찾아낼 정도로 두 작품집은 변별성을 지닌다. 그런데 『금오신화』에 수록된 모든 작품들이 재미있게 읽히는 것은 아니다. 독자들이 가장 재미있어 할 작품을 꼽아본다면 아마도 「만복사저포기」와 「이생규장전」일 것이다. 여러 가지 이유가 있겠지만, 다른 작품의 경우에는 비교적 김시습의 사유를 생경하게 노출시키는 논설적인 부분이 다량 포함되어 있는 반면 위의 두 작품은 귀신과 사람 사이의 사랑 이야기를 중점적으로 다루었다.

그런데 흥미롭게도 이 작품에 등장하는 귀신은 한결같이 여성이다. 그리고 보니 중국의 전기집인 『전등신화』에 등장하는 귀신도 하나같이 여성이다. 남자 귀신은 찾아볼래야 찾아볼 수가 없다. 생각해보면 우리 설화 속에서도 남자 귀신은 여간해선 찾기 힘들다. 총각귀신(몽달귀신)이나 씨름 시합을 하자고 덤벼드는 도깨비가 남성 이미지를 가지고 있기는 하지만, 우리의 전통적인 귀신 설화 속의 귀신은 대체로 여성이다. 동아시아에는 어째서 여자 귀신이 이렇게 횡행한 것일까.

그동안 『금오신화』 연구자들에 의해 작품 속 내용이 뜻하는 바가 상당히 밝혀진 바 있다. 그 안에는 김시습이 어렸을 때 경험했던 궁궐 이미지, 세종을 비롯한 왕에 대한 애틋한 사모의 정, 세조의 왕위 찬탈에 대한 감정, 시대와의 불화로 인한 울분, 시대를 향한 자신의 생각 등을 다양한 방식으로 드러냈다는 것이다.

어떤 작품이든 그 속에는 작가의 삶이 반영되어 있다. 김시습이 『금오신화』의 「용궁부연록」을 썼을 때, 거기에 묘사된 용궁의 모습은 어린 시절 경험했던 것으로 알려진 조선의 궁궐이 반영되어 있다. 「취유부벽정기」에서 만난 여인이 만들어내는 쓸쓸하면서도 낭만적인 분위기는 아마도 잃어버린 청소년기의 꿈에 대한 일종의 헌사로도 읽힌다. 그렇게 본다면, 김시습은 자신의 어린 시절 체험과 생각을 이 작품 속에 아름다운 문체로 그려내고 있는 것이다.

그렇지만 예나 지금이나 독자들의 문학적 상상력을 자극하는 작품은 남녀간의 사랑을 다룬 「만복사저포기」와 「이생규장전」이다. 앞서 언급한 『신독재 수택본 전기집』에서도 이 두 편을 필사한 것을 보면 그 인기를 짐작할 수 있다.

사랑 이야기라고는 하지만, 두 작품은 죽은 여자와 살아 있는 남자 사이의 사귐이 기본 얼개다. 귀신은 이승에서의 못다한 인연을 이루기 위해 남자를 만나게 되고, 그 인연이 다하자 남자와 이별한다. 남자 입장에서 보면 참 억울하기 그지없다. 그러나 남자는 여자 귀신이 하늘로 완전히 떠나버린 뒤에도 그녀에 대한 추억을 버리지 못하고 결국 세상을 등진다. 귀신 입장에서 보면 물론 그 나름의 아쉬움과 미안함이 없을 수 없다. 그녀는 남자 주인공에게 자신의 이야기를 함으로써 속내를 드러낸다. 그렇게 드러내는 속내야말로 작가 김시습이 하고 싶었던 이야기가 아닐까 싶다.

「만복사저포기」의 여자 귀신은 하늘로 올라가기 전 양생에게 자신의 마음을 전한다. 그녀는 검소하고 부지런한 아낙네로서 남편을 받들며 평생을 살고 싶던 여인이었다. 「이생규장전」에서의 여자 귀신 역시 이생李生에게 규중의 법도를 지키면서 아낙네로서의 삶을 살고 싶었다는 이야기를 한다. 그녀들은 한결같이 평범한 아낙네로서의 삶을 갈망하고 있었다. 그렇지만 시대의 험난함은 그녀들을 비켜가지 않았다. 왜구들이 쳐들어오는 바람에 죽음을 당하거나 홍건적의 난리에 목숨을 잃는다. 전쟁을 원하지 않았지만 막상 난리통에 닥치고 보니 목숨을 부지할 길이 없었다.

김시습은 바로 그런 상황을 보여줌으로써 현실의 냉혹함과 사랑의 숭고함을 드러내려 했던 것은 아닐까. 그 자신도 세조의 왕위 찬탈이라는 원치 않던 역사의 현장에서 어떻게 할 줄 모르다가 방랑의 길에 나섬으로써 기구한 운명의 담지자가 되었던 것처럼, 작품 속의 여자 귀신들도 원치 않는 기구한 삶을 살았다. 그들이 대단한 부귀영화를 원했던 적이 있었던가. 그들이 원했던 것은 그저 평범한 한 인간으로서의 삶이었다.

귀신의 목소리로 독자들에게 이야기를 건네지만, 그녀들의 하소연을 곱씹어보면 그건 죽은 자들의 소망이 아니라 살아 있는 우리의 소망이라는 걸 느낀다. 귀신을 통해서 인간의 삶을 드러내려는 것이다. 귀신의 목소리에서 김시습의 숨결을 느낀다.

최고의 문장가가 지은
소설집

『기재기이』

『기재기이』의 발견

『기재기이企齋記異』라고 하면, 웬만큼 한국 고전문학에 관심이
있다는 사람조차도 처음 들어본다면서 고개를 갸웃거린다. 제목
만 봐서는 해석도 안 되니 그 내용을 감 잡기란 쉽지 않다. 이게
수필집과 같은 성격의 잡록류雜錄類인지, 귀신 이야기를 모아놓은
야담류인지 판단이 서질 않는다. 『기재기이』에 대한 기록이 남아
있는 비교적 오래된 책은 조선 중기 이수광의 『지봉유설芝峯類說』
이다. 이 기록에 주목해서 자료를 모으던 소재영 교수도 처음에
는 야담류의 책이 아닌가 싶어 그 소재를 찾기 시작했다고 고백
한 바 있으니, 전공자가 아닌 사람들이야 말할 것도 없겠다.

이 책이 세상에 본격적으로 소개된 것은 1986년 6월 전국 국어
국문학 연구 발표 대회장에서였다. 이때 소재영 교수는 일본 덴
리대학[天理大學]에 소장되어 있는 『기재기이』를 발견하여 발표했
던 것이다. 이후 여러 조사를 통해 고려대학교 만송문고본으로
소장되어 있던 목판본을 발견하게 되었고, 학자들은 이것이 처음
판각되었던 판본이라고 추정했다. 일본의 것은 판본이 간행된 이
후 그것을 다시 필사한 것으로 보이는데, 본문 군데군데 잘못 필
사된 글자가 보이기도 하고 아예 일부분을 빼먹고 필사한 곳도
있기 때문이다. 이를 통해 『기재기이』가 기록으로만 전하던 신광
한의 단편 소설집이었다는 사실이 밝혀졌다.

신광한은 누구인가

신광한(申光漢, 1484~1555)의 호는 기재企齋, 자는 한지漢之 또는 시회時晦, 본관은 고령高靈이다. 24세 되던 해에 과거에 급제하여 벼슬길에 나선 이래 한동안 은거한 시절도 있었지만 의정부좌찬성議政府左贊成에 이르렀던 인물이다. 험악한 사화士禍를 거치면서도 큰 탈이 없었던 그이니, 성품을 짐작할 만도 하다.

사실 그의 이력을 단번에 알려줄 수 있는 막강한 인물이 바로 신숙주申叔舟이다. 신광한은 신숙주의 친손자이기 때문이다. 신숙주가 누구인가. 그는 단종 복위에 주도적으로 참여했던 사육신들의 모의를 알려서 한바탕 피바람을 몰고 온 사건의 중심에 섰던 인물이다. 오죽하면 신숙주의 아내가 멀쩡히 살아 돌아온 남편을 무안주었다는 얘기도 전한다. 옛 야담집에 전하는 것이니 믿거나 말거나겠지만, 조선시대 사람들도 이런 얘기를 즐기면서 사육신 사건에 대한 자신의 생각을 의탁했던 듯하다.

어찌 보면 조상 때문에 자손이 편견 어린 시선을 받는 것은 부당한 일이기도 하다. 그러나 당시 세조의 왕위 찬탈 사건에 대해 의론이 분분했을 터인즉, 신숙주의 손자인 신광한에게 이 사건이 아무런 심리적 충격도 주지 않았을 리 없다. 『기재기이』에 수록된 단편 「안빙몽유록」을 보면 할아버지에 대한 심리적 음영이 은밀히 숨어 있는 것을 알 수 있다. 물론 이런 의견에 대해 다른 생각을 가진 사람들도 있겠지만, 그렇다고 해서 전적으로 그 혐의에서 벗어나기는 어렵지 않을까 싶다.

신광한의 생애에서 중요한 사건을 들라면 두 가지가 먼저 떠오른다. 하나는 늦공부를 시작한 것이고, 다른 하나는 경기도 여주에서 15년간을 은거했던 일이다. 신광한의 부친은 신숙주의 일곱째 아들 신형申泂이고, 신형의 셋째 아들이 바로 신광한이다. 신광한이 네 살 때 부친이 돌아가셔서 그는 어머니 슬하에서 자랐다. 그러니 자라면서 학문 세계에 들어갈 수 있는 계기가 상대적으로 적었음은 충분히 짐작이 간다. 그는 집안 노복들에게조차 놀림을 당하자 점점 공부에 관심을 갖기 시작했다. 15세 되던 해에 비로소 글을 읽을 줄 알게 된 신광한은 그때부터 이름난 선비들을 찾아 공부를 하게 되었다. 그의 진도가 얼마나 빨랐는지 평범한 사람들이 절름발이 노새라면 신광한은 발빠른 준마라는 칭찬을 들었다고 한다. 그 결과 24세가 되던 1507년에는 생진시生進試에 급제하였고, 26세에는 과시課試에, 27세에는 회시會試에, 28세에는 대과大科에 급제하여 앞날이 창창한 젊은이로 기대를 모았다.

조광조(趙光祖, 1482~1519)라는 인물을 기억하는지 모르겠다. 유교적 이상사회를 건설하기 위해 급진적인 사회개혁을 추진하다 결국 훈구파勳舊派의 공격을 받아 1519년 기묘사화己卯士禍 때 죽음을 맞은 인물이다. 신광한과 조광조는 절친한 사이였다. 그런데도 신광한이 기묘사화에 연루되지 않았던 것은, 기묘하게도 사건이 일어났던 당시 신광한은 병 때문에 사직을 한 상태였기 때문이었다. 재앙이 직접 그에게 미치지 못했던 것이다.

이 사건 때문이었는지는 몰라도 기묘사화 이듬해인 1520년, 신광한은 삼척부사를 자원해서 멀리 강원도 삼척에서 생활하다가 1522년 어머니의 죽음을 계기로 경기도 여주에서 15년 간의 오랜 은거 생활에 들어간다. 당시 그는 오로지 책과 음악에 묻혀 살면서 간간이 제자들을 길렀던 것으로 알려져 있다. 1538년 성균관대사성成均館大司成으로 관직에 복귀한 이후 그는 여러 벼슬을 역임한 후 의정부좌찬성에 오른다.

그는 시를 잘 지어서 후세까지 이름이 높았다. 우리나라 최초의 한문학사인 김태준의 『조선한문학사』에서 성현成俔, 박상朴祥, 황정욱黃廷彧 등과 함께 시중사걸詩中四傑로 병치될 정도였다. 그러나 업무 처리 능력은 좋지 못해서, 항상 처리하지 못한 공문서가 책상에 쌓여 있었다고 하니, 그 사람됨을 알 만하다. 문학적 능력에 사람 좋은 성품은 평가할 만하지만 과단성 있는 성격은 아니었나 보다.

훈구파에 속하는 가문의 인물이면서도 사림파士林派와 절친했고, 기묘사화에 연루되지 않았지만 오랜 은거 기간을 가졌다는 점은 신광한에 대한 평가를 쉽지 않게 한다. 한 인물의 일생을 하나의 기준으로 가르는 것은 불가능한 일이지만, 그럼에도 불구하고 그의 삶에는 여러 층의 주름이 교묘하게 숨어 있어서 문학 세계를 엿보는 데 한층 풍성한 무대를 연출해낸다.

『기재기이』에 수록된 네 편의 단편

「안빙몽유록」의 주인공 안빙(安憑, 이름을 해석하면 '편안히 기대 있다'
는 뜻이다!)은 과거 낙방생이다. 그는 화단에 진기한 화초를 잔뜩 심
어놓고 감상하면서 시를 읊조리는 것으로 봄날을 보내는 사람이
다. 하루는 풋잠이 설핏 들었다가 알 수 없는 신비로운 마을을 방
문한다. 그곳의 왕은 이부인李夫人(오얏꽃)과 반희班姬(복숭아꽃)를 비
롯하여 조래선생徂來先生(소나무), 수양처사首陽處士(대나무), 동리은일
東籬隱逸(국화), 옥비玉妃(매화), 부용성주芙蓉城主 주씨周氏(연꽃) 등을
불러 한바탕 잔치를 벌이고 시를 지으며 즐긴다. 그러다가 갑작
스러운 천둥소리에 깜짝 놀라 잠에서 깨어난다.

정신을 차리고 주변을 살펴보니 부슬비가 축축하게 내리고 있
었다. 곧바로 정원으로 나가보니 모란(왕) 한 떨기가 땅에 떨어져
있었고, 여러 가지 화훼花卉들이 여기저기 널려 있었다. 그제야 안
빙은 꿈속의 여러 인물들이 꽃이 만든 변괴라는 사실을 알고 이
후로는 정원에 눈도 돌리지 않고 오직 책만 읽었다고 한다.

이 작품의 묘미는 우리가 일상적으로 대하는 화단의 여러 가지
꽃들에 대한 정교한 의인화에 있다. 작자는 꽃이 가지는 상징적
측면을 의인화하여 흥미로운 이야깃거리로 만들었다. 이 때문인
지 여러 단편들 중 비교적 널리 읽힌 것도 이 작품이다. 국문본
「안빙몽유록」이 전하는 것에서 작품의 인기를 엿볼 수 있다. 그
러나 등장인물이 정확하게 어떤 꽃을 의인화한 것인가 하는 점에

서는 의견이 분분한 부분도 있다. 예를 들면, 조래선생의 경우 국문본 소설의 본문에서는 소나무라고 주해를 해놓았으나 최승범 교수는 대나무로 보았다. 수양처사의 경우 역시 국문본에는 수양버들로 주석을 붙였지만(소재영 교수 역시 수양버들로 봄) 최승범 교수는 매화로, 박헌순 선생은 대나무로 보았다. 이러한 것들이 작품을 읽어나가는 데 장애가 되기도 하지만, 각 인물의 성격을 묘사하거나 그들에 관련된 고사를 인용하는 솜씨를 통해 작품을 구성해나간 수법을 흥미롭게 읽을 수 있다.

「서재야회록書齋夜會錄」은 선비의 오랜 벗 문방사우文房四友를 의인화하여 지은 작품이다. 20년 전만 하더라도 볼펜의 잉크가 다할 때까지 사용하는 것은 물론이고 몽당연필도 볼펜대에 끼워서 마르고 닳도록 썼으니, 지금 생각하면 격세지감이 있다. 공부하는 학생 입장에서 가장 가까운 사물을 꼽자면 당연히 연필과 연습장, 책이었다. 이들은 언제나 우리 주위를 서성이고 있어 필요할 때마다 요긴하게 사용할 수 있었다.

옛날 선비들에게 가장 가까운 친구는 당연히 문방사우, 즉 종이, 붓, 먹, 벼루가 그것이다. 이들은 글공부하는 선비들의 필수품이자 평생의 지기였다. 속마음을 가장 먼저 전하는 것도 이들이요 아름다운 글을 후세까지 전하는 것도 이들 덕분이었다. 그러니 선비들의 총애야 말할 필요도 없다. 「서재야회록」은 이들 벗에 대한 사랑을 고백한 한 선비의 기록이다.

달산촌達山村에 사는 한 선비가 은하수 흐르는 아름다운 밤에 자신의 서재에서 네 사람이 둘러앉아 담소를 나누고 있는 것을 발견했다. 이들은 자신의 주인을 위해 몸을 아끼지 않고 일을 했는데 오히려 둔하다거나 경박하다고 놀림을 당해왔다면서 불만을 터뜨리고 있었다. 선비는 그들과 시도 주고받으며 시간을 보냈다.

아침 늦게 일어난 선비는 방 안에 있는 붓, 벼루, 종이, 먹을 찾아보니, 옛날에 보관해두었던 벼루는 바람벽 흙덩이를 맞고 깨어져 있었고, 붓 한 자루는 무늬 있는 대나무 대롱으로 만들었는데 뚜껑이 없어진 채로 너무 닳아 쓸 수 없었고, 먹 한 개는 다 닳아 한 치도 안 되게 남아 있었고, 종이는 장 단지를 덮는 용도로 사용하고 있었다. 이에 느낀 바가 있어서 선비는 즉시 제문을 지어 이들을 조문하고 담장 밑에 묻어주었더니, 그날 밤 꿈에 이들이 와서 사례하면서 선비가 앞으로 40년은 더 살 수 있으리라는 말을 했다. 이후부터는 밤에 서재에서의 변괴가 없어졌다고 한다.

이 작품은 전체적으로 가전체假傳體와 몽유록夢遊錄을 혼합하여 지은 것이다. 붓을 의인화하여 글을 쓰는 전통은 당나라 한유의 「모영전毛穎傳」을 필두로 많은 사람들이 지은 바 있다. 그러나 문방사우를 모두 등장시켜 지은 작품은 거의 없다.

여기 등장하는 벗들은 모두 효용 가치를 잃고 버려진 존재들이다. 선비 역시 시골에서 쓸쓸하게 지내는 인물이다. 신명을 다해 일했지만 노둔하고 경박하다는 평이나 듣고 버려진 몸들이다. 그러니 세상에 대해 어찌 할 말이 없겠는가. 이 글은 아마도 신광한이 경기도 여주에 은거할 시기에 지어진 것으로 보인다. 쓸쓸함과 아쉬움이 아름다운 시편들과 함께 펼쳐지는 작품이다.

「최생우진기崔生遇眞記」는 주인공 최생이 신선이 된 이야기다. 강릉 사람 최생이 신선 공부를 하는 증공證空 스님과 함께 강원도 삼척 두타산 무주암無住菴에서 지내던 시절이었다. 두 사람은 함께 용추동에 놀러 갔다가, 최생이 그만 벼랑에서 떨어진다. 세월이 꽤 흐른 어느날, 홀연 최생은 증공 스님을 찾아온다. 최생의 말에 의하면 벼랑 아래쪽에 마을이 있었고, 그곳은 바로 수부水府였다. 그는 거기서 신선이 되어 다시 돌아온 것이다. 그 뒤 최생은 산속으로 들어가 약초를 캐며 지냈는데 그가 어떻게 되었는지 아무도 몰랐으며, 증공 스님은 오래도록 무주암에 살면서 이 이야기를 이따금씩 하곤 했다는 것이다.

「최생우진기」는 신광한이 젊은 시절 삼척부사를 지냈던 경험이 반영된 작품이다. 이 작품에서도 등장인물은 각각의 어떤 역사적 인물을 염두에 두고 씌어진 것 같지만, 동선洞仙이 신라 말 지식인 최치원을 의미한다는 것 외에는 짐작이 가지 않는다. 아득한 벼랑에 떨어졌다가 우연히 물 속의 신선계를 여행하고, 그 과정에서 자신의 문학적 재능을 마음껏 펼쳐 보인다는 설정은 이미 김시습의 『금오신화』에 수록된 단편 「용궁부연록」에서 보였다. 그런 점에서 김시습의 영향이 엿보이는 부분이기도 하다.

「하생기우전何生奇遇傳」은 하생이 죽은 미녀를 살려내서 결혼한 이야기다. 고려시대 하생이라는 사람이 있었다. 과거 시험에도 낙방하고 실의에 빠져 지내다가 우연히 어떤 여자를 만난다. 그녀는 이미 죽은 몸이었는데, 다행히 이승으로 다시 가라는 명을 받은 처지였다. 결국 하생은 그녀의 기지로 살아나게 되고, 집안의 반대에도 불구하고 그녀는 하생과 결혼을 하게 된다는 이야기다.

이 작품을 읽으면 김시습의 『금오신화』에 수록된 「만복사저포기」가 떠오른다. 무덤 속 여인과 사랑을 나눈다는 점, 무덤에 부장품으로 묻었던 물건으로 신표를 삼는다는 점 등이 비슷하기 때문이다. 그러나 결정적으로 다른 점이 있다. 「만복사저포기」와는

기재기이 (고려대학교 만송문고본)

김시습과 허균 사이에는 거의 150여 년 이상의 거리가 있어서 우리 문학사 특히 소설사의 초기 단계는 엉성하기 그지없었는데, 근래 채수가 지은 『설공찬전』을 비롯하여 신광한의 『기재기이』가 발견됨으로써 그 공백의 상당 부분을 메울 수 있게 되었다.

달리 「하생기우전」에서는 무덤 속 여인이 살아나오고, 이들의 사랑은 행복한 결말로 맺어진다는 점이다. 정말 근본적인 차이다.

똑똑하지만 별 볼일 없는 가문의 촌놈이 온 나라에 명성이 유명짜한 재상의 딸과 결혼한다는 이야기 설정은 독자들의 호기심을 충분히 자극한다. 신광한은 신이하고 낭만적인 사랑 이야기 속에 사랑이 주는 따뜻함, 세상에 대한 우회적인 비판 등을 자연스럽게 담았다. 물론 옥황상제가 죽은 여자를 살려준다는 것에 부자연스러움이 없는 것은 아니지만, 그는 이전의 전기소설적 전통을 잘 이어서 아름다운 사랑 이야기를 만들어냈다. 그리고 그 이면에 이승에서의 행실이 저승까지 이어진다는 권선징악적 분위기를 슬며시 끼워놓았다.

이른 시기에 판각된 소설집

우리의 상식을 동원해도 조선 전기 소설사를 말하라면 누구나 김시습의 『금오신화』를 효시작으로 해서 허균의 『홍길동전』으로 훌쩍 건너뛰게 마련이다. 그 사이에 들어가는 작품으로는 기껏해야 『왕랑반혼전王郎返魂傳』이나 『원생몽유록元生夢遊錄』『화사花史』 등을 들면 끝이다. 그러나 김시습과 허균 사이에는 거의 150여 년 이상의 거리가 있어서 우리 문학사 특히 소설사의 초기 단계는 엉성하기 그지없었다. 그런데 근래 채수蔡壽가 지은 『설공찬전』을 비롯하여 신광한의 『기재기이』가 발견됨으로써 그 공백의 상당 부분을 메울 수 있게 되었다.

　더욱이 이 작품은 기록으로 볼 때 현재 전하는 우리 고전소설 작품 중에서 매우 이른 시기에 판각된 것이다. 고려대학교 만송문고본 『기재기이』의 뒷부분에는 이 작품을 판각하게 된 연유를 적은 발문跋文이 붙어 있다. 그 글에 의하면 『기재기이』의 판각 연대는 1553년이다. 신광한이 죽기 2년 전에 이미 간행되어 세상에 유포된 것이다. 『금오신화』 조선간본의 경우 김시습 당대에 판각되었다는 기록이 없이 윤춘년의 편집으로 판각된 것이 남아 있는 걸 보면, 『기재기이』의 판각 시기는 상당히 빠른 셈이다.

　삶의 고비마다 자신의 감회를 허구적인 이야기 속에 가탁하여 울적한 심회도 풀고 자신의 생각도 우회적으로 표현했던 신광한의 글 솜씨는 한시뿐만 아니라 『기재기이』에 담긴 소설 속에서도 빛을 발한다. 그 작품을 읽으면서, 우리는 우리 삶의 어떤 곡절을 발견할 것인가.

『춘향전』에 딴지를 걸다

『수산 광한루기』

독서와 몰입

책을 읽으면서 나도 모르게 저자의 생각에 빠져들 때가 있다. 사실 저자의 생각에 빠져들지 않는 한 독서의 재미에 흠뻑 젖어들기 힘들다는 점을 부인하지는 못할 것이다. 어떤 종류의 책이든 저자는 독자를 설득해서 자신의 논리 속으로 끌어들이려 하고 독자는 저자의 생각을 읽으면서 자기의 것과 비교하거나 거기 동화되는 과정을 통해서 독서 체험의 즐거움을 누리고자 한다. 그렇게 저자와 독자는 의견을 교환하고 동지가 되어가고 마음의 벗이나 사제지간이 되어간다. 맹자도 이미 갈파한 것처럼, 옛사람과 벗하는 '상우尙友'는 독서인의 큰 기쁨이다. 시간과 공간을 뛰어넘어 우리는 '책'이라는 매개체를 통해 벗이 된다. 천고의 성현을 벗으로 삼을 수도 있고, 천하의 잡놈과 어울려 상상의 공간 속에서 전혀 새로운 생활을 맛볼 수도 있다.

성향에 따라 다르겠지만, 책에 완전히 몰입해 책 속의 화자와 내가 하나되어 새로운 체험을 하는 즐거움은 소설만 한 것이 없을 터이다. 재미있는 소설은 두고두고 여러 차례 반복해서 읽기도 한다. 『삼국지』를 열 번 읽었다느니, 『수호전』을 일곱 번 읽었다느니 하면서 자신이 읽은 횟수를 자랑삼아 이야기하는 이들을 더러 본다. 일종의 과시욕이라 하더라도 그 속에는 자신이 소설 속 인물이 되어 종횡무진 활약하는 듯한 기분을 느낀 즐거움이 슬며시 묻어 있다.

그런 즐거움은 살인을 불러오기도 한다. 조선 후기의 문인인 조수삼趙秀三의 기록 중에 '전기수傳奇叟' 기사는 널리 알려진 살인 사건이다. 당시 한양성 탑골 부근(지금의 종로3가)에는 책을 읽어주는 사람이 있었다. '전기수'란 '이야기 책 읽어주는 영감'이라는 뜻이다. 사람들에게 인기 있는 작품을 선택해서 읽어주면, 길을 지나던 사람들이 발걸음을 멈추고 그의 낭독을 듣곤 했다. 문맹률이 워낙 높았던 시절이니 한글을 해득하지 못하는 사람들이 아주 많았을 것이다. 그들은 길가에 앉아서 전기수가 읽어주는 책에 흠뻑 빠져서 갈 길을 잊곤 했다. 아마도 읽어주는 책의 종류는 다양했을 것이다. 『춘향전』과 같은 염정소설이 있는가 하면 『사씨남정기』 같은 가정소설도 있었을 것이다. 정확한 자료는 남아 있지 않지만, 대중들의 인기를 얻는 소설이라면 무엇이든 읽었을 법하다.

전기수가 영웅소설을 읽을 때였다. 줄거리는 점점 흥미진진해지더니, 영웅이 실의에 빠진 대목에 이르렀다. 바로 그 순간, 듣고 있던 청중 가운데 한 사람이 뛰어나오더니 책을 읽어주던 전기수를 칼로 찌르는 일이 벌어졌다. 그는 소설 속의 영웅과 자신을 동일시하며 이야기에 흠뻑 빠져 있었으므로, 소설 속 영웅이 실의에 빠진 것을 자신이 그렇게 된 것처럼 생각한 것이다. 허구와 현실이 하나로 합쳐지면서 순식간에 살인 사건이 벌어진 것이다. 책에의 몰입이 살인에 이르는 순간이었다.

'딴지 걸기' 로서의 책 읽기

책을 읽다 보면 괜히 딴지를 걸고 싶어질 때가 있다. '딴지'를 거는 행태도 다양하게 나타나겠지만, 대부분은 그냥 혼잣말로 중얼거리는 차원에서 끝내고 만다. 딴지의 본격적인 형태를 꼽자면 아마도 서평書評이 아닐까 싶다. 사실 서평의 개념이나 범주가 너무 넓어서 한두 마디로 정의할 수 없기는 하다. 그렇지만 서평의 근저에는 언제나 책을 통한 저자와 충실한 독자의 만남이 위치한다.

근래 들어 이른바 '주례사 비평'의 폐해에 대해서는 여러 차례 심각한 지적을 받았거니와, 그렇다고 해서 그러한 비평이 없어지지는 않을 듯하다. 동서고금을 막론하고 새로운 책을 선보이는 사람 입장에서는 되도록 좋은 내용을 널리 전하고 싶어하고, 이를 위해 평론가 내지는 충실한 독자 및 전문가의 소개글을 원하기 때문이다. 근대 이전의 동아시아에서도 좋은 표현 일색인 서평은 무수히 존재했다. 가까이는 문집의 서문에서부터 넓게는 개인의 독서기에 이르기까지, 다양한 형태의 서평은 해당 서책의 내용을 빛내는 중요한 도구였다. 그러나 이들 대부분은 개인의 주관적 느낌이 주를 이루기 때문에 서술상의 엄밀함은 현저히 떨어졌다.

또한 경서에 대한 서평인가, 개인 저작에 대한 서평인가, 혹은 그밖의 것에 대한 서평인가에 따라 형식과 내용은 달라지게 마련이었다. 그중에서도 소설이나 시에 붙인 비평은 학술적 엄밀함을 벗어나 자유로운 개성을 마음껏 드러내는 글이다. 그것은 저자의 의도를 명확히 드러낸다는 1차적 목적 이외에, 작품의 해석을 통해서 자신의 생각을 드러낸다는 점에서 때때로 범상치 않은 지점을 은밀하게 숨기고 있다. 이런 측면에서 보면 『수산水山 광한루기廣漢樓記』에 붙인 평비評批만큼이나 흥미롭고 자유로운 비평은 흔치 않다.

『수산 광한루기』의 평비를 읽는 재미

『수산 광한루기』는 수산 조항趙恒이 짓고 운림초객雲林樵客이 편집하였으며 소엄주인小广主人이 평비評批를 붙인 책으로, 『춘향전』을 바탕으로 해서 새롭게 쓴 한문소설이다. 주인공 춘향만 이름이 같을 뿐 다른 인물들의 이름은 『춘향전』과 다르게 나타난다.

수산 광한루기 (국립도서관 소장본)

『춘향전』을 바탕으로 해서 새롭게 쓴 한문소설 『수산 광한루기』는 다른 무엇보다 거기에 붙어 있는 '평비'가 흥미로운 작품이다. 한문 구절이나 단어 뒤에 본문보다 작은 글자로 평비자의 짧은 평비를 붙였는데, 이것이 오히려 작품 원문보다 훨씬 묘미가 있다.

예컨대 이도령의 이름은 이도린李桃隣, 사또 이름은 원숭元崇, 방자 이름은 김한金漢 등으로 표기한 것이 그것이다.

1845년경에 창작된 것으로 추정되는 이 작품은, 현재 여섯 종 이상의 이본이 전해진다. 필사본이 주류를 이루지만 20세기 초반에 남원군청에서 활자본으로 펴낸 책도 있는 것으로 보아 상당한 인기를 끌면서 읽힌 것으로 보인다. 이 작품이 흥미로운 것은, 다른 무엇보다 거기에 붙어 있는 '평비' 때문이다. 한문 구절이나 단어 뒤에 본문보다 작은 글자로 평비자評批者의 짧은 평비를 붙였는데, 이것이 오히려 작품 원문보다 훨씬 묘미가 있다. 그중 한 대목을 우선 읽어보자.

> 어사는 빈뜰에 우두커니 서서 슬픔을 금치 못하고 있었다. 때마침 월매가 밖에서 들어오며 말했다.
>
> "웬 사람이길래 대낮에 남의 집에 함부로 들어온게요?" (월매가 정말 몰라보는구먼.)
>
> 어사가 앞을 향해 말했다.
>
> "그동안 별고 없으셨는지요?" (어사야 물론 알아보시겠지.)
>
> 월매가 한참 동안 자세히 보더니 (이제야 알아보시는군 그래.) 눈이 휘둥그래지고 입이 풀리면서 뒤로 벌렁 나자빠졌다. (마음이 슬프겠지.)
>
> 어사가 부축하여 일으키며 위로하였다.
>
> "걱정하지 마세요." (제 스스로 도리가 있다는 거겠지.)
>
> 월매가 다시 자세히 보더니 말했다.

"우리 애기 살려내소, 우리 애기 살려내." (그 말이 간절하네.)

어사가 말했다.

"춘향이가 어디 있기에 나더러 살려내라는 겁니까?" (모르는 척 하기는…….)

춘향이가 옥에 갇히고 남원 신임 사또 원숭(사실 '元崇' 이라는 이름도 한자의 뜻으로 보면 '최고로 높은 사람' 이라는 뜻이지만 우리말 발음으로 하면 '원숭이' 가 된다는 점을 잘 살펴야 한다)의 핍박을 받고 있을 때였다. 당시 이도령은 과거에 급제하고 남원 지역에 암행어사로 와서 모든 사정을 훤히 꿰고 있는 상태에서 월매의 집을 방문한 것이다. 위의 인용문은 바로 그 시점을 묘사하고 있다. 원문 사이 괄호 안의 글이 '평비' 에 해당한다. 이것은 글을 읽어나가면서 자신이 참견하고 싶은 대목에 마음껏 평을 써넣는 방식으로 이루어졌다.

특별한 설명 없이, 그냥 읽기만 해도 포복절도할 평비가 곳곳에 붙어 있다. 『수산 광한루기』를 읽는 독자들은 본문 외에도 곳곳에 딴지를 걸거나 중요한 지점을 포착해서 독자들의 눈길을 끄는 평비자의 솜씨에 웃음과 감탄을 날린다.

이러한 형식으로 간단한 평비를 붙이는 방식은 명나라 말기에서 청나라 초기까지 활동했던 문인 김성탄(金聖嘆, ?~1661)에게서 영향을 받은 것이다. 그는 두보의 시를 비롯한 당시唐詩 등에도 평을 붙였을 뿐 아니라 『삼국지연의』 『수호전』 『서유기』 등 이름난 소설 작품에 평을 붙이는 작업을 했다. 그중에서도 『서상기西廂記』

에 붙인 평비는 최고의 작업이라 할 만하다. 김성탄 평비본 『서상기』는 조선 후기 우리나라 소설 독자들에게 널리 읽혔다. 그는 각 구절을 읽으면서 기존의 생각이나 본문의 흐름을 교묘하게 비틀어 독자들에게 새로운 시선을 제공하였다. 이 같은 방식은 조선의 독자들이 소설을 읽는 또 다른 재미에 눈을 뜨게 했는데, 『수산 광한루기』의 평비로 그 결실을 본다.

『수산 광한루기』를 읽는 또 하나의 묘미는 평비자인 소엄이 제시하는 독서 방법과 기존의 춘향전 이해에 대한 비판이다. 소엄은 『광한루기』를 읽는 방법으로 네 가지를 제시한다. "술을 마시면서 읽어 기운을 북돋워야 하고, 거문고를 연주하며 읽어 운치를 도와야 하고, 달을 대하고 읽어 정신을 북돋워야 하고, 꽃을 보며 읽어 격조를 도와야 한다." 이 네 가지를 먼저 제시한 뒤, 각각의 조항에 대해 상당히 긴 해설을 달고 있다. 그 내용을 보면 김성탄의 논리를 그대로 가져와 이용한 부분도 있어서 그 영향관계를 충분히 짐작하게 한다. 소설의 구조와 내용에 대한 비교적 객관적인 분석이 돋보이는 이 글은, 조선 후기 소설론의 중요한 지점을 보여주는 자료다.

게다가 춘향전을 이해하는 자신의 시각을 보여주는 부분도 있다. 여기서는 '동홍선생冬烘先生'이라는 가공의 인물을 내세워서 기존의 춘향전 이해를 비판한다. '동홍선생'이란 앞뒤가 꼭 막힌, 융통성 없는 사람을 지칭하는 말이다. 그중의 한 대목을 보자.

동홍선생이 『광한루기』를 본다면 필시 '이건 음탕한 책이야, 음탕한 책!' 이라고 했으리라. 그러나 이는 시골구석의 하찮은 말이다. 그가 어떻게 음란한 것과 음란하지 않은 것을 알았던 적이 있었겠는가. 그저 남녀 사이의 일만 보아도 무조건 '음란하다' 는 글자를 갖다 붙일 것이다. 가령 『시경詩經』 「관저關雎」 편의 시에 대하여 '즐겁지만 음탕하지 않다樂而不淫' 라는 공자의 주석이 없었더라면, 그는 거기 나오는 '자나 깨나' '몸을 뒤척이며' 같은 구절을 음란한 유형에 집어넣었을 것이다. 그러므로 수산은 『광한루기』를 지으면서 동홍선생이 읽지 못하게 했으면 좋겠다고 천만 번 간절하게 기원하는 바이다.

조선시대 유학자들이 소설을 읽히지 말라고 주장하면서 자주 거론하는 것이 바로 '소설이란 음탕 교과서' 라는 점이다. 자제들이 이런 소설에 빠지게 되면 정작 유학자로서 공부해야 할 경서는 도외시할 뿐 아니라 정신적 황폐함을 가져온다는 것이다. 풍속을 어지럽히고 마음을 더럽히는 것들인데도 어린 자제들은 그 사실을 알지 못하니, 이러한 책들을 모두 금지시켜야 한다는 주장이다. 특히 『춘향전』의 경우 음탕함의 전형으로 거론될 만한 부분이 있었기 때문에, 이를 두고 많은 유학자들의 비방이 집중되었던 것은 당연한 일이다.

소엄은 바로 이 점을 염두에 두고 비판의 칼날을 세운 것이다. 그는 사대부들이 가장 높이 떠받드는 『논어』와 『시경』을 전거로 들면서 『춘향전』을 옹호한다. 작품의 표면적인 것만 보고 모든 것을 재단하는 천박한 안목을 가진 사람들이 어떻게 『춘향전』의 예술적 성취를 알아보겠느냐고 질타한다.

　서평은 단순히 책을 소개하고 그 뛰어난 점을 사람들에게 보여주는 차원의 작업이 아니다. 하나의 책을 통해서 자신의 생각을 창조적으로 표현하고, 저자와의 토론을 이끌어내면서 새로운 사유의 지평을 넓혀나가는 작업이어야 한다. 소엄과 같은 엄정한 정신과 새로운 안목으로 책을 대한다면, 어떤 책이든 내 정신의 경역을 넓혀주는 매개체가 아니겠는가.

내 마음속 요괴와 만나는
여행길

『서유기』

『서유기』를 읽는 즐거움

동화책으로 처음 손오공을 만나던 날, 나는 근두운에 여의봉을 가지고 휘두르며 산과 들을 뛰노는 꿈을 꾸었다. 언제 어디서나 휘파람만 불면 코앞에 대령하는 구름 한 조각, 마음대로 커지고 작아지는 여의봉, 털을 뽑아 자신의 분신을 수없이 만들어내는 뛰어난 마술, 다양한 사물이나 동물로 변하는 변신술 등 손오공은 내가 되고 싶었던 최고의 인물이었다. 마음에 들지 않으면 어디서나 난리를 피워서 의견을 관철시켰고, 슬픔의 그늘은 전혀 없이 오직 즐거운 마음과 발랄한 행동으로 자신의 삶을 이어나가는 그의 모습도 당연히 부러웠다. 이렇게 내 마음속에 각인된 손오공의 이미지는 오랫동안 지속되었고, 『서유기西遊記』는 그 범위 안에서 이해되었다.

그 이후 나는 여러 차례에 걸쳐 『서유기』를 읽었다. 그림이 많이 수록된 동화책에서 시작한 『서유기』 독서 여행은 세로로 조판된 책을 거치면서 조금씩 깊어졌다. 그러다가 우연히 『서유기』가 100회에 달하는 매우 긴 장편이라는 사실을 알게 되면서부터 그 전모가 궁금해졌다. 어차피 한문으로 읽을 능력이 되지 않으니 번역본을 구해야 했다. 그러나 어디서도 완역본으로 생각되는 책은 발견되지 않았다. 고등학교 시절, 헌책방에서 발견된 세 권짜리 『서유기』가 그나마 가장 긴 판본이었다. 지금은 번역자도 출판사도 기억나지 않지만, 그 판본을 읽으면서 나는 참으로 행복한 책 읽기를 했었다. 하도 여러 번 읽어서 어떤 부분은 책장이 나굿나굿해질 정도였지만, 손오공의 신나는 마술 여행은 언제나 내게 긴장과 즐거움을 선사했다. 아기의 모습을 닮은 과일에 얽힌 이야기라든지, 우마왕 가족으로 나오는 나찰녀와 홍해아 이야기는 지금도 생생하게 기억난다.

훨씬 세월이 흘러서 다시 『서유기』를 접하게 된 것은 1990년대 이후였다. 그 전에도 완역본이 있기는 했지만, 내 눈에 그 책이 들어오게 된 것은 90년대 이후 여러 종의 완역본이 출간되면서부터였다.[11] 중국 연변과 우리나라에서 여러 사람들이 번역을 해서 출간했는데, 그 책들을 보면서 다시 한번 읽고 싶다는 생각을 했다. 어렸을 때의 즐거웠던 기억을 다시 느껴보고 싶었는지도 모르겠다. 그렇게 시작한 『서유기』 다시 읽기는 근 한 달 가까이 내 삶의 활력소가 되어주었다. 집에 들어가기만 하면 밤늦도록 이 책을 읽었다. 어렴풋한 기억으로 남아 있던 일화들이 책을 다시 읽는 동안 또렷하게 떠오르곤 했다. 그러면서 『서유기』가 단순히 손오공을 주인공으로 한 여행 문학만은 아니라는 사실을 알게 되었다.

---

11) 서유기의 번역본 출판 목록은 민관동 교수의 「서유기의 국내 유입과 판본 연구」(『중국 고전소설의 전파와 수용:한국편』(아세아문화사, 2007)에 상세하게 정리되어 있다.

『서유기』의 형성 과정

중국문학사에서 『서유기』는 『삼국지연의』 『수호전』 『금병매』와 더불어 '사대기서'로 꼽힌다. 이들 중 『금병매』를 제외한 나머지 작품들은 한 사람의 손에서 창작된 것이 아니다. 마치 구비문학 작품이 일종의 적층성積層性을 가지는 것처럼, 많은 설화와 역사적 사실, 무명의 작가들에 의해 서서히 형성되어왔다. 그런 점에서 보면 『서유기』 역시 하루아침에 완성된 것은 아니다.

『서유기』의 기본 줄거리는 당나라의 삼장법사三藏法師가 석가모니가 있는 영산靈山으로 가서 불경을 가지고 돌아온다는 것이다. 널리 알려진 것처럼 이 이야기는 당나라 스님인 현장(玄奘, 602~664, '三藏'은 당태종이 그에게 하사한 시호임)을 모델로 삼아 만들어졌다. 현장 스님은 627년, 그의 나이 스물여섯에 서역으로 불경을 얻기 위한 취경여행取經旅行을 떠나게 된다. 그의 방대한 프로젝트는 애초에 국가의 허락을 받지 못한 상태에서 시작하는 것이었으므로, 누구에게도 알리지 못한 채 어려운 출발을 해야 했다. 수많은 나라의 험난한 길을 지나면서 수없이 많은 죽음의 위기를 겪었지만, 그는 진리에 대한 불굴의 의지로 모든 것을 이겨내고 드디어 천축국에 도착한다.

거기서 약 10여 년간 지내면서 인도어를 익히고 불교를 연구하며 불교 성지를 두루 돌아본 뒤 불경 640질이라는 엄청난 책과 함께 당나라로 귀국한다. 그의 귀국이 641년의 일이니, 햇수로 18년 동안이나 진리를 향한 취경여행을 한 것이다. 당시 황제였던 당태종은 현장법사의 위대한 여행 소식을 듣고 대대적인 환영을 한다.

귀국 뒤에는 제자들과 함께 불경 번역에 매진한다. 그 사이 태종의 요청에 의해 현장이 취경여행의 과정과 견문한 것을 구술하고 그 제자인 변기辯機가 이를 정리한 책이 바로『대당서역기大唐西域記』다. 모두 열두 권으로 되어 있는 이 책은 138개국에 대한 정보가 담겨 있고, 지금은 사라진 나라와 불교 유적, 풍속 등이 수록되어 있는 귀중한 문화유산이다. 이 책에서 모티브를 얻어 만들어진 것이 바로『서유기』이다.

그렇다면 손오공의 이미지는 어디서 왔을까? 연구자들에 의하면 그것은 인도의 최고 서사시인『라마야나』속에 나오는 '하누만'이라는 원숭이에게서 온 것으로 본다. 중국문학의 전통에서 신통력을 가진 원숭이 이미지가 흔치 않는다는 점을 생각한다면 인도의 전통에서 영향을 받았을 거라고 추정할 수 있다.

어떻든 실존 인물인 삼장법사 이야기와 신통력을 가진 원숭이 이야기가 만나서『서유기』의 전 단계를 만들었다는 점은 분명해 보인다. 그 점을 보여주는 책은 평화소설平話小說인『대당삼장취경시화大唐三藏取經詩話』와 연극 대본이라 할 수 있는 잡극雜劇『당삼장취경시화唐三藏取經詩話』다. 여기서 나타나는 인물들의 개성이 일관된 것은 물론 아니다. 평화소설에서의 원숭이는 점잖고 예의 바르며 신통력도 대단하다. 그는 불법의 이치를 잘 아는 종교적인 원숭이다. 그러나 잡극에 오면 음험한 성격에 여자를 밝히는 원숭이로 나온다. 종교적 색채는 옅어지고 요귀로서의 성격이 좀 더 강하게 나타난다.[12] 이런 단계를 거친 뒤 드디어 우리가 읽고 있는 『서유기』가 탄생한 것이다.

현재 우리에게 알려진 『서유기』는 흔히 '100회본' 『서유기』 또는 '세덕당본世德堂本' 『서유기』라고 부른다. 제1회, 제2회……, 하는 방식으로 작품이 구성된 소설을 흔히 회장체回章體 소설이라고 한다. 근대 이전 중국 장편소설의 대부분이 회장체 소설이다. 우리나라에서도 『구운몽』이라든지 『사씨남정기』 『옥루몽』 등 조선 후기 장편소설들은 회장체 소설로 되어 있다. 우리가 흔히 접하는 『서유기』는 100회로 구성되어 있기 때문에 그렇게 부른다. 또한 그 책을 출판한 곳이 명나라 때 금릉金陵에 있던 세덕당이었으므로 그렇게 이름을 붙이기도 한다. 현재 독자들 입장에서는 이 책이 가장 선본善本이다.

100회본 『서유기』의 작자는 오승은(吳承恩, 1500?~1582?)이라고 알려져 있다. 작자 문제는 단순치가 않다. 오승은에 대한 구체적인 문헌 정보가 적기 때문이기도 하지만, 『서유기』의 형성 과정이 제대로 파악되지 못한 상태기 때문에 누구를 대표 작자로 보아야 하는지에 대한 연구자들의 이견이 분분하다.

『서유기』의 형성 문제와 관련하여 『박통사언해朴通事諺解』를 언급하지 않을 수 없다. 이 책은 조선 성종 때 최세진崔世珍이 엮은

---

12) 이 부분은 나선희의 『서유기: 고대 중국인의 사이버스페이스』(살림, 2007)에서 주로 참고했다.

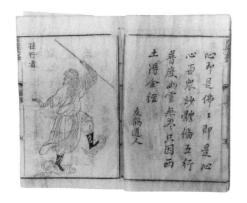

서유기 (강원대학교 박물관 소장본)

손오공의 이미지는 어디서 왔을까? 연구자들에 의하면 그것은 인도의 최고 서사시인 『라마야나』속에 나오는 '하누만'이라는 원숭이에게서 온 것으로 본다. 중국문학의 전통에서 신통력을 가진 원숭이 이미지가 흔치 않다는 점을 생각한다면 인도의 전통에서 영향을 받았을 거라고 추정할 수 있다.

중국어 학습서다. 흥미롭게도 『박통사』안에는 불법을 경시하는 차지국車遲國에서 삼장법사와 손오공 일행이 내기를 하는 내용이 들어 있다. 이 부분은 세덕당본 『서유기』중 제46회의 내용과 일치한다. 『박통사』의 성립 연대를 정확히 추정하기 어려워서 더이상의 논의를 하기는 어렵지만, 이 책에는 원대元代의 말이 들어 있는 것으로 미루어 『서유기』의 성립과 전래는 고려 후기까지도 소급될 수 있으리라고 본다.[13]

---

13) 이 점에 대해서는 일찍이 정규복 교수가 「서유기와 한국 고소설」(『아세아연구』제15권 제4호, 고려대 아세아문제연구소, 1972)에서 언급한 이래 여러 연구자들에 의해 논의된 바 있다.

그 많은 요괴들은 어디서 오는 것일까?

『서유기』가 우리 땅에 전래된 분명한 기록은 역시 허균에게서
처음 발견된다. 소문난 책벌레 허균은 명나라 시기의 소설 작품
을 상당히 탐독했을 뿐 아니라 스스로 여러 편의 소설 작품을 창
작하기도 했다. 허균 역시 『서유기』의 작자를 확정하지 못했을
뿐 아니라 현장법사의 『취경기取經記』를 부연하여 지은 것으로 파
악하고 있다. 아울러 이 작품의 주제를 불가佛家의 수련 과정을 보
여주는 것이라고 하였다.[14] 어떤 판본을 읽었는지는 확인할 수 없
지만, 세덕당본 『서유기』가 명나라 후기에 나온 것으로 본다면
허균이 『서유기』를 만난 것은 굉장히 이른 시기의 사건이라 할
수 있다.

조선의 지식인들에게 『서유기』는 기괴하면서도 신기한 이미지
를 제공했다. 『산해경山海經』류의 책에서나 볼 수 있을 정도의 요
괴들이 나타나서 삼장과 손오공 일행 앞을 가로막았고, 신기한
술법과 전술로 그 요괴들을 물리치는 것이 거듭되었다. 기이한
이미지에 노출된 적 없던 조선의 지식인들은 『서유기』를 읽으면
서 완전히 다른 세계를 경험하게 된 것이다. 불교와 도교의 신이
한 상상력으로 가득 차 있는 『서유기』는 자연히 많은 사람들의
관심을 끌었다. 허균의 기록 이후 조선 후기 지식인들의 글, 예컨

---

14) 허균, 「서유록발西遊錄跋」, 『성소부부고惺所覆瓿藁』 권13.

대 이민구李敏求, 유득공柳得恭, 이규경李圭景 등이 쓴 글에서 『서유기』의 흔적은 쉽게 발견할 수 있다. 또한 일부를 번역하여 한글소설처럼 읽기도 했으며, 『서유기』 앞부분에 수록되어 있는 당태종의 일화를 따로 떼어내어 한글 고전소설 『당태종전』으로 발전시키기도 했다. 이 정도라면 조선 후기에는 『서유기』가 인기리에 읽혔으리라는 점을 짐작할 수 있다.

이미 언급한 것처럼, 『서유기』는 수많은 요괴들이 나타나서 이야기를 이끌어나가는 것이 우리의 흥미를 끈다. 그 요괴들은 도대체 어디서 온 존재들일까?

다른 소설과는 달리 『서유기』에 등장하는 요괴들은 전적으로 악하기만 한 존재들이 아니다. 손오공 일행이 그들을 감당하기 어려울 때는 태상노군이나 관음보살의 힘을 빌린다. 그 빌린 힘으로 요괴들을 잡아보면 결국 그들 역시 선계仙界나 불계佛界에 이어져 있다. 삼장법사는 10만8천 리나 되는 먼 서역길을 걸으면서 일흔일곱 가지의 어려움을 겪는다.[15] 손오공의 근두운을 타고 간다면 순식간에 다다를 수 있는 길인데, 이들은 어려움을 자초하면서 한 걸음 한 걸음 험난한 길을 간다. 그들이 가는 길을 따라 『서유기』를 읽어나가다 보면, 불현듯 내가 지금 살아가고 있는 인생길이 바로 삼장법사가 걸었던 그 길이라는 생각이 든다.

---

15) 삼장법사가 전생에서 겪은 네 가지의 어려움을 포함하여 흔히 '81난難'이라고 부른다.

세상에 힘들고 어렵지 않은 삶이 어디 있으랴. 우리도 일상생활에서 얼마나 많은 요괴들을 만나는가. 삶을 살아가다 보면 자신의 욕망을 실현하는 과정에서 나도 모르는 사이 다른 사람들에게 참기 힘든 고통을 주기도 한다. 내게 고통을 주는 이들이 내 인생길에서 만나는 요괴들이라면, 나 역시 다른 사람에게 요괴의 모습으로 살아가고 있는 셈이다. 행동이나 모습만 다를 뿐 『서유기』에 등장하는 요괴들은 사실 우리 마음속에 잠재되어 있는 욕망의 또 다른 표현이다. 삼장법사와 그 일행들은 그 욕망을 하나씩 사라지게 만들면서 깨달음을 향해 꿋꿋하게 나아갈 뿐이다.

세상에 진짜와 가짜를 구분할 수 있는 기준이 있을까? 나를 괴롭히는 요괴들과 싸우면서 힘들어하지만, 따지고 보면 원래 요괴는 내 마음속에 존재하고 있다. 하루에도 수십 번씩 마음속에서 갈등을 겪으면서 삶의 무늬를 만든다. 하지만 그렇게 만들어가는 무늬가 잘 만들어지고 있는 것인지, 진짜 무늬인지에 대한 확신도 증거도 없다. 세상에 진짜와 가짜가 어디 있겠는가. 가짜를 만드는 순간 세상의 모든 것은 '진짜'라는 오직 하나의 진리만을 위해 봉사하게 된다. 게다가 그 하나가 진짜라는 증거는 어디 있단 말인가.

삼장법사가 험한 길을 가면서 부적처럼 들고 가는 경전이 『반야심경般若心經』이라는 점은 시사하는 바가 크다. '색즉시공色即是空 공즉시색空即是色'의 논리 속에서 우리의 삶을 지탱하고 있는 이분법을 완전히 넘어서라는 그 경전의 가르침은, 『서유기』가 우리에게 전하려는 주제로 보인다. 나와 요괴, 원숭이나 돼지 같은 동물과 우리네 인간들, 천상과 지상과 물 속 세계, 신선의 세계와 부처의 세계와 인간의 세계가 사실은 전혀 구분 없이 동시적으로 존재한다는 점을 이 책은 너무도 흥미진진하게 보여주고 있다.

우스갯소리를
우습게 보지 마오

『태평한화골계전』

잃어버린 책을 되찾은 내력

학계에서 널리 알려져 있으나 실물은 전하지 않는 책들이 있다. 이런 귀중본을 발견하는 것은 해당 분야의 연구자에게는 하나의 꿈과 같은 것이다. 어느 날 갑자기 신라의 향가를 모아놓은 『삼대목三代目』이 발견된다면, 어느 날 말로만 전하던 고려 후기의 문신 김극기의 문집이 완질로 발견된다면, 어느 날 조선 초기음악을 정리할 때 없어진 줄로만 알았던 고려의 궁중음악이 대량으로 발견된다면……. 생각만 해도 가슴 떨리고 짜릿한 느낌이 든다. 대부분 백일몽으로 끝날 이런 생각들을 하노라면 정말 지금이라도 그런 책들이 어디선가 나타날 것만 같은 기대와 설레임이 온몸을 감싼다.

도남陶南 조윤제趙潤濟 선생이 『태평한화골계전太平閑話滑稽傳』의 소식을 들은 것은 1950년대의 일이다. 조선 전기의 뛰어난 문인이었던 사가四佳 서거정徐居正이 지은 이 책은 당시까지는 전하지 않는 것으로 알려져 있었다. 제목에 '골계'라는 말이 있는 것으로 보아 재미있고 우스운 이야기를 모아놓은 책으로 짐작만 할 때였다. 그런데 이 책이 일사一簑 방종현方鍾鉉의 손에 들어왔다는 소식을 들은 것이다. 워낙 귀중본이라 일람하기도 힘든 책이었는데, 다행히 두 사람은 동창이었던 데다가 한국문학을 함께 공부하는 동료 연구자였기 때문에, 책을 빌려 달라는 조윤제의 부탁을 방종현이 흔쾌히 수락한다. 당시 방종현은 조선일보사에 근무

하고 있었다. 내일이라도 당장 책을 회사에 가져다놓을 테니 시간이 되면 들르라는 말을 전했다.

서울에서는 박람회가 한창이었다. 시골에서 박람회를 구경하러 상경한 어른들을 안내해서 돌아다니던 그는, 마침 조선일보사 앞을 지나다가 방종현에게 『태평한화골계전』을 빌려온다. 하루 종일 사람들을 안내하느라 바쁜 일정을 보낸 뒤 집에 돌아와서 보니 그 책이 없었다. 너무 놀라 앞이 캄캄해진 조윤제는 자신의 그날 행적을 되돌리기 시작했다. 아무리 생각해도 전차 안에 두고 온 것이 분명했다. 즉시 종로 4가로 가서 전차감독에게 책을 본 적이 있느냐고 물었지만 본 일이 없다는 대답만 듣는다. 그는 전차를 돌아다니며 샅샅이 살펴보았지만, 책을 찾을 가능성은 거의 없어 보였다. 하는 수 없이 방종현에게 책을 잃어버렸다는 말을 하고는 백배사죄했다.

귀한 책을 잃었다는 소식이 금세 주변 사람들에게 퍼졌다. 사람들은 너무 아쉬워하면서 입맛만 다셨는데, 그중 한 사람이 의견을 냈다. 신문에 광고를 내보는 건 어떠냐는 것이었다. 딱히 좋은 방법은 아니었지만 다른 대안도 없었던 터라 즉시 신문에 광고를 냈다. 그런데 뜻밖에도 2, 3일 뒤에 엽서 한 장이 왔는데, 자신이 전차에서 그 책을 주워서 전차감독에게 주었다는 내용이었다. 조윤제는 그 엽서를 들고 한걸음에 전차감독에게 달려갔다. 그 엽서를 보여주자 전차감독이 이번에는 책을 내주었다.

우여곡절 끝에 이 귀중본을 되찾았으니, 조윤제로서는 두고두고 잊지 못할 추억거리가 된 셈이다. 이 내용은 조윤제가 『현대문학』 통권 제100호에 수필로 써서 수록한 글에 들어 있다.[16] 책을 좋아하는 사람이라면 누구나 귀중 도서에 대한 꿈이 있는데, 인연이 닿아야만이 내 손에 들어오는 게 귀중 도서가 아닐까 싶다.

아쉬운 것은 이렇게 우여곡절 끝에 되찾은 『태평한화골계전』의 소재가 현재 불명확하다는 점이다. 다만 『태평한화골계전』 일사본—簣本이 서울대학교 도서관과 영남대학교 도서관 도남문고에 등사본으로 소장되어 있다. 이 책의 제일 끝부분에 "이 책은 문리대 교수 방종현 님의 가지시는 진본珍本이라. 진본을 공개하시는 선생님에 감사 후학은 사의謝意를 올린다"고 적혀 있는 것을 볼 때, 방종현이 소장하고 있던 책을 등사본으로 만들었음을 알 수 있다. 그러나 이 책의 원본이 되는 책은 현재 소재지가 확인되지 않는다. 조윤제의 일화 속에 등장하는 책이 바로 그 원본일 터인데, 아쉽게도 다시 행방이 묘연해진 상태다. 그런 걸 보면 책도 그 나름의 운명이 있는 것이 아닌가 싶다.

원본은 어디로 갔을까

현재 전하는 『태평한화골계전』 판본은 다섯 종류지만 이들 모두 완질은 아닌 것으로 보인다.[17] 강희맹이 이 책에 붙인 서문에

---

16) 조윤제, 「고서왕래(2)」(『현대문학』 통권 제100호, 1963년 4월호).

의하면 모두 네 권으로 이루어진 것으로 되어 있지만, 현재 두 권 가량이 전하거나, 혹은 네 권을 발췌해서 필사한 이본 형태로 전하고 있기 때문이다. 앞서 조윤제와 관련해서 언급한 판본이 일사본인데, 등사본의 원본에 해당하는 이 책을 볼 수 없어서 안타깝다. 지금 상태로나마 남아 있는 것이 다행이라고 해야 할까. 연대가 가장 오래된 것으로 추정되는 것은 만송본晩松本이다. 이 책은 고려대학교 만송문고에 소장되어 있는 목판본이다. 현재 두 권 분량이 전하는 이 책은 그나마도 낙장이 있어서 아쉽다. 조선후기 실학자로 널리 알려져 있는 순암順菴 안정복安鼎福이 소장하고 있던 순암본은 현재 일본 덴리대학[天理大學] 이마니시문고[今西文庫]에 소장되어 있다. 안정복이 소장하고 있던 책을 아사카와 노리타카[淺川伯敎]라는 사람이 가지고 있었는데, 이것을 이마니시 류[今西龍]가 필사해서 소장하게 된 것이다. 백영白影 정병욱鄭炳昱이 소장하고 있던 필사본인 백영본, 민속자료간행회에서 『고금소총古今笑叢』을 등사본으로 간행했을 때 그 안에 포함되어 있던 이본 등이 있다. 이들이 현재 전하는 『태평한화골계전』의 전부인 것으로 보인다. 판본이 새롭게 발견되어 더 추가된다면 참 다행스럽고 반가운 일이리라.

---

17) 『태평한화골계전』은 박경신 교수에 의해 판본 대교對校 및 주해 작업이 이루어 진 바 있다. 이본에 대한 정보는 다음 책에 자세히 소개되어 있다 : 박경신 대교 역주, 『태평한화골계전』(전2권, 국학자료원, 1998). 그 외에도 이래종 교수의 「태평한화골계전의 일화적 성격」(『대동한문학』 제9집, 대동한문학회, 1997년 12월)을 참조할 만하다.

서거정이 이 책을 편찬한 것은 성종 8년(1477), 그의 나이 58세 때의 일이다. 당시 그는 조선 문단의 향방을 좌우하는 문형文衡의 직임을 잡고 있었다. 그가 어떤 글을 쓰고 어떤 문학 이론을 드러내는가에 따라 유생들의 글쓰기가 영향을 받았다. 20년이 넘도록 문형을 잡고 있었던 서거정의 행적은 조선을 통틀어 전무후무한 기록이다. 그만큼 그는 여섯 임금을 모시면서 비교적 무난한 정치 이력을 만들었다. 특히 세조와 성종의 깊은 신임을 받아 자신의 문학적 재능을 유감없이 발휘할 수 있었다.

이 당시만 하더라도 사대부 관료들의 다양한 글쓰기가 사회적으로 널리 용인되던 때였다. 『태평한화골계전』은 당시 떠돌아다니던 설화를 모아서 기록한 책이다. 고위 관료가 더욱이 한 나라의 문형을 잡고 있던 사람이 이런 류의 책을 편찬한다는 것은, 16세기 이후 조선의 현실에서는 상상하기 어려운 일이었다. 그러나 서거정은 설화집을 편찬해서 간행하기까지 했으니, 문학적 다양성에 대한 당시 사회의 수용 범위가 꽤 넓었음을 짐작케 한다.

서거정뿐만 아니라 다른 관료들 역시 이와 비슷한 책을 편찬했다. 『태평한화골계전』의 서문을 썼던 강희맹은 서거정과는 과거시험 동기생이며 평생 동안 지기知己처럼 지내온 사이인데, 그 역시 『촌담해이村談解頤』라는 책을 엮었다. '웃다가 턱이 빠질 정도로 재미있는, 마을에 떠도는 이야기'라는 의미를 가진 이 책은 현재 전하지 않기 때문에 구체적인 내용은 알 수 없지만 설화집이라는 것만은 분명해 보인다. 채수蔡壽 역시 『촌중비어村中鄙語』라는 책을 엮었는데, 이 책의 서문을 쓴 성현成俔의 글에 의하면 마을 사람들 사이에서 떠도는 이야기를 묶은 일종의 설화집이다. 성현의 수필집인 『용재총화慵齋叢話』 역시 많은 설화를 담고 있으니 설화집의 성격을 강하게 가진다 하겠다. 그 외에도 중국의 방대한 설화집인 『태평광기太平廣記』나 『태평통재太平通載』 역시 사대부들 사이에 널리 읽히면서 그 요약판이 나와서 판각될 정도였다. 그러니 이 시기는 분명 설화에 대한 사대부 관료들의 관심이 왕성하게 표출되고 있던 때였다.

고위 관료들이 설화집을 편찬하는 것에 대한 비판적 시선이 없었던 것은 아니다. 정치에 종사하는 사대부들에게 중요한 덕목은 자신의 공부를 바탕으로 백성들의 삶을 평안하게 하고 풍속을 바로 잡는 것에 있었다. 그런 점에서 보면 설화집 편찬은 하나의 소일거리일 뿐 관료로서의 일은 아니었다. 그 시대의 비판적 시선은 서거정의 서문에 요약되어 제시된다. 그는 가상의 인물을 내세워서 『태평한화골계전』과 같은 책을 편찬한 일을 비판한다. 호사가들의 소일거리에 불과한 책을 엮는 것이 세상의 풍속을 교화하는 데 무슨 도움이 되겠느냐는 것이다. 이같은 비판에 대하여 서거정은 이장弛張의 논리로 대응한다. 즉 활을 당길 때가 있고 풀어줄 때가 있는 것처럼, 관료로서의 긴장된 삶도 재미있는 이야깃거리로 풀어줘야 할 때가 있다는 것이 그의 대응 논리였다.

이 책의 원본이 완전히 전하지 않음에도 불구하고 여러 가지 이본이 전하는 것을 보면, 설화집에 대한 비판적 시선 속에서도 많은 사람들에게 읽혔음을 알 수 있다. 이는 조선 사회가 사대부들의 근엄함만으로 구성되지는 않았음을 동시에 드러내는 것이기도 하다.

우스갯소리 몇 자락

『태평한화골계전』 안에는 서거정이 실제로 보거나 들은 이야기부터 허황한 이야기나 우스갯소리에 이르기까지 다양한 내용의 설화가 수록되어 있다.

고려 말에서 조선 초기까지 활동했던 문인 중에 석간石磵 조운흘趙云仡이 있다. 그는 황해도 지역의 관찰사를 지냈는데, 그 당시 새벽마다 일어나 반드시 아미타불을 외우곤 했다. 조운흘이 황해도 배천[白川]에 갔을 때였다. 새벽에 일어났는데 어디선가 조운흘의 이름을 계속 부르는 소리가 들렸다. 창문을 열고 내다보니 배천 고을의 원님인 박희문朴熙文이 조운흘의 이름을 외우고 있었다. 그 이유를 물었더니, 박희문이 이렇게 말했다. "관찰사 어른께서 부처가 되기 위해 아미타불을 염송하시는 것처럼, 저는 관찰사가 되고 싶어서 어르신의 존함을 열심히 염송하고 있습니다."

짧은 이야기 속에 웃음이 담뿍 들어 있다. 이 이야기는 실존 인물의 일화를 재미있게 구성해서 보여주고 있다. 조운흘의 불교적 성향을 비판하자는 것인지는 좀더 따져봐야 할 문제지만, 하늘같이 높은 관찰사의 이름을 거침없이 암송하면서 천연덕스럽게 그 이유를 들이대는 고을 원님의 재치가 웃음을 자아낸다.

이런 이야기도 있다. 경상도 진주의 원님이 가혹하게 세금을 거두는 것으로 악명이 높았다. 하루는 운문사雲門寺의 스님이 원님을 뵈러 갔는데, 운문사에서 왔다는 이야기를 듣고 원님이 말했다. "너희 절 폭포가 금년에는 아름답겠구나." 스님은 폭포가 무엇인지 생각하지도 않고 가혹한 세금을 징수당할까 두려워서 이렇게 대답했다. "저희 절 폭포는 금년 여름에 모두 돼지에게 먹혀버렸습니다." 또 강원도 강릉에는 한송정寒松亭이라는 유명한 정자가 있었다. 귀한 사람들이 너무 많이 구경을 오는 바람에 그 마을 사람들은 비용을 감당할 수가 없었다. 그래서 언제나 한송정을 욕하며 원망을 했다. "한송정은 언제나 호랑이가 와서 물어갈까나?" 이 이야기를 소재로 어떤 사람이 다음과 같은 시를 지었다. "폭포는 올해에 돼지가 모두 먹어치웠는데, 한송정은 언제나 호랑이가 물어갈꼬瀑布當年猪喫盡, 寒松何日虎將去."

이 이야기는 가혹한 관리나 귀한 사람들 때문에 피해를 보는 백성들의 마음을 통해 정치 현실을 풍자하고 있다. 웃음 속에 풍자의 칼날을 숨기고 있는 이야기면서 동시에 시화詩話의 성격을 함께 가지고 있는 이야기라 하겠다.

경기도 고양의 어떤 아낙네의 이야기도 웃음을 자아낸다. 고양의 사족士族 부녀자가 재혼을 하게 되었다. 그런데 나이가 든 뒤라 얼굴에는 주름이 지고 머리는 하얗게 세어 있었다. 이 아낙네는 신랑이 와서 첫날밤을 치른 뒤 첫 닭이 울 때 일어나서 안채로 들어가면 자신의 늙은 모습을 보이지 않을 것이라고 생각하며 위안을 삼았다. 그런데 마침 첫날밤을 치르던 날, 하인이 그 닭을 잡아 국을 끓여 먹어버린 것이었다. 그 사실을 모르고 첫날밤을 치른 부인은 첫 닭 소리를 들을 수 없었고, 날이 환하게 밝아온 뒤에야 잠자리에서 일어났다. 너무 늙은 신부의 모습에 신랑이 놀란 것은 당연한 일이었다. 화가 난 아낙네는 종을 불러 매를 때리면서, "나를 잘못되게 만든 것 닭이고, 닭을 잘못되게 만든 것 네 놈이야" 하고 소리를 쳤다고 한다.

이 이야기는 항간에 떠도는 재미있는 우스갯소리를 채록한 것이다. 이것은 시대에 대한 풍자도 아니고 시화도 아니다. 그냥 한바탕 웃자고 하는 설화다. 신랑에게 잘 보이고 싶은 늙은 신부의 마음과 첫날밤을 치르고 난 뒤 아침에 신랑을 마주한 신부의 민망함, 영문도 모르고 매를 맞는 하인의 모습이 웃음을 자아낸다.

이처럼 『태평한화골계전』에는 다양한 이야기들이 수록되어 있다. 실제 있었던 사건부터 웃자고 하는 실없는 농담까지 다양한 층위의 설화들이 한곳에 모여 있는 것이다. 내용도 조정에서 일어났던 이야기, 사대부들의 안방에서 일어난 풍류 이야기, 양반과 기생 사이의 사랑 이야기, 공처가 이야기, 부패하였거나 어리석은 스님들의 이야기, 남녀 간의 성적인 이야기 등 인간의 다양한 삶을 포괄하고 있다. 사대부들은 이런 책을 읽으면서 긴장감 가득한 자신의 삶을 잠시나마 풀어놓을 수 있었다.

사회의 건강도를 측정하는 웃음

서거정의 『태평한화골계전』은 훗날 조선의 지식인들이 여항에 떠도는 설화를 모아서 책을 편찬하는 전통을 만드는 선구자적 위치를 가지게 된다. 아직은 사회적으로 유교주의의 엄숙함이 위력을 발휘하기 직전이라 그런지, 서거정의 시대에는 웃음을 드러내는 글들이 유난히 많다.

사회의 엄숙함을 깨는 강력한 무기는 웃음이다. 사회 구조를 꽉 조여서 빈틈없이 만드는 것도 중요하지만, 사람의 삶이란 언제나 계산과 예측으로만 이루어지지 않는다. 병이 나기도 하고 사람과의 관계가 틀어지기도 하고, 나아가 예측할 수 없는 난관을 만나기도 한다. 그 과정에서 유연한 사고를 필요로 하게 마련인데, 엄숙함과 꽉 짜인 사회 구조 속에서는 그 유연함을 만들어 내기가 힘들다. 삶의 구비마다 사람을 무장해제시키는 막강한 웃음 폭탄이 터질 때 비로소 관계는 부드러워지고 생각은 말랑말랑해진다.

관리로서의 생활은 긴장의 연속이다. 서류에 서명을 잘못하는 순간 누군가 손해를 보거나 다치는 일이 다반사다. 사소한 일이라도 긴장을 늦추지 않고 처리해야 한다. 그렇지만 이런 생활 속에서 인간의 생각과 몸이 견디는 것도 한계가 있다. 무언가 느슨하게 풀어주는 계기가 필요하다. 특히 다른 사람들과의 편안한 대화가 필요할 터인데, 그 안에서 웃음을 주는 순간이 존재한다면 금상첨화다. 서거정이 『태평한화골계전』을 편찬한 큰 이유 중의 하나도 역시 그것이다. 활시위를 팽팽하게 당긴 상태로만 지낼 수 없다는 것이다. 팽팽함과 느슨함이 공존하는 것이야말로 활을 잘 다루는 방법인 것처럼, 웃음은 관리로서의 삶에 큰 활력소로 작동한다.

웃음을 이해하지 못하는 사회가 어찌 정상적인 사회겠는가. 시대가 달라지고 사람들의 웃음 코드는 달라져도, 사회는 언제나 웃음을 필요로 한다. 그렇게 보면 웃음이란 사회의 건강도를 측정하는 중요한 척도인 셈이다. 『태평한화골계전』 역시 당시 사회의 건강하고 유연한 사유를 드러내는 하나의 증거물이다.

시문을 통해 열어가는
새로운 사유의 세계

2부

글 읽는 소리에
더위를 씻고

『고문진보』

여름에 읽는 『고문진보』

한여름 더위가 천지를 덮을 때면 손가락 하나 까딱하기 싫어진다. 내 삶이 게으름에 점령당하고 보면 먹는 일도 귀찮다. 그렇다고 글공부하는 선비 체면에 마냥 늘어질 수 있겠는가. 마음을 가다듬어 일어나, 의관을 정제한 뒤 서안書案 앞에 좌정한다. 아무리 책을 펼친다 한들 경서에 들어 있는 성현의 말씀이 제대로 머리에 들어오지 않는다. 그럴 때면 차라리 밖으로 나가 숲 우거진 산길을 걷는 것도 방법이다. 시냇물 소리 맑게 들리고 이따금 지나는 바람에 온 숲이 몸을 떨면, 그제야 적당한 자리를 찾아 앉는다. 몸이 시원해지면 마음도 시원해진다. 자신도 모르게 청량한 경계를 읊은 시문이 음영된다.

마음의 경계가 변화함에 따라 아름다운 시문을 읊조리게 되는 것은 아마 조선의 지식인들에게는 일상적인 일이었을 것이다. 교유를 위한 것이든, 자신의 수양을 위한 것이든, 출세를 위한 것이든, 시문을 읽고 짓는 것은 그 시대 지식인들을 규정하는 중요한 능력이요 기준이었다. 어렸을 때부터 한문을 읽고 외우고 써온 탓에 그들은 언제나 한시문에 대한 열망을 가슴에 품고 살았다. 그러니 더운 여름날이라고 해서 달라질 것은 없다.

어른들 말씀을 들어보면, 날이 추운 겨울에는 경서經書를 읽고 더운 여름날에는 『고문진보古文眞寶』를 읽는다고 한다. 물론 모든 선비들이 그렇게 읽은 것은 아니다. 맵차고 선득한 정신으로 읽어야 하는 것이 경서라면, 아마도 『고문진보』는 더운 여름날 마음을 시원하게 만들어주는 청량감을 느끼게 한다는 것을 그렇게 표현했을 것이다. 아직은 문학이 분화되기 이전 시대이기는 하지만, 시문이 주는 정신적 휴식을 그들이라고 어찌 몰랐을 것인가. 복잡하고 어려운 논의가 멍한 머리에서 맴돌 무렵, 읽던 경서를 덮고 자신이 좋아하는 시문 한 편을 소리 높여 읊조릴 때 온몸으로 번지는 짜릿한 청량감은 말로 설명하기 힘든 매력이다. 그런 책의 대표로 옛 어른들은 『고문진보』를 꼽은 것은 아닐는지.

누구나 알지만 아무도 모르는 책

『고문진보』는 조선의 지식인들에게 널리 읽힌 책 중의 하나였음에도 불구하고 저자라든지 편찬 과정, 유통 경로 등이 자세하게 밝혀져 있지 않다. 이 책 가운데 우리에게 잘 알려진 것은 『상설고문진보대전詳說古文眞寶大全』이지만, 이것만 있는 것은 아니다. 중국과 일본에서는 오히려 『제유전해고문진보諸儒箋解古文眞寶』가 널리 알려져 읽혔다. 『제유전해고문진보』도 이른 시기부터 우리나라에 전해진 것으로 보인다.

고려 말 조선 초기에 관료 생활을 했던 강회중(姜淮仲, 생몰연대 미상)의 글 『선본대자제유전해고문진보지善本大字諸儒箋解古文眞寶誌』가 전록생(田祿生, 1318~1375)의 문집인 『야은선생일고埜隱先生逸稿』의 부록에 수록되어 있다. 강회중은 이 글에서 야은 전록생이 『고문진보』를 합포合浦에서 간행한 덕분에 이 책이 지식인들 사이에서 널리 알려지게 되었다고 언급하였다. 그렇지만 조선 초기에 이르면서 간행 시기가 오래되어 책판에 문제가 있는 데다, 주해조차 달려 있지 않아서 사람들이 병폐로 여겼다고 했다. 그러던 중에 마침 공주교수公州敎授 전예田藝가 이 책을 보여주기에 다시 간행하기에 이르렀다고 썼다. 전록생이 『고문진보』를 이 땅에 널리 알린 공로를 드러내기 위해 강회중의 글을 『야은선생일고』의 부록으로 수록한 것이다. 그만큼 이 책은 조선의 지식인들에게는 기본서였다. 이른 시기부터 『제유전해고문진보』에 대한 기록이 나오지만, 현재 이 책은 거의 남아 있지 않다. 서울대 도서관에 낙질로 1책만이 전하고 있는데, 그 제목이 '선본대자제유전해고문진보'인 것으로 보아 강회중이 언급한 책과 같은 것으로 여겨진다. 전록생은 중국에 들어갔다가 『고문진보』를 구입하여 귀국하였는데, 이러한 사정 역시 『야은선생일고』 부록에 기록되어 있다.

강회중의 다음 세대 지식인으로 당대 최고봉이었던 김종직(金宗直, 1431~1492)의 글에서 다시 우리는 『고문진보』라는 책을 발견한다. 그의 글에서는 우리가 지금 흔히 대면할 수 있는 『상설고문진보대전』이라는 책이 등장한다. 「상설고문진보대전발詳說古文眞寶大全跋」이라는 글에서 김종직은 전록생이 합포에서 『고문진보』를 간행했던 일, 그 이후에 관성(管城, 지금의 충청북도 옥천)에서 다시 간행되었던 일 등을 언급한 다음, 뜻밖에 중국에서 온 사신의 손을 통해서 이 책이 다시 조선으로 유입되었던 사실을 적시하고

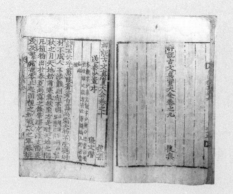

고문진보 (강원대학교 박물관 소장본)

더운 여름날 마음을 시원하게 만들
어주는 대표적인 책으로 옛 어른들
은 『고문진보』를 꼽는다. 복잡하고
어려운 논의가 명한 머리에서 맴돌
무렵, 자신이 좋아하는 시문 한 편을
소리 높여 읊조릴 때 온몸으로 번지
는 짜릿한 청량감은 말로 표현하기
힘든 매력이다.

있다. 명나라의 저명한 관료 문인인 예겸倪謙이 조선에 사신으로
왔다가 『고문진보』를 전해주었다는 것이다.

　이 시기의 문인 매월당 김시습은 『고문진보』를 얻은 즐거움을
시로 노래한 적이 있다.

　　세상의 옥구슬들 부질없이 다투지만

　　다 쓰면 마침내 한 개도 남음이 없네.

　　이 보물 만약 빈 골짝에 갈무리할 수 있다면

　　속에 찬 모두가 옥처럼 쟁그랑거릴 것을.

　　世間珠璧謾相爭

　　用盡終無一个贏

此寶若能藏空洞

滿腔渾是玉瑽琤

| 김시습, 「고문진보를 얻다得古文眞寶」, 『유관서록遊關西錄』, 『매월당집』 권9 |

　옥 같은 문장이라고 서로들 칭송하면서 뽐내지만, 끝내 세상에
남을 수 있는 글은 하나도 없다고 하였다. 그러던 중에 김시습은
『고문진보』를 얻어서 읽자 진정으로 주옥같은 글은 바로 이 책
속에 들어 있다는 것을 알게 되었다는 내용이다.

　이처럼 『고문진보』는 '공부하는 사람들에게 유익하다' 거나(강
회중) '문장을 쓰는 사람들로 하여금 도학적 뿌리를 알도록 해준
다' (김종직)는 등의 이유로 조선 전기에는 중시했던 책이다. 다음
세대의 중요한 학자인 김안국(金安國, 1478~1543) 역시 중국에서 수
입해온 책 중에서 중요한 것들을 판각해서 반포하자는 건의를 올
리면서, 『고문진보』가 공부하는 사람들의 모범이 된다고 언급한
바 있다(「부경사신수매서책인반의赴京使臣收買書冊印頒議」, 『모재집慕齋集』 권9).
이런 기록들로 미루어 보건대, 『고문진보』가 수용된 조선 전기에
는 대체로 여기에 수록된 글을 하나의 모범으로 삼아서 시문을
공부하는 자료로 사용했다는 것을 알 수 있다. 이렇게 급속도로
『고문진보』가 인기몰이를 하게 된 것은 적당한 시문 교과서가 없
었기 때문이기도 하지만, 다른 시문선집에 비해 작품 선정 기준
이 비교적 유교적 색채를 염두에 두었다는 점이 호의적으로 작용
했다. 앞서 언급한 김종직의 글에서도 이 점을 분명히 적시했다.

북송시대의 여러 유학자들의 글을 수록함으로써 후학들이 문장의 뿌리가 무엇인지 알 수 있게 편집했다는 언급이 바로 그것이다.

이런 탓일까, 조선시대 선비들이 과거 시험을 준비할 때 언제나 펴보는 책 중의 하나가 바로 『고문진보』였다. 기대승奇大升은 어렸을 때 『고문진보』 후집을 수백 번 읽은 바 있다고 했으며[18], 허균 역시 조선 초기에는 모든 선비들이 『고문진보』 전후집前後集을 읽고서 문장을 지었다는 글을 남겼다.[19] 조선 중기의 문장가였던 택당澤堂 이식李植은 후손들에게 주는 글에서 이렇게 당부한 바 있다. "한유韓愈와 유종원柳宗元과 소식蘇軾의 문장, 『문선文選』, 당송팔대가唐宋八大家의 글, 『고문진보』, 『문장궤범文章軌範』 가운데에서 좋아하는 바에 따라 한 권으로 초록抄錄해서 100번까지 읽어라."[20] 이렇게 써놓은 뒷부분에 이식은 친절하게도 주석까지 붙여두었는데 "이것은 우선적으로 읽어야 할 글에 속한다此屬先讀"고 했다. 조선의 4대 문장가 중의 한 사람이 이렇게까지 강조한 책이니, 다른 사람들이야 말할 나위가 없을 것이다. 아마도 한문학의 다양한 문체가 거의 망라되어 있으니 각각의 특징을 파악할 수 있을 뿐 아니라, 각 문체의 모범이 될 만한 대표 작품들이 수록되어 있기 때문에 과거 시험 준비생에게 이보다 좋은 책이 없었

---

18) 기대승, 「자경설自警說」(『고봉집 속집高峰集 續集』 권2).

19) 허균, 『성옹지소록 권하惺翁識小錄 卷下』(『성소부부고惺所覆瓿藁』 권24).

20) 韓柳蘇文, 文選, 八大家文, 古文眞寶, 文章軌範等中, 從所好鈔讀一卷, 限百番.(이식, 『택당집澤堂集』 「별집別集」 권14, '자손들에게 보여주는 글示兒孫等')

던 까닭이리라. 그렇게 보면 대문장가가 후손을 위해 충고를 하면서 이 책을 거론한 것이 그리 이상한 일은 아니다.

『고문진보』의 빛과 그림자

내가 읽었던 책을 떠올리면 책의 내용이 기억난다기보다는 그 책을 읽고 있었을 당시의 느낌이 떠오르는 경우가 더 많다. 어쩌면 우리는 책의 내용을 기억하기보다는 그 책이 내게 주었던 느낌과 색깔 같은 이미지로 기억하는지도 모르겠다. 『고문진보』 역시 마찬가지다. 스무 살에 이 책을 처음 만났고, 그 무렵에 후집을 통독했다. 이 책은 전집과 후집으로 이루어져 있다. 전집은 시 작품을 뽑아서 수록했고 후집은 문장을 뽑았다. 시는 전체적으로 어렵다는 인상을 지울 수가 없었다. 수록된 시 작품을 재미있게 읽지 못한 데는 당시 내 나이가 어린 탓도 있었고 한문 실력이 너무나 부족한 탓도 있었다. 후집은 문장이었기 때문에 논리가 우선하는 경우가 많았다.

어떤 문장이든 기본적으로 문학적 감성과 수사적 차원을 앞세운다. 그 시절에는 대체로 감성과 수사가 앞선 글들이 먼저 눈에 들어왔고, 그런 글들을 열심히 외웠다. 그렇게 외운 작품은 주로 도연명陶淵明의 「귀거래사歸去來辭」나 「오류선생전五柳先生傳」, 소식의 「전후적벽부前後赤壁賦」, 한유의 「원도原道」나 「사설師說」, 범중엄范仲淹의 「악양루기岳陽樓記」 등이었다.

그 많은 문장을 읽었지만 오래도록 기억에 남는 글은 제갈량諸 葛亮의 「출사표出師表」다. 자신을 전적으로 신뢰하며 오랜 세월을 함께 해왔던 촉蜀의 황제 유비劉備가 세상을 뜨고 그 아들 유선劉禪 이 왕위에 올랐으나, 촉의 미래는 점점 어두워져갔다. 제갈량은 군대를 한수漢水가에 주둔시키고 있다가 위魏를 치러 가기 위해 유선에게 글을 올리는데, 그것이 바로 「출사표」다. 이 글은 촉나 라의 위태로운 현실을 먼저 언급한 다음, 자신이 군대를 이끌고 출전하게 되면 조정 내외의 일을 누구와 상의할 것인가 하는 문 제에 이르기까지 상세하면서도 간절한 마음으로 임금에게 충언 을 하는 내용으로 되어 있다. 나아가 자신과 선제先帝 유비와의 만 남에서 시작하여 그 유명遺命을 잘 지킬 것을 당부하고 있다. 글자 와 문장 뒷면에 스며 있는 제갈량의 충정은 근대 이전의 수많은 선비들의 마음을 울리며 충신의 이미지를 구축하는 중요한 계기 로 작동한다. '제갈량의 「출사표」를 읽고도 눈물을 흘리지 않는 다면 충신이 아니다' 는 말까지 있을 정도니, 옛 사람들의 마음을 짐작할 만하다.

『고문진보』가 언제나 사대부들에게 환영을 받았던 것은 아니 다. 모든 사람들이 이 책을 경전처럼 떠받들면서 암송하고 모방 하게 되니, 자연히 사대부들의 문장에서 개성을 빼앗아버리는 결 과를 가져왔다. 조선 후기 실학자인 유수원柳壽垣은 『우서迂書』에 서 당시 사대부들의 수준이라는 것이 겨우 『고문진보』와 『동래박 의東萊博議』 정도만을 익힌 시골 훈장 정도에 불과하다며 한탄한 바 있다. 조선 후기의 정조 역시 "여러 신료臣僚들이 문文을 공부할 때는 『고문진보』를 읽고 시詩를 공부할 때는 『백련초百聯鈔』를 보는데, 이 책들은 실로 쓸데없고 비속하여서 싫지만, 그래도 근세에 명明·청淸의 시문詩文을 배우는 자들이 심지心志를 무너뜨리고 원기元氣를 손상시키는 것보다는 낫다"[21]고 하였다. 이는 『고문진보』를 높이 평가하자는 의도보다는, 근래 유행하는 소품문 같은 패설류稗說類의 책들을 비판하는 것에 초점이 맞추어져 있다. 그렇기는 하지만 『고문진보』에 대한 그의 시각을 잘 엿볼 수 있다.

후집만을 붙들고 씨름하던 내가, 『고문진보』 전집을 접하게 된 것은 훨씬 뒤의 일이다. 시가 가진 어려움을 감안해도, 전반적으로 송시풍宋詩風을 띤 작품들을 읽는 것은 지리한 느낌을 주었다. 물론 시의 문학적 긴장도를 느끼게 하는 작품이 없는 것은 아니었지만, 내게 전집 수록 작품들은 굉장히 빽빽했다. 다른 한편 당시풍唐詩風을 중심으로 한시를 평가하던 내 안목에 변화가 생기는 계기이기도 했다. 그렇게 『고문진보』는 나의 젊은 시절에 흔적을 남겼다.

간밤 내린 비에 여름 더위가 한풀 꺾였다. 책을 펴도 눈에 들어오지 않는 열대야가 지나고, 제법 밤기운 서늘한 늦여름이다. 오랜만에 『고문진보』를 펴든다. 젊은 시절 깨알 같은 메모를 하며

---

21) 정조, 「일득록日得錄 2」 문학文學(『홍재전서』 권162).

읽었던 흔적을 다시 살피면서 요즘의 공부를 다시 생각해본다. '시골 훈장' 수준만도 못한 한문 실력으로 밥벌이를 하는 고단함을 새삼 느낀다. 『고문진보』가 수준이 낮고 문제점이 많다는 것은 조선의 한문학이 높은 수준에 도달한 조선 후기의 상황에서나 나올 수 있는 말이라는 점을 상기해야 한다. 설령 이 책에 문제점이 많다 해도, 세상에 낮은 곳을 딛지 않고 도달할 수 있는 높은 곳이 어디 있겠는가. 『고문진보』를 충실히 읽은 사람만이 그 수준의 높낮이를 알 수 있으리라.

문인들의 문장 교과서

『문선』

남조南朝 양梁나라 원제元帝가 서위西魏의 세력에 빌붙은 자신의 조카 소찰蕭察에게 배반당하여 나라의 패망을 눈앞에 둔 때였다. 형주성荊州城 남쪽은 함락당한 지 오래고 북쪽 역시 고전을 면치 못하고 있었다. 더이상 외부의 도움은 기대할 수 없는 상황이었다. 이태 전, 부친인 무제武帝의 비극적인 죽음으로 제위에 오르고 백성들의 문화와 경제의 부흥을 위해 얼마나 매진했던가. 농사와 잠업을 장려하고 학교를 세워 학문을 하도록 하니 수많은 백성들이 그를 따랐다. 그러나 만 2년이 채 되기도 전에 북방의 강성한 힘에 나라를 지탱하지 못하는 지경에 이르렀다. 많은 상념이 머리를 스쳤다.

외성의 수비가 격파되자 원제는 다시 내성을 달아났다. 전투로 인한 먼지 때문인지 해도 어두침침했다. 황제는 즉시 동합죽전東閣竹殿으로 달려갔다. 사인舍人 고선보高善寶에게 전각 안에 수장되어 있던 책을 모두 꺼내도록 했다. 무려 14만 권에 달하는 엄청난 양이었다. 황제는 비감한 마음으로 고선보에게 책을 불사르도록 했다. 평생 책을 사랑하고 책과 함께 살아온 세월이었다.

화염이 하늘로 솟구치자 원제는 불길 속으로 뛰어들었다. 주변의 신하들이 놀라서 그를 말렸다. 원제가 보검을 빼서 기둥을 치자 칼이 동강났다. 원제는 탄식하면서 말했다.

"문무文武의 도가 오늘 밤 끝나는구나!"

방대한 양의 책을 불살라버린 것은 문文의 도가 끝났음을 의미하는 것이고, 칼이 동강난 것은 무武의 도가 끝났다는 것을 의미한다.

어떤 사람이 황제에게 책을 모두 불살라버린 이유를 묻자 이렇게 말했다.

"1만 권의 책을 읽었는데도 오히려 오늘 같은 날을 맞았다. 그래서 불살라버렸노라."

사마광司馬光이 『자치통감自治通鑑』에 기록한 원제의 마지막 부분에 나오는 이야기다. 원나라 호삼성胡三省은 원제의 대답 아래에 주석을 붙이면서, "황제가 나라를 망치는 것이 어찌 책을 읽은 것 때문이겠느냐"고 하였다. 물론 책을 읽는 것이 나라를 망하게 하는 근본 원인이 아니었을지도 모른다. 그러나 후세의 많은 역사가들이 지적하는 것처럼, 도덕적이고 계몽적인 내용을 중시하는 글쓰기보다는 형식적이고 수사적인 아름다움을 추구하는 양나라 문풍文風은 시대의 방탕과 일락逸樂, 문약文弱을 부르는 원인 중의 하나였을 것 같기는 하다.

원제가 불살라버렸다는 14만 권의 책은 어디서 온 것일까. 한나라의 황제라 하더라도, 6세기에 그토록 방대한 양의 책을 수집하는 것은 1대에 이룩할 수는 없는 일이다. 따져보면 그의 책은 부친 양무제梁武帝 때 이미 상당 부분 수집되었다. 무제는 재위 48년 동안 문화를 부흥시키는 절대적인 일을 했다. 그 자신이 시문을 좋아했고, 문인들과 글을 주고 받거나 연회를 열어 즐기는 일을 많이 했다. 불교와 현학玄學에 심취했고, 시문과 음악에 관심을 쏟았다.

소명태자의 『문선』 편찬과 그 전승

무제의 맏아들이며 황태자였던 인물이 바로 『문선文選』을 편찬한 소통(蕭統, 501~531)이다. 흔히 그의 시호를 따서 소명태자昭明太子라고 불리는 소통은 어렸을 때부터 매우 총명했으며, 주변의 뛰어난 문인 학사들 덕분에 훌륭한 문학적 기반을 닦을 수 있었다. 다섯 살에 이미 오경五經을 통독했다고 하니 그의 공부를 짐작할 수 있다. 귀한 신분이었음에도 불구하고 교만한 태도도 없었으며, 그의 관심사는 오직 책이었다. 그 자신이 궁중에 모은 책만 해도 3만 권이었다 하니, 그가 『문선』을 엮은 것은 우연이 아니었다. 어릴 때부터 길러온 문학적 소양과 비평적 안목에 방대한 자료를 갖추었기 때문에 가능한 일이었다.

31세의 아까운 나이에 요절한 소명태자는, 살아생전 상동왕湘東王과 여러 차례 편지를 주고받으면서 문학에 대한 생각을 교환하였다. 그 상동왕이 바로 훗날 원제가 되었다. 그러니 소명태자의 서적 대부분은 원제의 서고로 들어갔을 것이고, 원제가 마지막에 모든 책을 불살라버릴 때 소명태자의 책도 분실되었을 터이다. 한 시대의 문화가 순식간에 사라진 것이다.

소명태자는 천부의 기억력과 이해력으로 방대하면서도 중국 최초의 시문선집인 『문선』을 편찬한다.

『문선』은 모두 30권으로 이루어져 있다. 춘추 말에서 양나라 보통普通 7년(526)에 이르기까지, 130여 작가의 작품 및 작가를 알 수 없는 고시古詩, 고악부古樂府, 문장 등 750여 편을 37종의 문체별로 나누어 편집했다. 이 중 시가 440여 수로 가장 많고, 분량으로는 부賦 작품이 가장 많다. 그는 얼마 안 되는 생애 속에서 많은 책을 읽는 한편 『문선』이외에도 고금의 전고문언典誥文言을 모은 『정서正序』10권, 오언시를 선집한 『고금시원영화古今詩苑英華』19권, 『문집文集』20권 등의 책을 편찬했다. 지금은 『문선』만이 전해질 뿐 다른 책은 모두 전하지 않는다.

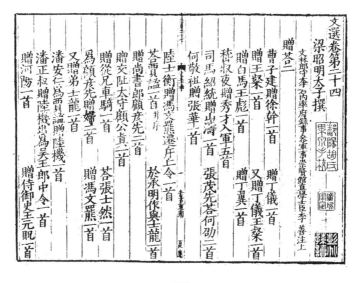

문선

오랜 세월의 간극을 넘어서 많은 문인들의 입에 오르내리고, 그것을 통해 또 다른 문인을 배출한 책이 바로 『문선』이다. 오직 과거 합격이라는 목표를 향해 그 어려운 작품들과 씨름했을 과거 응시생들, 좋은 글귀 하나 후세에 남기기 위해 피눈물 나게 글공부했을 이름 없는 문인들, 그들의 한숨과 눈물이 『문선』속에 어려 있다.

중국에서 문선학文選學이 본격적으로 시작된 것은 수당隋唐 연간이다. 수나라의 문신 소해蕭該, 조헌曹憲 등에 의해 연구가 시작된 이래, 당나라 허엄許淹, 이선李善, 이옹李邕 등에 의해 번성해졌다. 후대 사람들은 조헌의 학통을 이어받아 문선학을 발전시켰지만, 현재 전하는 것은 이선(李善, ?~689)의 주석뿐이다.

『문선』의 주석서로 이선의 것을 빼놓고는 논의할 것이 없다. 주석서는 본문 30권, 주석 30권, 총 60권의 방대한 책이니 그 규모와 노력을 짐작할 수 있다. 이선은 고종高宗 현경顯慶 3년(658)에 『문선주』 60권을 만들어 올린다. 고종 때 홍문학사弘文學士를 지낸 이선은 옛 학자들의 주석을 광범위하게 모았을 뿐만 아니라 거기에 방대한 증거 자료들을 덧붙여서 정교한 주석서를 만들어낸 것이다. 인용된 시문 및 구주舊注만 해도 1,700종에 달한다고 한다. 이들 인용문 중에 현재 전하지 않는 것도 많기 때문에 이 주석을 통해서 도리어 옛 문장의 편린을 살펴볼 수 있는 귀중한 서적 역할도 하게 되었다.

이렇게 이선의 주석본으로 통용되던 『문선』은 당나라 현종 무렵에 오면서 사정이 바뀌었다. 당시 여연제呂延濟, 유량劉良, 장선張銑, 여향呂向, 이한주李周翰 다섯 사람이 『문선』에 새로운 주석을 붙여 현종에게 헌상했다. 이선이 주로 객관적인 측면에 중점을 두어 주석을 붙였다면, 다섯 사람은 문장 이면에 숨어 있는 의미를 드러내는 방식으로 주석을 붙였다. 물론 해석된 의미라는 것도 다섯 사람 개인의 생각이기는 했지만, 현종이 이러한 주석 태도에 대해 훌륭하다는 평가를 내리면서 적극 지지 의사를 표명한 덕분에 그들의 주석본이 이선의 것보다 널리 통용되게 되었다. 이들 주석본을 통칭 '오신주五臣注'라고 부른다. 송대宋代에 이르기까지 문인들의 기본서였던 이 책은 활용의 편의를 위해 오신주에 이선의 주석본을 합쳐서 통용되었다. '육신주六臣注'『문선』이 바로 이것이다. 아마도 남송南宋 때에 만들어졌을 육신주『문선』은 지금도 『문선』을 읽고 연구하는 사람들이 가장 기본적인 책으로 여기는 것이기도 하다.

우리나라에서의 『문선』 유통

신라는 골품제를 통해 관리를 임용했다. 그러나 단순한 골품만을 통해서 관직의 임용 순서나 등급을 정할 수는 없는 법, 이를 보완하기 위해 원성왕 4년(788)에 새로운 제도를 만든다. 이것이 독서삼품과讀書三品科이다. 태학太學에 들어가 공부를 해서 그가 통달한 책에 따라 차등을 두는 것이다. 『곡례曲禮』와 『효경孝經』을 읽은 자는 하품下品, 여기에 『논어論語』를 더 읽은 자는 중품中品, 『좌전左傳』 및 『예기禮記』와 더불어 『문선』을 읽은 사람은 상품上品으로 나누어 임용하였다. 『문선』은 이 시기에 벌써 우리 나라에 들어와 고급 독자들에게 읽히고 있었던 것이다.

이렇게 본격적으로 수용된 이후 『문선』은 우리나라 문인 및 예비 관료들에게 문장 수업의 중요한 교재로 이용되었다. 고려시대

이인로나 최자, 임춘 등 대표적인 문인들에게도 『문선』은 문장을 공부하는 중요한 자료였다. 특히 여기에 수록된 부 작품들은 중국 문학사에서도 최고의 수준으로 꼽히는 것들이어서, 과거 시험을 준비하는 사람들에게는 필독서나 다름없었다.

시대가 흐르면서 과거 시험의 폐해가 현실로 드러나고, 이에 따른 학문의 황폐화가 진행된다는 지적이 많아졌다. 그 폐해의 원천으로 많은 사람들은 『문선』을 지목했다. 과거 시험 답안을 작성할 때 쓰는 문장은 얼마나 훌륭한 내용을 담았는가 하는 점이 기준이 되어야 마땅하지만, 문장을 구성하는 방식 자체가 다양한 규칙을 전제로 하는 것이어서 자연히 문장 표현 방면으로 관심이 기울 수밖에 없었다. 글자의 운韻을 고려해야 하고, 대구對句를 맞추어야 하며, 적절한 용사(用事, 다른 사람의 글이나 옛 고사를 몇 글자 혹은 몇 구절 이내에 압축하여 자신의 뜻을 드러내는 창작 수법)도 구사해야 했다. 이렇게 하는 이유는 당연히 좋은 내용을 담기 위함이었다. 그러나 내용을 표현하는 것보다는 문장 표현을 멋지게 하려는 욕망이 번성하게 되어 본말이 전도되는 결과를 낳았다. 바로 이같은 폐단을 만드는 원천 안에 『문선』이 들어 있다는 것이다.

그렇지만 조선이 끝을 고할 때까지 『문선』은 과거 공부를 하거나 문장 공부를 하는 선비들에게는 필독서였다. 조선 전기의 중요한 성리학자였던 고봉 기대승은 과거 시험에 낙방한 뒤 스승인 용산선생龍山先生을 따라 글을 읽을 때 『문선』을 강독했다는 기록을 남겼다. 또한 다음 세대의 성리학자였던 포저浦渚 조익趙翼 역시 여러 분야의 책을 추천하면서 사학詞學 즉 문장학을 위해서는 『문선』을 읽어야 한다고 추천 도서 목록에 올린 바 있다. 이들 외에도 문장 공부를 위해서 『문선』을 추천 도서로 꼽은 사람은 셀수 없이 많다. 그러고 보면 조선의 선비들치고 『문선』의 범주에서 벗어나 독서를 했던 사람들은 그리 흔치 않은 셈이다. 읽을 능력이 안 되면 모르겠거니와 능력과 환경이 되는데도 읽지 않은 사람은 찾아보기 힘들다.

허균은 중국에 사신으로 다녀오면서 상당한 양의 책을 구입해서 경포호 주변에 있던 자신의 별장에 비치해 두고 강릉 지역의 유생들이 빌려볼 수 있는 일종의 도서관을 만들었다. 호서장서각 湖墅藏書閣이 바로 그것이다. 여기에도 『문선』이 들어 있었다. 그만큼 『문선』은 조선시대 선비들의 기본서였던 것이다. 또한 조선 후기 대표적인 고문가인 도곡陶谷 이의현李宜顯 역시 『문선』의 수준에 훨씬 못미치는 작품을 많은 사람들이 즐기는 것을 언급하면서, 이는 우리 문인들의 안목이 얼마나 좁은가를 증명하는 사례라고 주장한 바 있다. 그만큼 『문선』은 문장을 익히는 중요한 교재로 여겨졌던 것이다.

조선 중기에 우리나라 문인들도 문장의 중요성에 대해서 다시 인식하게 된다. 많은 연구자들이 '고문古文'에 대한 관심과 창작열이 본격적으로 시작된 것을 이 무렵으로 생각하는데, 그만큼 이 시기에는 문장을 어떻게 공부하고 쓸 것인가가 사람들의 관심을 끌었던 것이다. 그 과정에서 『문선』에 대한 언급이 급증하게 된다. 당대 최고의 문장가들인 허균이나 이식, 이의현 등이 단편적이나마 『문선』에 대한 관심을 표명하는 것도 그러한 맥락 속에서 이루어진 것이다.

그중에서도 월정月汀 윤근수尹根壽의 논의는 눈길을 끌기에 충분하다. 그는 고려시대까지만 해도 『문선』을 외우는 사람만 인재로 선발했기 때문에 사륙문四六文에 능했지만, 조선시대 들어와서는 유교 경전에서 출제를 하는 바람에 출제 내용도 중복되고 선비들의 사륙문 능력을 길러주지도 못하는 결과를 낳았다고 했다. 이것은 문장이 국가의 문화적 수준을 드러내고 나라를 빛내는 수단이라고 생각하는 '이문화국以文華國'의 논리다. 조선 전기에 주로 관각파 문인들이 했던 주장으로, 조선 중기가 되면서 외교의 중요성을 인식한 관료들을 중심으로 외교관의 필수 능력인 글쓰기 특히 사륙문 쓰기 능력을 중시했던 관점이다. 국가간의 외교문서도 사륙문으로 작성되었고, 외국에 사신으로 가거나 외국 사신을 맞이할 때에도 사륙문과 시부詩賦 작품이 필요했다. 그런 점에서 보자면 관료 사회에서 이같은 글쓰기 능력은 자신의 명성을 드날리기 위해서라기보다는 국가의 현실적 입장 때문에 중시되었던 것이다.

윤근수는 이러한 현실적인 필요성 때문에 『문선』 학습은 매우 중요하다는 생각을 하였다. 그러나 구체적으로 실현시킬 방법은 없었으니, 그가 제시할 수 있는 최상의 방책은 과거 시험 과목으로 채택하자는 것이었다. 이 정도로 『문선』은 글쓰기 능력 함양에 절대적인 효과를 가지고 있는 책이다.

그런 만큼 『문선』은 여러 차례 책으로 판각되어 인행印行되었다. 고려시대의 출판 상황은 알려진 바 없지만, 조선 세종 12년(1430) 인출印出된 것이 현재 고려대학교 만송문고본으로 전하고 있다. 그 이후로도 성종, 광해군, 명종, 선조, 인조, 숙종대에 간행된 것이 현재 부분적으로 전한다. 주로 육신본이 간행되어 전한 것으로 보이는데, 우리나라에서의 『문선』의 영향력을 가늠할 수 있는 부분이다.

『문선』을 사랑한 사람들

당나라의 이병李邴은 태어나 돌이 채 되기도 전에 부친을 잃었다. 그는 대여섯 살 무렵부터 다른 아이들과는 어울려 놀지 않고, 언제나 묵묵히 혼자 시간을 보냈다. "나는 다른 친구와는 달리 아버님이 안 계시다. 힘써 배우지 않는다면 자립할 수 없을 것이며 이름난 사람이 되지도 못할 것이다." 이렇게 생각한 이병은, 그때부터 책을 열심히 읽으며 공부했다. 그리하여 『논어』 『상서尙書』 『모시毛詩』 『춘추좌전春秋左傳』 『문선』 등 백여 만 글자를 모두 암송했다. 그리하여 마침내 문장과 행실로 후세에 이름을 남겼다.

나는 이 일화를 조선 말기의 선비 이재李栽의 편지글(「답손행원答孫行遠」, 『밀암집密菴集』 권9)에서 읽었다. 그는 자신의 손자에게 과거 공부를 열심히 하라고 격려의 편지를 보내면서 이 일화를 언급한다. 옛 사람도 이렇게 공부했는데, 요즘 사람이 어찌 그보다 못하겠느냐며 일깨운다. 요즘은 밤낮으로 손자를 위해서 축원하는 일뿐이라면서, 손자를 보러 가고 싶지만 병 때문에 갈 수 없다는 안타까움을 짧은 편지글에 펼쳐놓는다. 그 속에도 『문선』은 빠지지 않는다. 과거 합격의 지름길로 이렇게 사랑받았던 시문선집이 있었을까 싶을 정도다.

또한 『구당서舊唐書』에는 이런 이야기도 전한다.

당나라 배행검裴行儉은 초서를 매우 잘 썼다. 고종高宗이 일찍이 흰비단 1백 필을 주면서 『문선』 한 권을 초서로 써서 바치도록 했다. 그가 써서 올리자 황제는 크게 칭찬하면서 비단 5백 필을 하사하였다. 배행검은 다른 사람들에게 이런 말을 한 적이 있다. "저수량褚遂良은 정교한 붓과 좋은 먹이 아니면 결코 글씨를 쓰지 않았네. 붓과 먹의 품질을 가리지 않으면서도 예쁘게 써낼 수 있는 사람은 오직 나와 우세남虞世南뿐이지."

송나라 때에는 "『문선』에 익숙하기만 하면 과거에 반은 합격한 셈文選爛, 秀才半"(육유陸游의 『노학암필기老學庵筆記』, 왕응린王應麟의 『곤학기문困學紀聞』 등에 나오는 표현임)이라는 말이 나돌 정도였다. 오랜 세월의 간극을 넘어서 많은 문인들의 입에 오르내리고, 그것을 통해 또 다른 문인을 배출한 책이 바로 『문선』이다. 오직 과거 합격이라는 목표를 향해 그 어려운 작품들과 씨름했을 과거 응시생들, 좋은 글귀 하나 후세에 남기기 위해 피눈물 나게 글공부했을 이름 없는 문인들, 그들의 한숨과 눈물이 『문선』 속에 어려 있다. 이제

이 책은 단순히 이름으로만 알려진 고전으로 전락한 감이 있지만, 적어도 그것이 전해지기까지 얼마나 많은 무명의 선비들이 가난과 어려운 환경 속에서 자신의 생을 불태웠을 것인가.

율시의 아름다움 뒤에 드리운
두보의 그림자

『영규율수』

시선집을 엮는 마음

좋은 시집을 만나면 읽는 내내 기분이 좋다. 시집에 수록된 모든 작품이 수작이리라는 기대는 하지 않지만, 그래도 그 안에는 흡족한 느낌을 주는 작품이 상당히 많다. 시집의 종류에 따라 그런 사정은 조금 달라진다. 개인 시집의 경우 청탁이 섞여 있어서 수작은 적고 범작 내지는 졸작이 많은 반면, 선집의 경우는 범작이나 졸작보다는 수작이 많은 편이다. 그렇지만 개인 시집은 그 시집 전반을 관통하는 문학적 색채가 있는 데 비해 선집의 경우는 비교적 색채가 옅은 편이다. 그런 점에서 어떤 종류의 시집을 읽는가 하는 문제는 전적으로 독자의 판단에 달려 있다.

근대 이전의 지식인들에게 한시를 짓는 것은 근대 이후에 형성된 문학적 행위로서의 의미 이상의 무엇을 가진다. 요즘이야 시를 짓거나 말거나 일반 대중들로서는 관계할 바가 아니지만, 근대 이전에는 한시를 짓는 능력이야말로 신분을 유지하고 드러내는 중요한 조건이었다. 과거 시험에 필수적인 능력이기도 하지만, 한 인간이 사회적으로 다른 사람과 관계를 맺고 교유 관계를 형성하는 데 중요한 능력 중의 하나이기 때문이다.

한시를 짓는 건 정말 어려운 일이다. 얼핏 생각해도 한시 짓는 규칙이 얼마나 까다롭고 복잡하게 얽혀 있는지 알 수 있다. 압운, 평측, 대구, 시구의 배치, 용사 등 짧은 작품 속에 굉장히 많은 규칙들이 이리저리 착종되어 있다. 더욱이 한시는 다른 나라의 말로 짓는 문학작품이다. 우리말로 생각과 정서를 표현하는 것도 어려운 일인데 하물며 남의 나라 말로 하는 것임에랴. 그러자니 자연히 한시 공부는 어렸을 때부터 꾸준히 해야만 했다. 좋은 시를 읽고 암송하는 것은 물론이려니와 수많은 습작을 한 끝에 비로소 읽을 만한 작품을 만들어낸다. 그것도 능력 있는 사람에 한해서다. 노력해도 자신의 능력 부족만을 느끼는 사람들이 얼마나 많았으랴. 한문으로 읽고 쓰는 일이 일상화된 양반 관료들 사이에서도 한시 한 편 지으라고 하면 얼굴이 하얗게 변해서 어쩔 줄을 모르는 사람들이 대부분이라며 한탄하는 말이 괜히 나왔겠는가.

요즘도 취직 때문에 많은 젊은이들이 고민을 하지만, 그런 사정은 옛날에도 마찬가지였다. 집안에 재산이라도 있다면 모르겠지만, 그나마도 없다면 근대 이전의 사대부 계층에게 먹고살 일은 요원했다. 설령 재산이 있다 한들 초시初試에라도 입격하지 못한다면 사회적인 체면이 서지 않을 뿐만 아니라 한 가문을 유지하기가 쉽지 않았다. 그러니 머리가 허옇게 변하도록 과거 시험 준비에 골몰해야 했다. 그 가운데에 한시가 있다. 한시를 짓는 능력은 근대 이전의 지식인들의 명망을 올리기도 하고 괴롭히기도 하는 것이었다.

옛 사람들은 어렸을 때부터 좋은 한시 구절을 많이 암송했다. 『백련초해百聯抄解』『당음唐音』 등을 비롯해서 좋은 한시를 담은 책을 손때 묻혀가며 읽고 또 읽었다. 좋은 구절을 많이 외우면 그것을 활용해서 당장 써먹을 수가 있고, 나아가 자신도 모르는 사이에 좋은 시를 짓는 능력이 신장된다고 믿었다. 그러다 보니 한시의 명편들을 모아놓은 시선집이 필요하게 된 것이다.

편찬자 방회

방회(方回, 1227~1307)는 송나라 말기에서 원나라 초기까지 살았던 인물이다. 원나라는 몽골이 세운 왕조인데, 몽골 민족은 유목민들이며 전쟁에서 뛰어난 능력을 발휘한 민족으로 알려져 있다. 그런 탓인지 우리는 원나라 문화에 대한 약간의 편견을 가지고 있다. 싸움만 하는 녀석들이 무슨 예술적 감수성이 있겠느냐는 투의 편견이다. 물론 원나라 문화에 대한 자료나 연구가 널리 진척되지 않았거나 그것에 대한 연구 성과가 사람들에게 알려지지 않은 탓도 있긴 할 것이다. 그렇지만 원나라가 도대체 어떤 나라인가. 고려를 침략해서 팔만대장경이나 분황사, 황룡사 등의 뛰어난 우리 문화유산을 깡그리 불태운 자들이 아닌가. 게다가 오랜 세월 동안 고려의 왕을 부마로 내세워서 고려를 식민지화했던 나라가 아니겠는가. 그러니 원나라에 대해 좋은 이미지를 가지고 있을 리 없다. 그렇지만 알고 보면 우리가 성리학이나 시학詩學 방면에서 원나라의 덕을 많이 본 것만은 사실이다.

원나라를 이렇게 언급하는 것은 방회의 삶이 대체로 원나라 치하에서 이루어졌으며, 게다가 송나라에서 벼슬을 하던 그가 원나라 조정에 들어가 또 벼슬을 했다는 것 때문이다. 나라가 바뀌면서 두 왕조를 섬기게 된 것을 훼절毀節이라고 본다면, 방회는 분명 변절자다. 그렇지만 그 생각이 존속하는 한 우리는 방회의 생각을 한 수 아래에 놓고 평가하게 된다. 역사 기록을 읽다 보면 나도 모르는 사이에 한 개인의 삶을 호의적으로 보는 경우가 생기는데, 나는 방회의 글을 읽다가 그런 생각이 들었다.

방회는 송나라 이종理宗 보경寶慶 3년(1227) 안휘성 흡현歙縣에서 태어났다. 자는 만리萬里, 호는 허곡虛谷 또는 자양산인紫陽山人이다. 세 살에 고아가 되어 숙부 방전方琠의 손에서 자랐다. 방전은 호협豪俠한 성품도 있었지만 시문에 관심이 많았으므로, 그의 영향으로 방회 역시 뛰어난 시 작품을 읽고 좋은 시인들을 만나는 계기를 마련할 수 있었다. 이 때문에 어린 시절부터 그의 시명詩名은 지역에서 상당히 높았다고 한다. 남송 말기에 그는 여러 벼슬을 지내다가 건덕부建德府의 부윤을 지내던 중 원나라에 의해 항주가 함락되자 항복을 한다. 원나라 치하에서 7년 가량 건덕로총관建德路總管을 지낸 뒤 벼슬을 그만두고 항주에 은거한다. 이후 벼슬길과는 인연을 끊고 자연 속에서 유유자적하며 시를 짓고 책을 저술하는 일을 한다. 그런 생활로 소일하다가 원나라 성종成宗 대덕大德 11년(1307) 81세의 나이로 영면한다.

한족 입장에서 방회를 비판하는 사람들은 그가 원나라에게 항복을 한 뒤 벼슬살이를 계속했다는 점을 거론한다. 방회의 사상적 입장을 고려하면 그 점을 선뜻 받아들이기 힘든 것도 사실이다. 그가 가장 존경하는 인물 중의 하나가 바로 주희朱熹였다. '북방 오랑캐'인 금나라의 위협 앞에 풍전등화 같은 나라의 운명을 지켜보며 자신의 사상을 완성시켜 나간 사람이 바로 주희라는 건 널리 알려진 사실이다. 주자학의 논리 속에서는 화이華夷, 즉 중화 민족과 기타 오랑캐는 근본적으로 구분된다. 그런데 방회의 행적 은 어떠했는가. 중화민족의 자랑스러운 관리로서 원나라에 항복 을 했을 뿐 아니라 벼슬을 받기까지 했다. 그러니 원나라 초기 방 회의 행적이 선뜻 이해가 가지 않는 것도 무리는 아니다.

그런데 방회는 돌연 벼슬을 그만두고 은거의 길을 택한다. 당 시 그의 나이가 50세였으니, 남은 30년 인생은 오직 시를 짓고 글 을 읽고 저술하는 일만을 했다. 굉장히 많은 시를 짓고 저술을 남 겼지만, 현재 남아 있는 것은 『동강집桐江集』『동강속집桐江續集』 『문선안포사시평文選顏鮑謝詩評』『속고금고續古今考』『허곡한초虛谷 閒抄』『영규율수瀛奎律髓』 등이다. 이 중에서 『영규율수』는 우리나 라에 수입되어 조선의 사대부들에게 널리 읽힌 시선집이다.

『영규율수』의 개략

『영규율수』는 원나라 세조世祖 지원至元 20년(1283)에 편찬된 시 선집이다.[22] 이 선집에는 당나라와 송나라 두 시대의 율시律詩만 을 선별하여 수록하였다. 역대로 방대한 시선집이 여러 종류 있 지만, 율시를 전문적으로 선집한 것은 흔치 않다. 그런 점에서 이 책은 두보의 율시만을 모은 『두율杜律』과 함께 중국과 조선에서

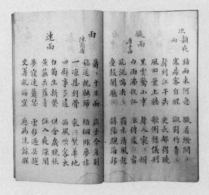

영규율수 (강원대학교 박물관 소장본, 필사본)

『영규율수』는 원나라 세조 지원 20년에 편찬된 시선집이다. 이 선집에는 당나라와 송나라 두 시대의 율시만을 선별하여 수록하였다. 율시만을 전문적으로 선집한 것은 흔치 않았기 때문에 두보의 율시만을 모은 『두율』과 함께 중국과 조선에서 매우 널리 읽혔다. 하지만 저자인 방회에 대한 역대 문인들의 평가가 엇갈렸던 것처럼 『영규율수』 역시 두보의 깊은 그림자에 묻혀 『두율』의 뒷마당을 배회한 것은 아닌가 싶다.

매우 널리 읽혔다. 한시의 발달사에서 율시는 가장 정제되고 아름다운 시 형식으로 인식하는 사람들이 많았으며, 당시 지식인들의 높은 관심을 받았다.[23] 방회 자신도 이미 서문에서 시 중에 가장 정묘한 것이 율시라는 언급을 하였는데, 이 역시 당시의 생각을 반영하는 것이라 할 수 있다. 이 책은 완성과 함께 즉시 간행되어 유포되었는데, 이후 명나라 성화成化 3년(1467) 개춘거사皆春居士

---

22) 이 책에서 인용하는 『영규율수』 원문은 이경갑李慶甲이 집평集評한 『영규율수휘평瀛奎律髓彙評』(전3권, 상해고적출판사, 2005)을 이용하였다. 번역문 역시 특별한 표시가 없는 한 이 책에 있는 원문을 번역한 것이다.

23) 율시의 발전과 완성은 당나라 초기 궁정시인들이나 진사과進士科 같은 과거제도와 관련이 깊다. 그 공과는 면밀하게 따져져야 하겠지만, 적어도 이 요소를 빼놓고는 율시를 논의할 수 없다. 이와 관련해서는 강민호 선생의 「두보 배율 연구」(서울대학교 중문과 박사논문, 2007), 21~27쪽에서 논의된 바 있다.

에 의해 중간되어 널리 읽힌다.

또 하나, 이 책이 조선에서 널리 읽힌 이유는 시 작품의 선정 기준 때문일 것이다. 방회는 『영규율수』에 시를 뽑아 넣으면서 주자학적 사유를 상당히 발동시킨다. 앞서 언급한 것처럼, 주희에 대한 그의 존경은 자신의 사상 형성에 큰 영향을 미친다. 사상적 바탕이 같은 시선집이었으므로, 주희의 학문으로 나라의 기틀을 만들었던 조선의 사대부들에게는 같은 방향을 바라보는 책이었다. 원나라의 유학자 허형許衡의 성리학이 고려 말 도입되어 조선으로 이어진 것처럼, 이 시선집 역시 비슷한 처지였다. 그러한 사상적 태도 때문에 방회가 두 왕조를 섬긴 인물이라는 사실은 묻히고 시선집은 널리 읽히게 된 것으로 보인다.

방회는 문학작품의 성패를 격格의 높고 낮음에서 찾았다. 그의 문학론을 격고설格高說이라고 하는 것도 여기서 연유한다.[24] '격'이란 품격品格, 풍격風格 등의 의미를 가지는 글자다. 격이 높다고 할 때는 당연히 작품의 격이 높다는 것인데, 어떻게 높은 '격'의 작품을 써낼 수 있느냐가 관건이다. 작품의 풍격을 이야기하는 것은 방회만의 독자적인 이론은 아니다. 육조 시대부터 풍격을 통해서 사람을 평가하는 관행이 있었고, 이것이 이후에 예술 작

---

24) 방회의 문학론을 전반적으로 다룬 논문으로는 신미자 교수의 「方回詩論」(『중국시와 시론』, 현암사, 1993)이 있고, 전문 연구로는 강성위 선생의 「방회의 시학이론 연구」(서울대학교 중문과 박사 논문, 1997)이 있다.

품의 평가 기준 내지는 용어로 원용된 것이다. 이 같은 사정 때문에 문학작품은 작가의 인품을 드러내는 하나의 척도처럼 인식되었고, 작품과 인간은 서로 상보적 관계를 가지면서 논의되어왔다. 이러한 논의는 지금도 여전히 상당한 영향력을 가지고 있다.

작품의 풍격과 작가의 인품을 연결시키는 논리는 누구나 수긍할 수 있는 것이긴 하지만 동시에 너무도 일반적인 진술이어서 구체적인 작품에 적용시키려면 많은 난관이 따른다. 세상에 수없이 많은 작품을 읽다 보면 뛰어난 인물이 좋은 작품을 쓰는 경우도 있지만, 반대의 경우도 많다. 사람은 좋은데 작품은 범속하거나 작품은 뛰어난데 인간 됨됨이는 형편없는 경우가 있을 수 있다. 이런 경우는 어떻게 평가해야 할까. 또 작품의 풍격을 논의하게 하는 요소라든지, 각각의 요소가 작가의 인품과 맺는 관계 등 해결해야 할 문제가 쌓여 있다.

그럴 때 우선 생각할 수 있는 해결책은 자신이 모범으로 생각하는 작가를 내세우는 것이다. 방회는 가장 이상적인 문학가로 시성詩聖으로 추앙받는 두보杜甫를 내세운다. 두보야말로 자신의 삶과 사상을 완벽한 시로 표현한 인물이라는 것이다. 그의 문학적 성과를 이어받아 발전시킨 사람으로는 송나라의 문학가인 황정견黃庭堅, 진사도陳師道, 진여의陳與義를 들었다. 방회는 『영규율수』권26에 두보의 작품 「청명淸明」을 수록하고 주석을 붙이면서, "고금의 시인들은 마땅히 노두老杜, 산곡山谷, 후산後山, 간재簡齋를 일조삼종一祖三宗으로 삼아야 할 것"이라고 하였다. 또한 진여의의 작품인 「도중한식道中寒食」의 주석(『영규율수』권16)에서 자신이 오랫동안 가지고 있던 견해를 피력하면서, "두보의 시를 조종으로 삼는다. 두보와 같은 시대의 여러 사람들은 모두 엇비슷한 경지라고 할 만하다. 송나라 이후에는 황산곡이 첫번째이고 진후산이 두번째이고 진간재가 세번째이고, 여거인(呂居仁, 여본중呂本中을 말함)이 네번째이고, 증다산(曾茶山, 증기曾幾를 말함)이 다섯번째이다. 그 외의 다른 사람들은 증다산과 또한 백중이라 할 것이다. 이것이 시의 올바른 맥이다"라고 하였다. 이런 취지가 『영규율수』에 붙인 주석 곳곳에 스며 있을 정도로 네 사람에 대한 방회의 애정은 대단했다. 이 논의를 흔히 '일조삼종설一祖三宗說'이라고 한다.

작품의 풍격을 기준으로 하는 격조설과 일조삼종설을 근간으로 하여 방회는 『영규율수』를 편찬한다. 이 책에는 모두 3,014수의 작품이 수록되어 있는데, 당나라의 작품이 1,286수, 송나라의 작품이 1,728수다. 체재별로 보면 오언율시가 1,597수, 칠언율시가 1,417수이며, 작가별로 보면 당나라 시인 165명, 송나라 시인 220명, 총 385명이 수록되었다.[25] 많은 양의 작품을 방회는 49개 항목의 표제어로 분류하여 수록한 뒤, 그에 대하여 자신의 비평을 덧붙였다. 등람登覽에서 시작하여 회고懷古, 풍토風土, 절서節序, 한적閒適, 요자拗字, 논시論詩 등을 거쳐 상도傷悼에 이르기까지 각

---

25) 김상일, 「영규율수와 조선시대 수용의 의미」(『한국문학연구』 제23집, 동국대학교 한국문학연구소, 2000년 12월), 131쪽 참조.

각의 표제마다 한 권씩 만들면서, 표제어의 의미를 논술하여놓았다. 이렇게 총 49권으로 이루어진 것이 『영규율수』다.

이렇게 방대한 분량 중에 가장 많이 수록된 작품은 역시 두보의 것이다. 일조삼종설에서 분명히 드러나는 것처럼, 두보에 대한 그의 존경은 작품 선택에서도 그대로 드러난다.[26]

그와 함께 송나라 시인 세 사람 황정견, 진사도, 진여의는 두보를 이어서 시학을 발전시켰다면서 방회의 칭탄을 받았다. 이들은 대체로 중국문학사에서 '강서시파江西詩派'라는 명칭으로 함께 논의되곤 한다. 방회는 문학적으로 서곤체西崑體를 배격하고 강서파를 따랐다는 평가를 받는다. 서곤체는 당나라 말기 이상은李商隱을 시의 전범으로 삼아 창작을 했는데, 대체로 화려한 표현과 정교한 대구로 장기를 삼았다. 이에 비해 강서파는 황정견을 전범으로 삼아, 예전 작품을 이용하여 새로운 것을 창작하는 '탈태환골奪胎換骨' 수법을 중요하게 여기면서 자신의 개성을 만들어나갔다. 그런데 방회는 이들 강서시파의 시조라 할 수 있는 황정견의 시가 두보의 시적 성취를 이은 것으로 파악하면서 '일조삼종설'을 만들어서 강서파에 대한 그의 존중을 드러낸다.

---

26) 방회의 두시杜詩 존숭은 고진아 선생의 「금원대金元代 두시학杜詩學」(『중국학연구』 제24집, 중국학연구회, 2003), 정호준 선생의 「영규율수 소재 두보 영물시 소고」(『중국연구』 제42집, 한국외국어대학교 외국학종합연구센터 중국연구소, 2008) 등에서 논의한 글이 참고가 된다.

조선에서 간행된 『영규율수』

연산군은 폭군으로 낙인 찍혀서 쫓겨났지만, 그의 독서량은 상당히 많았던 것으로 보인다. 그의 치세 동안 많은 책들을 판각했을 뿐 아니라 중국에 가는 사신들에게 책을 사오라면서 목록을 주기도 했다. 그의 독서 범위는 상당히 넓어서 중국 소설도 구매하도록 명령한 기록이 실록에 보일 정도다. 연산군 11년(1505) 5월 19일자 『연산군일기』 기사에 의하면, 그는 『당시고취唐詩鼓吹』 『삼체시三體詩』 『시림광기詩林廣記』 『원시체요元詩體要』 등과 함께 『영규율수』를 교서관校書館에서 인쇄하여 올리라고 명령을 내린 기록이 나온다. 이들은 모두 시선집들인데, 그러한 책들을 인쇄하도록 명령할 정도로 시를 사랑하는 그의 정성이 대단했다.

그 책이 연산군 치세 하에서 인행印行되었는지는 확인하기 어렵지만, 그 전에 이미 출판된 기록이 있다. 이경갑의 『영규율수휘편』 「부록」에 수록된 윤효손尹孝孫의 발문을 통해서 그 경과를 알 수 있다. 이 글에 의하면, 성종 5년(1474) 윤효손이 완산부윤完山府尹으로 나갔을 때 당시 전라도 관찰사였던 이극균이 『영규율수』의 간행을 부탁했다고 한다. 그 책은 원래 이극균이 명나라에 사신으로 갔다가 구해 온 것인데, 당시의 권력자였던 한명회韓明澮가 보고 출판을 할 뜻을 보였다는 것이다. 이런 연유로 성종 6년(1475) 윤효손의 발문을 붙여서 책을 간행하였던 것이다.

『영규율수』를 보았다는 기록은 곳곳에 산견된다. 조선 전기의 문신 서거정, 노진, 성현, 이황, 심수경, 차천로, 이식 등을 비롯하여 조선 후기의 대표적 문신인 김만중, 이의현, 이익, 임상덕 등 많은 사람들이 이 책을 읽었거나 그와 관련된 기록을 남겼다. 현재 규장각을 비롯해서 여러 곳에 『영규율수』가 전하고 있는데, 다양한 활자로 인행된 것을 보면 여러 차례에 걸쳐 거듭 인쇄되어 읽혔음을 알 수 있다.[27] 이처럼 조선의 지식인들에게 『영규율수』는 널리 읽히는 책이었던 것이다. 조선 전기 문학사에서 해동의 강서시파가 형성된 것은 문인들의 『영규율수』 독서를 통해서 분위기가 형성된 것일 수도 있을 것이다.[28]

다른 한편, 『영규율수』의 뒤편을 돌아보면 그 책에는 두보의 그림자가 짙게 드리워져 있음을 느낀다. 조선의 지식인들이 널리 읽은 책 중에 두보의 율시를 모아 엮은 『두율』이 있다. 특히 우집虞集의 주석이 붙은 『우주두율虞註杜律』은 조선 초기에 판각되어 유포된 이래 전국 방방곡곡 수많은 선비들의 필독서로 인식되었다. 그렇게 보면 두보의 율시를 익히고 『영규율수』에 수록된 작품을 공부하는 것으로 나아갔어야 했을 터인데, 아쉽게도 그 정도로 유행한 것 같지는 않다. 방회에 대한 역대 문인들의 평가가 엇갈렸던 것처럼, 『영규율수』 역시 두보의 깊은 그림자에 묻혀

---

27) 이상은 선생이 편찬한 『고서목록(하)』(보경문화사, 1987), 1903~1904쪽에 현재 전하고 있는 『영규율수』 서지 사항이 기록되어 있다.
28) 이 같은 추정은 이종묵 교수의 『해동 강서시파 연구』(태학사, 1995), 11~12쪽에서도 간략하게 언급되고 있다.

『두율』의 뒷마당을 배회한 것은 아닌가 싶다.

책을 펴서 작품을 읽고 나면 어김없이 우리는 방회의 평을 접한다. 때로는 구절구절 분석적인 눈으로, 때로는 짧은 촌평으로, 혹은 침묵으로 만나는 그의 평을 볼 때마다 시를 사랑했던 한 노인의 모습을 발견한다. 툭툭 던지는 말이 흥미롭다. 시 작품보다 방회 자신의 평과 주석이 더 아름답기를 바라며 글을 썼으리라는 추정은 나의 과민한 해석인 걸까.

사람을 바로 세우는 시

『정언묘선』

『정언묘선』을 만나던 날

점심을 먹고 나른한 마음으로 도서관에 들어갔다. 창밖은 가을 한낮의 햇살이 아름답게 빛나고 있었지만 도서관 안쪽은 언제나 서늘한 기운이 가득했다. 자판기에서 뽑은 커피 향이 코를 간지럽혔고, 나는 서늘한 안쪽과 빛나는 바깥쪽 사이에서 흔들리고 있었다. 잠시 머뭇거리다가 결국은 내 자리로 가서 앉았다. 글이 눈에 들어올 리 만무였다. 그렇게 내 20대의 마지막 순간이 지나고 있는 것이었다.

당시 나는 석사논문을 쓰고 있었다. 율곡 이이(李珥, 1536~1584)의 문학론을 주제로 쓰는 논문은 정말 진도가 나가질 않았다. 머리도 식힐 겸 해서 읽고 있었던 박경리의 『토지』가 훨씬 빠른 속도로 넘어가고 있을 뿐이었다. 그렇게 시간을 쥐어짜고 있던 어느 날 점심 무렵, 나는 뜻밖의 장소에서 뜻밖의 책을 발견했다. 커피를 마시면서 주위를 둘러보다가 문득 규장각 도서 목록이 눈에 들어왔다. 내가 앉아 있던 열람실에는 사전류와 각종 공구류의 서적들이 개가식 형태로 꽂혀 있었는데, 내 자리 바로 옆에 그 책이 꽂혀 있었던 것이다. 그 책을 꺼내서 이리저리 펼쳐보다가, 논문 때문에 한참 관심을 가지고 있던 율곡의 『정언묘선精言妙選』이 있는지 찾아보았다. 그런데, 이게 웬일인가. 그 책이 규장각에 소장되어 있었던 것이다. 1988년 가을의 일이었다.

율곡의 『정언묘선』은 그때까지만 해도 전하지 않는 책으로 알려져 있었다. 조선을 대표하는 성리학자이자 뛰어난 경세가였던 율곡의 글은 명쾌한 논리로도 각광을 받았는데, 그의 문학론 역시 자신의 입장을 선명하게 드러내면서 독자를 설득하는 솜씨가 대단했다. 공식적인 문학론을 표명한 「문책文策」과 같은 글에서는 성리학적 도道를 전달하는 수단으로서의 문학을 논리정연하게 드러냈고, 최립崔岦에게 주는 두 편의 글에서는 문학의 근본 원리와 그것이 지닌 우주론적 근거에 대해 문제를 제기하는 방식으로 독자들의 사유를 이끌었다. 물론 『학교모범學校模範』과 같은 책을 편찬한 뒤 쓴 서문에서는 문장에 몰두하는 것의 해로움을 언급하기도 했지만, 그것은 성리학적 수양을 전제로 하는 책의 성격 때문에 나온 말이었을 것이다. 글에 대한 오랜 사색의 결과로 나온 것이 바로 『정언묘선』이었는데, 이 책은 전하지 않는 것으로 알려져 있었던 것이 당시의 상황이었다.

저자는 미상未詳인 채로 제목만 기록되어 있는 도서 목록을 확인한 나는, 그 길로 규장각을 향해 달려갔다. 책을 신청했더니 귀중 도서로 지정되어 있다면서 규정상 부분 복사만 될 뿐 완질을 복사하는 것은 안 된다고 했다. 급한 마음에 책을 보자고 해서 처음으로 배견拜見했는데, 그 감동은 지금도 잊혀지지 않는다. 내가 책을 살피는 동안 내 옆에 서있던 담당자에게 사정 이야기를 했다. 이 책으로 학위 논문을 쓰고 있다는 점, 부분 복사만 된다 해도 어차피 나로서는 여러 날 동안 드나들면서 결국은 이 책을 다 복사하게 될 것이라는 점 등을 이야기했다. 그는 잠시 난감한 표정을 짓더니, 내일 다시 찾아오라고 했다. 다음날 그분을 찾아갔더니 모두 복사해서 내게 넘겨주며 좋은 논문을 쓰라고 웃는 것이었다. 이름은 잊었지만, 그분의 호의로 복사본을 얻게 된 나는 그 길로 돌아와서 그 판본을 꼼꼼이 살폈다.

책을 발견한 기쁨에 그 소식을 주변에 알렸다. 그 일이 있은 지 한 달 남짓 지났을 때였다. 한국고전문학회 월례발표회에 갔다가 저녁 식사 자리에서 『정언묘선』을 발견했다는 이야기를 했더니, 뜻밖에 연세대 도서관에도 필사본이 소장되어 있다는 말씀을 어느 분께서 해주시는 것이었다. 덕분에 이런 성과를 반영해서 논문을 쓸 수 있었다. 이미 『정언묘선』의 존재를 알고 있던 분들이 있었음에도 불구하고, 내 석사 논문은 공식적으로 그 책의 존재를 밝힌 첫 논문이 된 셈이다.[29]

현재 전하는 『정언묘선』 판본들

율곡이 『정언묘선』을 편찬한 것은 그의 나이 38세 때인 1573년 여름의 일이다. 그는 청주목사를 잠시 지내다가 1572년 3월부터 병 때문에 벼슬을 그만둔다. 『율곡집』에 수록되어 있는 연보年譜에 의하면 그는 잠시 서울에서 쉬다가 여름에 자신의 고향인 경

---

29 이런 성과를 반영해서 나는 「율곡 이이의 문학론 연구」(고려대 석사논문, 1988년 12월)를 썼고, 그 이후에 「정언묘선에 나타난 심미이상審美理想」(『어문논집』 제30집, 민족어문학회, 1991)을 썼다.

기도 파주의 율곡으로 돌아간다. 돌아가기 직전에 부응교副應敎에 제수되었지만 병을 핑계로 취임하지 않는다. 그렇다면 율곡이 『정언묘선』을 편찬한 뒤 서문을 쓴 시점은 서울에서 파주로 돌아가던 무렵이었을 것이다. 『율곡집』에 수록된 연보에는 『정언묘선』 편찬 사실이 기록되어 있지 않다. 그런데 그의 학맥을 이은 박세채朴世采(1631~1695)가 작성한 율곡의 연보에 의하면 『정언묘선』은 1573년에 완성되었다. 그 기록에는 "그 해 여름 『정언묘선』이 완성되었다夏, 精言妙選成"고 되어 있으며, 세주細註에 "선생께서 후세의 시도詩道가 더욱 어긋난 것을 걱정하시어 이에 고금古今의 여러 시체詩體를 취하여 그 충담沖淡하고 이아爾雅한 것을 모아 원元·형亨·이利·정貞·인仁·의義·예禮·지智 여덟 권을 만드셨다"[30]고 하였다. 이 기록에 이어서 7월에는 홍문관弘文館 직제학直提學에 제수되었지만 병으로 취임하지 않았다는 사실을 남기고 있는 것을 보면, 『정언묘선』의 편찬은 그 이전에 완성되었음을 짐작할 수 있다.

그 이후 여러 곳에서 『정언묘선』이 전하고 있다는 사실을 풍편으로 접하게 되었다. 늘 그렇듯이 옛 책이 어디서 전승되고 있는지는 소장자 자신이 정확히 밝히지 않는 한 바람결에 들리는 소문에 의존할 수밖에 없다. 그렇지만 어떤 소문은 무시하지 못할 근

---

30) 先生悶後世詩道益舛, 乃取古今諸體, 採其沖淡爾雅者, 爲元亨利貞仁義禮智八篇. (박세채, 「율곡선생연보栗谷先生年譜」, 『남계집南溪集』 권85)

거를 가지고 있거나 혹은 무언가 설명할 수는 없지만 느낌으로 존재를 확신하게 하는 것도 있다. 그러던 중 대구 지역에서 이 책이 완질에 가까운 형태로 전하고 있다는 소식이 들려왔고, 얼마 후 논문으로 발표되어 전승 상황이 공개되었다. 김남형 교수에 의해 『정언묘선』의 현전본들이 정리되고 수집되어 발표된 것이다.[31]

김남형 교수에 의하면 현재 전하고 있는 『정언묘선』은 모두 다섯 종이다. 규장각에 일사문고본, 연세대 도서관본(목판본과 필사본 두 종이 소장되어 있음), 대구의 한 개인이 소장하고 있는 낙와본樂窩本, 김남형 교수 소장본인 동춘당본同春堂本[32] 등이 그것이다. 이 중에서 일사문고본, 연세대 도서관 소장 목판본, 낙와본은 모두 목판본으로, 김남형 교수는 동일 판본으로 판단된다고 하였다. 이들은 총 여덟 권 중에서 원자집元字集, 이자집利字集, 인자집仁字集 세 권만이 전한다는 점에서도 동일하다.

한편 동춘당본, 연세대 도서관본과 같은 필사본의 경우에는 사정이 좀 다르다. 중요한 판본은 역시 동춘당본으로 보인다. 이 필사본 서문 첫 장에 '同春翁'이라는 주인朱印이 찍혀 있고, 표지 안쪽 면에 초서와 해서로 메모를 해두었는데 그 필적으로 미루어 보아 동춘당 송준길(宋浚吉, 1606~1672)의 글씨로 보인다.[33] 그의 메

---

31) 김남형, 「정언묘선의 문헌적 검토」(『한국한문학연구』 제23집, 한국한문학회, 1999).
32) 낙와본, 동춘당본의 명칭은 김남형 교수의 논문에서 명명한 것이다.
33) 김남형, 위의 논문, 177쪽. 동춘당본과 낙와본에 대한 서지정보는 모두 김남형 교수의 글에서 인용한 것이다.

모에 의하면 송준길이 이 책을 필사하던 당시에 이미『정언묘선』은 완질로 전하지 않았음을 알 수 있다. 그럼에도 불구하고 송준길은 자신이 수집할 수 있는 모든 정보를 동원해서『정언묘선』여덟 권 중에서 지자집智字集을 제외한 나머지 부분을 모아서 엮어두려는 노력을 했다. 그 덕분에 총 123장 분량에 520수에 달하는 작품을 수록하는 판본을 만들 수 있었다. 김남형 교수는 현재 발견된 판본들 중에서는 원본에 가장 가까운 것이 동춘당본이라고 하였다.

연세대 도서관본(필사본)은 총 여덟 권 중에서 원, 형, 이, 정, 인 자집 등 다섯 권을 필사한 판본이다. 율곡의 서문을 필사한 페이지에 '나주정씨세장羅州丁氏世藏'이라고 표시하였고, 뒷 페이지에는 정순태丁舜泰라는 분이 1896년 10월에 필사했다는 내용의 필사기가 적혀 있다. 이 책은 여타 판본과는 체제, 수록 작품, 필사 방식 등에서 상당한 차이를 보인다. 그러나 이 역시 다른 대본을 바탕으로 필사한 것으로 추정되며, 조선 말기까지도 일부 사람들에게는『정언묘선』이 읽히고 있었다는 것을 증언한다는 점에서 중요하게 취급되어야 한다.

시선집을 엮은 뜻

『정언묘선』은 율곡이 한나라부터 송나라까지 중국의 한시 중에서 읽을 만한 것을 모아서 엮은 시선집이다. 근엄한 유학자로서의 인상이 강한 율곡에게 이처럼 다정다감한 문학적 감성이 살아 있을 뿐 아니라 시선집을 직접 편찬했다는 것은 일견 뜻밖의 일로 보인다. 그러나 따지고 보면 율곡이 세상에 이름을 알리기 시작한 것은 자신의 글 솜씨 때문이었다. 그를 지칭할 때 쓰는 표현 중에 '구도장원공九度狀元公'이라는 말이 있다. 아홉 번의 과거 시험을 모두 장원으로 합격했다는 말이다. 어떤 시험이나 일등으로 통과했다는 것은 그의 재주가 범상치 않음을 드러낸다. 실제로 그가 아홉 번을 연속으로 장원급제했는지는 모르겠지만, 율곡의 시대 뒷자락을 함께 살았던 허균은 자신의 저서 『성옹지소록惺翁識小錄』에서 율곡의 장원급제를 언급한 바 있다. 그는 율곡이 한 해 동안에 생원시와 문과에 장원으로 연달아 급제했으며 초시初試에서는 세 번을 연속 장원급제하였고 회시會試에서도 장원을 차지하여, 한 해에 여섯 번이나 장원급제를 하였으니 전에 없던 일이라고 놀라움을 표하였다.[34] 어떻든 율곡의 문학적 능력은 대단한 것이어서, 그를 처음 만나고 난 뒤 퇴계 이황은 자신의 제자에게 보내는 편지에서 율곡의 시문 창작 능력에 대한 찬탄을 전하였을 정도다.

세계적으로 뛰어난 철학자라고 해서 엄숙하고 딱딱한 생각을 지닌 것은 아니다. 오히려 그런 사람일수록 말랑말랑한 사유의 흐름을 보인다. 힘들고 복잡한 사유의 숲을 넘어서 그들은 때때

---

34) 허균, 『성옹지소록 중』, 『성소부부고』 권23.

로 예술의 세계로 들어가기도 한다. 만년이 되어 철학적 사유가 한창 무르익었을 무렵, 미학의 범주로 들어가면서 그의 세계는 드넓어진다. 그런 점에서 보면 율곡의 사유 역정도 그 나름의 노정을 만들어왔다. 흔히 '인문입도因文入道'로 표현되는 것처럼, 그의 사유는 문학 세계를 통해서 도의 세계로 들어간 것으로 평가되기도 한다. 그 정도로 문학은 율곡의 사유에서 빼놓을 수 없는 중요한 부분이다.

그런 점에서 율곡이 시선집을 엮은 일이 그의 사유 역정 안에서 전혀 맥락이 없는 것은 아니라고 생각한다. 그렇지만 그의 시선집 편찬은 무엇 때문에 행동으로 옮겨졌을까. 수없이 많은 유학자들이 문학에 대한 자신의 생각을 표출하면서도 정작 모범이 될 만한 선집이나 전범을 보여주지 않은 것을 고려할 때, 율곡의 『정언묘선』 편찬은 범상하게 보아 넘길 수가 없다. 그 의문을 풀어줄 수 있는 것이 바로 「정언묘선서精言妙選序」이다.

사람의 소리 중에서 가장 정묘한 것은 말이다. 시는 말 중에서도 또 정묘한 것이다. 시는 성정性情에 근본한 것이어서, 거짓으로 이루어지는 것이 아니다. 소리의 높고 낮음은 자연스러움에서 나온다. 『시경』 3백 편은 사람의 정서를 곡진히 표현하고 널리 사물의 이치에 통하여 넉넉하면서도 부드럽고 충실하면서도 도타워서 그 요체는 '올바름正'으로 귀결된다. 이것이 시의 본원本源이다. 세대가 점점 내려오면서 풍속과 기운이 점차 뒤섞이자 시로 표현되는 것들이 모두 성정의 올바름性情之正에 근본하지 못하게 되어, 문학적 수식을 빌려 사람의 눈을 즐겁게 하는 일에나 힘쓰는 작품들이 많아졌다. 나는 몇 년 동안 병을 앓으면서 한가롭게 홀로 거처하며 신음하는 사이에 때때로 옛 시를 찾아서 여러 종류의 시체詩體를 갖추었다. 시의 근원이 오랫동안 막혀서 말류未流가 수많은 가지를 침으로써 공부하는 사람들이 눈을 부릅뜨고 살펴도 현혹되고 어지러워 시의 길을 찾지 못하는 것을 근심하였다. 그래서 가장 정묘하여 모범으로 삼을 만한 작품을 가려내어, 그들을 모아 여덟 편으로 만들고 원점圓點을 쳐서 『정언묘선』이라고 이름을 붙였다.[35]

율곡은 이 서문에서 자기 시대의 시도詩道가 너무 지엽적인 것으로 흘러서 큰 폐단을 드러냈다는 생각을 표현한다. 어느 시대에나 나이 든 사람들의 눈에는 자기 시대의 새로운 문화가 성에 차지 않는다. 그런 입장을 감안하더라도 율곡의 이 발언은 그 문학론의 커다란 구도 속에서 중요한 위치를 차지한다. '성정의 올바름'이라는 말이 핵심이다. 인간의 마음은 한시도 가만히 있질 않는다. 수시로 움직이면서 욕망에 따라 반응하는 마음을 성리학

---

35) 人聲之精者爲言, 詩之於言, 又其精者也. 詩本性情, 非矯僞而成. 聲音高下, 出於自然, 三百篇, 曲盡人情, 旁通物理, 優柔忠厚, 要歸於正, 此詩之本源也. 世代漸降, 風氣漸淆, 其發爲詩者, 未能悉本於性情之正, 或假文飾, 務說人目者多矣. 余數年抱病, 居閒處獨, 殿屎之隙, 時搜古詩, 備得衆體. 患詩源久塞, 末流多岐, 學者睢盱眩亂, 莫尋其路. 乃敢採其最精而可法者, 集爲八篇, 加以圈點, 名曰『精言妙選』. (이이, 「정언묘선서」, 『율곡집』 권13)

적 수양을 통해 진정시키는 것이 공부하는 사람의 목표다. 시를 읽는 일 역시 그 공부에 도움이 되기 때문에 허용된다. 그런 점에서 보면 율곡 시대의 많은 작품들은 성정의 올바름을 근본으로 삼아 창작되는 것이 아니라 어지러운 시대와 풍속에 의해 사람들의 눈을 현혹시키는 작품들이 횡행한다. 화려한 수식과 복잡한 전고典故, 수수께끼처럼 뒤엉겨 있는 형식적 제한들은 일시적으로 사람들의 눈을 현혹시켜서 인기를 끌 수 있을지는 모르지만, 인간의 성정을 올바르게 만들어 수양에 도움이 되도록 하는 것에는 해롭다.

해로운 시들이 넘쳐난다고 진단하는 것은 누구나 할 수 있다. 하지만 정작 중요한 것은 그 문제를 해결하기 위해 무엇인가를 시도하는 것이다. 율곡은 문제 해결의 한 방법으로 성정의 올바름에 도달하기 위해 읽어야 할 모범적인 작품들을 모아서 시선집을 편찬하는 일을 선택했다. 그 결과물이 바로 『정언묘선』이다.

그는 모두 여덟 권으로 나누었는데, 각 권마다 하나의 비평 용어를 제시해서 작품 선택의 기준을 명확히 제시한다. 첫번째 권인 원자집부터 차례로 그 용어를 제시하면 다음과 같다. 충담소산沖澹蕭散, 한미청적閑美淸適, 청신쇄락淸新灑落, 용의정심用意精深, 정심의원情深意遠, 격사청건格詞淸健, 정공묘려精工妙麗. 이 기준은 「정언묘선총서精言妙選總敍」라는 글에 들어 있는데, 이 문집을 간행할 때 이미 마지막 권인 지자집은 전하지 않는 상태였다. 제8권의 선시 기준이 무엇이었는지는 알 수 없지만, 『정언묘선』의 서문을 토대로 추정컨대 '명도운어明道韻語'가 아닐까 싶다. 이들은 작품의 풍격이나 기상, 작품의 표현 형식이나 정교한 문체 등을 중심으로 그 나름의 기준을 제시한 용어들이다.

율곡은 이들 각각에 대하여 모두 자세한 설명을 붙여놓았고, 그에 따라 중국의 빼어난 시 작품을 선집했다. 그는 이 작품들을 읽음으로써 많은 독자들이 시의 문학적 감화를 받아 성정의 올바름에 도달하리라는 희망을 품었던 셈이다. 그렇게 보면 율곡처럼 문학에 희망을 걸고 실천으로 옮긴 사람이 얼마나 있었겠는가 싶다.

시를 읽어 마음을 다스린다

이따금씩 내 자신에게서 느끼는 편견의 시선에 깜짝 놀랄 때가 있다. 예컨대 이런 것이다. 율곡은 우리나라를 대표하는 성리학자니까 그의 문학론이나 작품 선택 기준 역시 그것을 정확히 반영할 것이라고 생각한다. 그리 틀린 말은 아니다. 성정의 올바름을 강조하는 것에서 충분히 그런 입장을 읽어낼 수 있기 때문이다. 그렇지만 시 작품을 뽑는 지점에서는 조금 다를 수 있다. 그는 『정언묘선』에서 위응물韋應物, 이백, 두보 등의 작품을 많이 선택했지만, 주희의 작품은 상대적으로 적게 뽑았다. 또한 가장 중요한 비평 기준이라 할 수 있는 충담소산에 의해 편찬된 제1권(원자집)에는 도연명의 작품이 열여덟 편으로 많이 선택되어 있는 데 비해 조선의 사대부들이 중시했던 두보의 작품은 세 편만 선택되

어 있다.[36]

좋은 작품은 시대를 넘어서 늘 커다란 감동을 준다. 시선집을 대하면서 우리는 편찬자의 입장에서 시를 읽고, 그가 권하는 작품을 읽으면서 새로운 감흥에 젖기도 하고 그 안에 담긴 문학적 의미를 느껴보기도 한다. 『정언묘선』은 조선의 성리학자 율곡이 자신의 사상적 깊이를 아름답게 드러내는 저작이다. 이 책을 대하면서 작품을 사이에 둔 채 우리는 율곡과 문학을 이야기하고 작가의 처지에 대해 토론한다. 사람됨의 수준을 높이고 새로운 사유의 경계를 열어나가는 방법으로 시를 읽는 것도 참 좋다는 사실을 율곡은 이 책을 통해 보여주고 있다.

---

36) 김병국, 「고산구곡가 연구」(성균관대 박사논문, 1991), 19~25쪽 참조. 여기서 김병국 교수는 『정언묘선』에 수록된 작가별 작품 수를 조사해 도표화하였다.

시를 통해
성현의 지기志氣를 익히다

『증산염락풍아』

『염락풍아』라는 책

퇴계 이황이 처음 『염락풍아濂洛風雅』를 본 것은 순천부사로 재직 중이던 제자 이정李楨이 보내준 덕분이었다. 이정은 1565년(명종20), 자신이 재직하고 있던 전라도 순천부順天府에서 이 책을 판각하여 스승에게 한 질 보내주었던 것으로 추정된다. 이 책이 언제 이 땅에 들어왔는 지 정확하지는 않지만, 이황의 기록에서 우리는 『염락풍아』가 본격적으로 성리학적 지식인들의 눈에 들게되리라는 것을 추정할 수 있다. 이를 증명이라도 하듯, 이후 유희춘柳希春, 송시열, 박세채, 이단상李端相, 오도일吳道一, 이상정李象靖 등 당대 최고의 성리학자들은 『염락풍아』를 읽었다는 기록을 남겼다.

제목만 보아도 우리는 『염락풍아』의 내용을 짐작할 수 있다. '염락' 이란 염락관민濂洛關閩의 준말이다. '염' 은 북송시대의 유학자 주돈이周敦頤가 은거하던 염계濂溪를 지칭하고, '락' 역시 이정二程으로 불리던 북송의 유학자 정호程顥와 정이程頤 형제가 은거하고 있던 낙양洛陽을 말한다. '관' 은 북송의 유학자 장재張載의 고향 관중關中을, '민' 은 남송의 유학자 주희朱熹의 고향 민중閩中을 가리킨다. 북송시대의 네 사람을 흔히 '북송사자北宋四子' 라 하고, 소옹邵雍을 합쳐서 '북송오자北宋五子' 라 부르며, 마지막에 언급된 주희를 합쳐서 '송조육현宋朝六賢' 이라고 통칭한다. 이 정도 정보만 있어도 '염락' 이라는 단어 속에는 송나라 이학理學의 연원이 상징적으로 표현되어 있으며 동시에 성리학의 이미지가 강하게 스며 있다는 점을 충분히 눈치챌 수 있다. '풍아'라는 말도 유가적 입장에서 시를 지칭할 때 사용하는 단어다. 이 말은 원래『시경詩經』중에서 국풍國風, 대아大雅, 소아小雅를 지칭하는 것이었는데, 시문을 통칭하는 단어로도 널리 사용된다. 물론 그 사용 범위는 대체로 유교에서의 교화와 관련된 것으로 한정되어 있다.

『염락풍아』는 송나라 말 원나라 초기에 활동했던 김이상(金履祥, 1232~1303)이 편찬한 책이다. 그는 무주婺州 난계蘭溪 출신으로, 자는 길보吉父이다. 인산仁山 아래에 살았으므로 사람들은 그를 인산선생이라 불렀다. 김이상은 하기(何基, 1188~1269)를 스승으로 모시고 공부를 했다. 하기의 스승은 황간(黃榦, 1152~1221)이었는데, 황간은 바로 주희의 제자이자 사위였다. 이렇게 보면 김이상은 성리학의 계보 안에서도 대단히 중요한 위치를 차지하는 인물이다. 그의 친구인 당량서唐良瑞가 쓴『염락풍아서濂洛風雅序』에 의하면, 원래 김이상은 여러 책들에서 시 작품을 모아서 책을 한 권 엮었는데 오직 사우師友의 연원에 따른 도통道統을 기준으로 하였을 뿐 시의 문체별 분류는 하지 않았다고 한다. 그런 책을 당량서가 문체별로 분류하여 지금의 『염락풍아』를 완성시켰다. 이 책에는 송나라 유학의 맥에서 중요한 위치를 차지하는 마흔여덟 명의 작품이 들어 있는데, 시뿐만 아니라 명銘, 잠箴, 찬贊, 부賦 등 다양한 문체가 함께 선별되어 있다.

그렇지만 이황이 본 책이 김이상이 편집하고 당량서가 분류한

『염락풍아』였는지는 분명치 않다. 자료가 부족해서 확언할 수는 없지만, 이 책은 조선으로 흘러 들어온 뒤 몇 가지 중요한 변화를 겪게 된다. 가장 정확한 것으로 박세채가 새롭게 편찬한 『증산염락풍아增刪濂洛風雅』를 들 수 있다. 이 책은 기존에 김이상이 편찬한 『염락풍아』에 일부 작품을 보충하여 넣거나 삭제하여 새로운 면모를 갖춘다. 17세기 이후 조선에 널리 퍼진 책이 바로 이것이다.

　『염락풍아』의 이본 간행 상황을 현재로서는 정확히 파악하기 힘들다. 물론 기존에 김기림, 김영봉 선생 등에 의하여 현재 전하는 판본에 대한 여러 정보가 수집되고 정리되기는 했지만, 여전히 일본에 전한다고 하는 판본에 대한 상황이라든지, 임진왜란 이전 판본의 존재나 확증 여부, 조선 후기 다양한 형태의 『염락풍아』 이본에 대한 선후관계의 파악 등에 있어서는 의문으로 남겨진 부분이 많은 실정이다. 이들의 조사에 의하면, 현전하고 있는 『염락풍아』 이본들은 분권分卷에 따라 혹은 출판연대에 따라 분류할 수는 있을 것이다. 김영봉 선생은 이들 이본을 김이상본, 임인본壬寅本, 병진본丙辰本, 7권본七卷本, 장백행본張伯行本 등으로 구분한다.[37] 이들 중 김이상본은 『염락풍아』가 원래 편찬되었던 원본을 지칭하고, 임인본과 병진본, 7권본은 모두 박세채가 편집한 『증산염락풍아』를 지칭하며, 장백행본은 청나라의 문인 장백행(1651~1725)에 의해 편찬된 책으로 사고전서총목四庫全書總目에 언급되어 있는 아홉 권으로 구성된 것을 말한다. 현재의 상황만을 가지고 말하자면, 김이상본과 장백행본은 근대 이전 우리나라에서 간행된 흔적을 찾기 어렵다. 결국은 우리가 『염락풍아』라고 지칭하는 것은 바로 박세채가 편찬한 『증산염락풍아』를 말하는 것이다.

염락풍 한시의 성행과 주희의 무이도가

　주희의 작품 중에 「무이도가武夷櫂歌」가 있다. 모두 칠언절구 10수로 이루어진 연작시다. '무이산 계곡의 뱃노래'라는 뜻의 이 작품은 주희가 복건성에 있는 무이산에 은거하여 강학 활동을 하던 시기에 지은 것이다. 지금도 이곳은 빼어난 경치로 이름난 관광지이며, 오룡차의 본산으로 인식되어 있는 명산이다. 그는 무이산 기슭에 서원을 지어놓고 제자들을 기르는 한편 방대한 분량의 책을 읽으며 저술활동을 했다. 그렇게 강학 활동을 하는 여가에 자연 속을 거닐며 심성 수양을 하거나 뱃놀이를 즐겼다. 그가

---

37) 『염락풍아』 이본을 분류하는 작업은 복잡하면서도 어려운 문제가 얽혀 있다. 그러나 현전하는 판본을 중심으로 분류하자면 분권分卷과 출판연대를 함께 고려하면서 분류하기보다는, 권수卷數에 차이가 있더라도 출판연대를 최대한 추정하면서 그것을 기준으로 분류하는 것이 효율적인 것으로 보인다. 이에 관해서는 김영봉 선생의 「염락풍아 이본 연구」(『동방고전문학연구』 제4집, 동방고전문학회, 2002)를 참고하면 된다. 또한 분권과 출판연대를 종합적으로 고려한 분류는 김기림 선생의 「박세채의 증산염락풍아에 대한 고찰」(『동양고전연구』 제6집, 동양고전학회, 1996년 5월)에 자세히 논의되어 있다. 필자의 이 책 역시 두 분의 연구 성과에 힘입어 이본 문제를 기술하였다. 그 외에도 『염락풍아』와 관련된 글로는 이장우 선생의 「이퇴계와 염락풍아」(『퇴계학연구』 제13집, 경상북도, 1993), 강민구 선생의 「구암龜巖 이정李楨과 사천泗川 진주晉州지역의 퇴계학파」(『퇴계학과 한국문화』 제31집, 경북대 퇴계학연구소, 2002), 최은주 선생의 「조선 후기 염락풍아의 수용 양상과 그 의미」(『대동한문학』 제26집, 대동한문학회, 2007) 등을 참조할 수 있다.

머물던 서원 옆으로는 천유봉天游峰이라는 거대한 바위산과 그곳을 감돌아 흐르는 시원한 계곡이 있었다. 이 계곡 굽이마다 주희는 이름을 붙였고, 그렇게 명명된 곳이 아홉 군데나 되었다. 이것을 '무이구곡武夷九曲'이라고 한다.

김이상이 원래 『염락풍아』를 편찬할 때만 해도 주희의 「무이도가」는 수록되지 않았다. 그런데 박세채의 손을 거쳐 『증산염락풍아』로 편찬되면서 「무이도가」는 전편이 수록되기에 이른다. 수록 작품 곳곳에는 작은 글씨의 협주로 작품에 대한 간략한 해설이 달려 있는 경우가 더러 있는데, 흥미롭게도 「무이도가」에는 상당히 많은 분량의 주석이 꼼꼼하게 달려 있다. 물론 진보陳普의 글을 인용하는 것으로 주석을 대신하기는 했지만, 그래도 다른 작품과 비교할 때 굉장히 큰 관심을 보인 것이다.

왜 「무이도가」가 문제였을까? 주희가 원래 이 작품을 썼을 때 어떤 의미를 담으려고 했는지는 알 수 없다. 그에 관한 보충 자료가 없기 때문이다. 그러나 독자 입장에서는 다양하게 해석될 가능성이 있는 텍스트였다. 특히 주희를 성인의 반열에 올려놓고 존경해 마지않는 조선의 성리학자들에게 이 작품 역시 범상치 않게 다가왔을 것은 당연한 이치다. 그 결과 이황과 기대승, 김인후, 조익趙翼 등 16세기 후반에서 17세기 전반에 활동했던 성리학자들 사이에서 이 작품의 해석 문제가 논쟁거리로 등장한 것이다.[38]

우선 「무이도가」 중에 두 수를 살펴본 뒤 이야기를 계속하도록 하자.

무이산 위에 신선의 영기 서려 있고

산 아래 차가운 물은 굽이굽이 맑아라.

그 가운데 빼어난 곳 아시려거든

뱃노래 두세 소리 한가로이 들어보시게.

武夷山上有仙靈

山下寒流曲曲淸

欲識箇中奇絶處

櫂歌閑聽兩三聲

|제1수|

구곡 끝나려는데 눈이 탁 트이면서

뽕나무 삼나무 맺힌 이슬 사이로 평천平川이 보인다.

어부는 다시 한번 무릉도원 길 찾지만

오직 이곳만이 인간 세상의 별천지로세.

九曲將窮眼豁然

桑麻雨露見平川

漁郞更覓桃源路

---

38) 이에 대한 사정은 이민홍 교수의 『사림파 문학의 연구』(형설출판사, 1985년 초판 1쇄 ; 1987년 수정
증보 1쇄)에서 자세히 논의된 바 있다.

除是人間別有天

| 제10수 |

「무이도가」는 총론 격에 해당하는 첫번째 수와 함께 1곡부터 9 곡까지 읊은 아홉 수의 시로 구성되어, 모두 10수를 이룬다. 얼핏 보면 이 작품은 주희가 무이산 계곡에서 뱃놀이를 하거나 혹은 산책을 하면서 느낀 흥취를 자유롭게 풀어낸 느낌이 든다. 그렇 지만 작자가 주희라는 사실을 아는 순간 우리는 작품 이면에 있 는 어떤 성리학적 침윤의 흔적 같은 것을 느끼게 된다. 그것이 전 적으로 우리의 착각이라 하더라도, 작가의 삶이 작품 속에 깊이 반영된다는 사실을 믿는다면 당연히 주희의 강학 활동의 결과를 이 작품의 면면에 적용하게 된다는 것이다. 예컨대 빼어난 경치 를 가진 '기절처奇絶處'를 단순히 눈에 보이는 경관만을 의미하는 것으로 볼 수도 있지만, 사상적 깨달음의 경지를 상징적으로 드 러내는 것으로도 읽을 수 있다. 그러면 1곡에서 9곡까지 차례로 읊는 주희의 작품은 단순히 배를 타고 계곡을 따라 올라가면서 눈에 드러나는 경치를 읊는 서경시가 아니라, 깨달음을 향해 열 심히 공부하고 심성 수양을 하는 한 인간의 역경을 상징적으로 그리는 철학적 시가 된다. 끝인가 싶은 마음이 들 때 더더욱 노력 하면 결국에는 우리 눈앞에 광대한 깨달음의 세계가 드러난다는 것이 이 시의 마지막 의미라고 여기게 된다.

조선의 선비들이 논쟁거리로 이 작품을 등장시킨 것은「무이도가」를 어떤 방식으로 해석할 것인가 하는 데 대한 고민의 결과였다. 이민홍 교수에 의하면 김인후나 조익 등은 이 작품을 눈앞의 경관에 흥을 일으켜서 쓴 시라고 본 데 비해, 이황이나 기대승은 성리학적 도의 경지로 나아가는 차례를 읊은 상징적이고 철학적인 시라고 보았다는 것이다. 이는 논의하는 사람들의 문학적 입장의 차이를 드러내는 것이기도 한 터라, 이 시기의 조선 지식인들의 문학론을 연구하는 데 흥미로운 자료를 제공한다.

어떻든 이 작품은 이후에도 큰 영향을 끼쳐서, 많은 선비들이 주희의 시에 차운次韻하여 작품을 만들어내기도 한다. 심지어 율곡 이이는 「고산구곡가高山九曲歌」라는 시조 작품을 지어서 주희의 「무이도가」를 우리말 노래로 승화시키기까지 하였다.

이러한 계열의 작품을 읽어보면 어느 정도 관통하는 미의식 같은 것이 있다. 대체로 담박하고 깨끗한 느낌을 주며, 세속적인 욕망의 세계를 벗어나 유유자적하는 듯한 내용을 주로 다루고 있다. 이러한 풍격의 작품을 '염락풍'의 한시라고 한다. 선비들은 자신의 작품이 시인으로서의 능력을 드러내기보다는 염락풍의 기운을 띠는 것을 더 선호했다. 염락풍은 유락적이고 감각적인 차원에서 창작되는 것이 아니라 성리학적 수양을 오랫동안 거친 뒤에야 비로소 발현되는 미의식이었기 때문이다. 이처럼 염락풍의 미의식을 가장 잘 보여주는 작품을 모아놓은 것이 김이상의 『염락풍아』였고, 김이상의 편집본을 조선의 현실에 가장 적합하게 편집한 것이 바로 박세채의 『증산염락풍아』였다. 그러니 조선 후기에 이 땅의 수많은 지식인들이 이 책을 손에서 놓지 않았던 것이다.

심성 수양으로서의 문학

철학과 문학이 본질적으로 같은 것을 고민하는 다른 방식이라는 사실은 많은 선현들에 의해서 이야기되었다. 위대한 철학자들은 만년에 시의 위대함을 역설하면서 철학과 문학이 하나의 길이라는 점을 증언하였으며, 깨달음을 향해 평생을 수행하는 선승들 역시 삶과 철학과 문학이 하나라는 점을 몸으로 드러낸 바 있다. 그렇지만 철학과 문학의 길이 하나라는 것을 아는 것과 그것을 실천하는 것 사이에는 넘기 어려운 선이 존재한다. 이론적으로야 누구나 논의할 수 있지만 작품으로 혹은 저작으로 그것을 보이는 것은 대단히 힘든 일이다.

엄숙함의 시대, 문학이 주는 경박함보다는 철학이 주는 중후함이 필요했던 시대에 왜 『염락풍아』와 같은 책이 필요했을까? 사고전서총목제요四庫全書總目提要에서 언급한 것처럼, 아무리 『염락풍아』가 중요하고 많은 사람들에게 읽혔다 해도, 과연 여기에 수록된 작품들이 이백이나 두보와 비교할 때조차 문학적으로 뛰어나다고 생각했던 것일까? 그렇지는 않았을 것이다. 그러면 왜, 이런 책을 읽었을까? 여러 가지 추정이 가능하지만 가장 중요한 것은 역시 재도론載道論에 대한 강한 믿음 때문이었을 것이다. 즉,

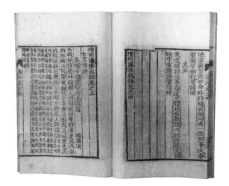

증산염락풍아 (필자 소장본)

담박하고 깨끗한 느낌을 주며, 세속
적인 욕망의 세계를 벗어나 유유자
적하는 듯한 내용을 주로 다루고 있
는 '염락풍'의 미의식을 가장 잘 보
여주는 작품을 모아놓은 것이 김이
상의 『염락풍아』였고, 김이상의 편
집본을 조선의 현실에 가장 적합하
게 편집한 것이 바로 박세채의 『증산
염락풍아』였다.

문학은 성리학적 도를 싣는 도구라는 것이다.

　성리학적 문학론의 구도 안에서는 심성 수양의 토대 위에서 좋
은 작품을 지을 수 있다. 마찬가지 논리로, 좋은 시를 읽음으로써
심성 수양에 도움이 될 수 있다. 문학이 단순한 소일거리에 그치
는 것이 아니라면 무엇엔가 기여하는 바가 있어야 할 터, 성리학
자들의 가장 중요한 관심거리인 심성 수양에 기여하는 것이야말
로 대단히 훌륭한 문학의 존재 이유이다. 어차피 우리 같은 평범
한 사람들은 아무리 노력해도 수양의 최고봉에 이르기는 요원한
것이고, 그런 전제하에서는 최고의 작품을 지을 가능성 역시 희
박하다. 결국 많은 사람들의 마음을 충족시키는 것은 뛰어난 유
학자들의 맑은 시 작품을 모아서 열심히 읽는 것이다. 독자 입장
에서는 『염락풍아』야말로 가장 훌륭한 수양서였던 셈이다.

한시 읊조리는
선비들의 필수품

『규장전운』

노래로서의 시

가만히 읊조려보면 참 아름다운 울림이 있는 시가 있다. 내용보다 먼저 그 울림이 귓가를 두드리는 시를 만나면 마음이 맑아진다. 중학교 교과서에 유치환의 「춘신春信」이라는 작품이 수록되어 있었는데, 그 작품을 읽다가 처음으로 시의 울림을 느꼈다. 딱히 뭐라 설명할 수는 없지만, 가만히 읊조릴 때 입에 감기는 소리가 기분을 좋게 만들었다. 「청산별곡」의 후렴구인 '얄리얄리얄랑성 얄라리얄라' 와 같은 구절은 반복해서 읽을 때 분명히 묘한 음악성이 느껴진다. 시의 운율은 아마도 그런 차원에서 시작된 것이 아닌가 싶다.

근대 이전의 '시'는 기본적으로 음악의 한 갈래였을 것이다. 우리 문학사에서 자주 거론하는 우리말 문학의 갈래는 모두 노래로 불리었으므로 더 말할 것도 없지만, 한시조차도 그 음악성을 빼놓는다면 시의 큰 부분을 잃는 셈이다. 중국에서 한시가 발전되어온 경로를 논의할 때 고시에서 근체시로 넘어오는 가장 중요한 기준을 바로 운율 문제에서 찾는 걸 보면, 한시에서도 음악성은 완성된 예술 작품을 만들어내는 큰 요소인 것이다.

나이 드신 어른들이 말씀하시는 걸 들어보면 우리말의 장음과 단음을 상당히 정확하게 구분한다는 걸 알 수 있다. 음의 길고 짧음에 따라 뜻이 달라지는 단어도 많고, 그 때문에 만들어지는 음악적 측면도 존재한다. 학교 수업 시간에 자주 예를 드는 단어들,

예컨대 '밤'을 길게 발음하면 밤나무 열매로서의 밤을 뜻하지만 짧게 발음하면 캄캄한 밤을 의미하게 된다. 이처럼 우리말에도 길고 짧은 음의 구별이 있다. 그렇지만 지금은 그 구별이 대단히 희미해졌고, 그 결과 우리말이 가진 음악성의 큰 몫을 이해하기 어려워졌다. 요즘 유행하는 랩 음악의 노랫말을 보면 우리말의 각운脚韻과 같은 것을 살려서 운율감을 드러내는 경우가 많지만 음의 장단長短에 따라 운율감을 만들어내는 경우는 거의 없다.

한문을 읽다 보면 이따금씩 드는 의문 중 하나가, 과거의 지식인들은 한자를 어떻게 읽었을까 하는 것이다. 지금이야 '國'을 '국'으로 발음하지만 옛날에도 그랬을까 하는 질문을 던져보면 확신이 들지 않는다. 훈민정음이 처음 창제되었을 때의 표기를 보면 '귁'으로 되어 있으니 분명 지금과는 다른 발음으로 읽혔을 가능성이 높다. 5백여 년 전의 사정이 그렇다면 1천 년 전이나 그 이전에는 어떻게 읽었을까. 처음 한자가 들어왔을 때는 아마도 중국 사람들과 같은 발음으로 읽었을 것이다. 한문을 배운다는 것 자체가 중국어를 배우는 것과 다르지 않았을 터이니 그 과정에서의 어려움이야 말로 해 무엇하랴.

세월이 흐르면서 한자의 음은 달라졌을 것이다. 중국에서조차 당나라의 음과 송나라의 음은 다르다고 하니, 한자를 수입해서 익혔던 우리의 경우 세월의 흐름과 함께 음이 달라지는 것은 당연지사다. 한자를 읽을 때 중국의 발음과 우리나라의 발음이 너무 차이가 나자, 세종은 한자의 음을 되도록 중국의 음에 맞추기 위해 일종의 표준안을 마련한다. 그런 목적으로 만들어진 발음 사전이 바로 『동국정운東國正韻』이다. 훈민정음이 창제되어 우리 발음을 표기할 수 있게 되자, 한자 발음 사전을 편찬하여 간행한 것이 1448년의 일이다. 그만큼 중국과 우리나라의 역사적 단계에 따라 한자의 발음은 차이가 많았던 것이다.

조선 초기에도 이런 형편이었으니, 조선 중기 이후 조선의 지식인들이 한자를 발음하는 것에 대해 난감해했던 것 역시 어찌 보면 당연한 일이다. 그렇다면 한자의 발음이 왜 이렇게 문제가 되는 것일까. 정확히 말하면 한자의 발음이 일차적인 문제로 부상했다기보다는 각 한자들이 가지고 있는 사성四聲이 문제였다. 한자의 우리말 발음도 문제지만 글자의 사성을 알아야만 한시의 규칙을 잘 지켜 시를 지을 수 있었기 때문에 모든 지식인들은 한자의 중국식 활용에 깊은 관심을 가질 수밖에 없었다.

성률, 어렵지만 익혀야 하는 것

'사성'이란 평성平聲, 상성上聲, 거성去聲, 입성入聲을 말한다. 설명에 따라 조금씩 다르기는 하지만 대체로 이렇게 설명한다. 평성은 낮은 소리, 상성은 아래에서 위로 올라가며 발음되는 소리, 거성은 높은 소리, 입성은 높은 데서 끊어지는 소리다.[39] 이것을 흔히 성조聲調라고 하는데 모든 한자는 자신만의 성조를 가지고 있다. 중국어는 성조에 의해서 뜻을 구별하는 경우가 많다. 예를 들면, 똑같이 '메이'라는 발음을 가지고 있어도 거성으로 발음하면 '(물건 등을) 산다'는 뜻이 되고 입성으로 발음하면 '판다'는 뜻이 된다. 성조의 종류에 따라 뜻이 상반되는 경우다. 지금도 중국에서는 성조를 지키지 못하면 소통이 불가능하다. 지역에 따라서는 칠성七聲이나 구성九聲까지 존재한다고 하니, 중국에서 성조가 얼마나 다양하게 존재하는지 알 수 있다.

일반적으로 문학 분야에서 성조 문제에 대한 관심은 양나라의 심약(沈約, 441~513)에게서 비롯되었다고 한다. 그가 성률聲律 문제를 제기하면서부터 한시의 발달 과정에서 근체시로의 이행을 분명히 보였다. 글자마다 자신의 리듬과 절조를 갖춘 발음이 있다는 것을 발견한 심약은, 한시를 지을 때 어떻게 글자를 배열해야 아름다운 음악성을 확보할 수 있을까를 고민하게 된 것이다. 그것은 마치 악보에서 음의 구성이 어떻게 배열되어야 아름다운 음악 한 편을 만들어내는가 하는 것과 비슷한 이치다. 한시에서의 성률은 바로 그런 맥락에서 보아야 한다. 그렇게 시작된 성률 문제는 후대에 평성平聲과 측성仄聲으로 나누어져 두 성률의 적절한 교차 반복에 의해 음악성을 만드는 방식으로 정리된다. 그렇게 해서 완성된 것이 바로 근체시인데, 각각의 체제에 따라 정해진

---

39) 현대 중국어(북경어)에서는 1성, 2성, 3성, 4성으로 성조를 말한다. 1성은 평평하게 나는 소리, 2성은 아래에서 올라가며 나는 소리, 3성은 아래로 내려가다가 올라가는 소리, 4성은 높은 곳에서 끊어지는 소리를 말한다. 훈민정음 창제 당시 생각했던 사성과 현대 중국어에서의 사성은 차이가 날 수밖에 없긴 하지만, 사성을 이해하는 데 참고 자료로 삼을 만하다.

악보처럼 평성과 측성의 배열 방식이 만들어진다. 그 방식대로 글자를 배열하여 자신의 뜻을 표현하는 것이 한시 창작의 기본이다.

평성과 측성의 구별은 간단하다. 사성 중에서 평성은 그대로 평성에 해당하고, 나머지 상성과 거성과 입성은 측성으로 분류한다. 그렇게 해서 정해진 악보 같은 것을 만들어내는데, 그중에 오언절구의 예를 들면 다음과 같다.

> 달 밝은 한송정의 밤
> 물결 잔잔한 경포호의 가을.
> 슬피 울며 오고 가는 건
> 신의 있는 한 마리 갈매기.

> 月白寒松夜
> 波安鏡浦秋
> 哀鳴來又去
> 有信一沙鷗

> 측측평평측
> 평평측측평
> 평평평측측
> 측측측평평

| 작자 미상, 「한송정곡寒松亭曲」, 『고려사高麗史』 |

오언절구란 1행이 다섯 글자로 되어, 모두 4행으로 이루어진 작품을 말한다. 그중에서 첫 글자가 평성으로 시작하면 '평기식平起式'이라 하고, 위의 작품처럼 측성으로 시작하면 '측기식仄起式'이라고 한다. 「한송정곡」은 측기식으로 된 오언절구인 셈이다. 여기에 오언절구가 일반적으로 보여주는 압운법, 즉 두번째 구절과 네번째 구절의 마지막 글자는 같은 운목韻目에 속한 글자를 써서 배치한다는 점을 고려해야 한다(첫번째 구절에도 압운하는 경우가 있지만 반드시 지켜야 하는 것은 아니다). 위의 작품은 하평성下平聲에 속한 글자인 '우尤'자에 속한 '추秋, 구鷗'를 압운자로 사용하였다. 이런 식으로 모든 한시의 갈래들이 정해진 평측과 압운으로 구성되어 있다.

평측이니 압운이니 하는 말들은 한시에 익숙하지 않은 사람들에게는 참으로 껄끄럽고 이해되지 않는 용어이다. 그러나 이들 용어의 내용은 대체로 중국의 발음을 기본으로 형성된 것이라서 지금의 우리뿐만 아니라 근대 이전의 지식인들에게도 그리 만만한 것은 아니었다. 이렇게 운자를 가지고 씨름을 할 때 가장 중요한 것은 주어진 글자 혹은 자신이 사용하고자 하는 글자가 어떤 평측과 운자에 속하는지를 빨리 알아차려서 주어진 운자의 형식에 맞는지를 판단하는 것이었다. 그렇지만 아무리 한시 짓기에 도가 튼 사람이라도 모든 한자의 평측과 운자의 종류를 안다는 것은 불가능하다. 자주 사용하는 글자야 기억하고 있겠지만, 몇만 글자나 되는 한자를 어찌 모두 기억하겠는가. 따라서 이들 글

자의 운목을 분류해놓은 사전이 필요하게 되었다. 『규장전운奎章
全韻』은 이 같은 필요에 의해 조선 후기 정조의 명으로 편찬된 운
서韻書이다.

『규장전운』의 구성

한시를 처음 배울 때 외워야 하는 것 중에 '평성삼십운平聲三十
韻'이라는 게 있다. '동東, 동冬, 강江, 지支, 미微, 어魚, 우虞······'
하면서 마치 한시를 외우듯 열심히 암송했던 기억이 생생하다.
30자로 구성된 평성 30운은, 한자 가운데 평성에 속하는 글자들
을 30개 항목으로 분류를 하기 위한 일종의 목록이다. 이것을 '운
목韻目'이라고 한다. 이런 방식으로 상성, 거성, 입성 등 다른 성
조들도 각각의 운목을 가지고 있다. 그러나 일반적으로 평성 30
운만 암송하는 것은 앞서도 설명한 것처럼 평성에 속하는 글자
외에는 모두 측성에 속하므로 굳이 다른 운목까지 열심히 외울
필요가 적은 까닭이다.

모든 한자는 적어도 한 종류 이상의 운목에 속하게 된다. 한자
의 특성상 하나의 글자가 두 개 이상의 운목에 속하는 경우도 있
다. 다른 운목에 속하게 되는 이유는 그 글자의 뜻을 달리 사용하
기 때문이다. '하夏'자를 예로 들어보자. 이 글자를 '여름'이라는
뜻으로 쓰면 거성 중의 '마禡'운에 속하지만, '나라 이름으로서
의 하나라'를 뜻하거나 '크다'라는 뜻으로 쓰면 상성 중의 '마馬'

운에 속한다. 뜻에 따라서 운목과 성조가 달라지는 것을 볼 수 있다. 이런 세세한 것들까지 전부 기억하지 못하기 때문에 중국이나 조선에서는 모두 운서를 사용할 수밖에 없다.

중국의 발음에 기초한 문자를 빌려서 사용하는 한반도의 지식인들에게 글자의 발음과 운韻의 종류는 해결하기 어려운 문제임이 분명했다. 이는 우리뿐 아니라 중국의 지식인들에게도 큰 숙제였다. 그것을 해결하기 위해 사전을 편찬하지 않을 수 없었다. 이 사전을 흔히 '운서'라고 한다. 중국에서 편찬된 운서는 고려에도 영향을 미쳐서, 나중에는 우리 나름의 운서를 편찬하는 데까지 나아갔다. 흔히 고려 말에 편찬된 것으로 추정되는『삼운통고三韻通考』를 시작으로 조선시대에 들어와서 편찬된『동국정운』『홍무정훈역해洪武正韻譯解』『사성통해四聲通解』등을 비롯한 여러 종의 운서가 전해졌다. 이들 운서는 시대에 따라 각각의 역할을 담당하면서 시문 창작에 중요한 길잡이 노릇을 했다.

사전으로서의 운서에 필요한, 중요한 덕목 중의 하나는 역시 편리함일 것이다. 글자를 찾기도 쉬울 뿐만 아니라 같은 운목에 어떤 글자가 있는지 일목요연하게 보여준다면 더이상 바랄 것이 없다. 이런 소망에 부응하여 대부분의 운서가 편찬되었다. 물론『동국정운』처럼 성조를 구분하지 않고 글자를 열거하는 방식으로 편찬된 것도 있지만 보통은 평성, 상성, 거성을 한 페이지 안에서 한눈에 살필 수 있도록 삼단배열을 하고 입성은 책의 뒷부분에 따로 부록처럼 수록했다. 그런데『규장전운』은 입성을 포함하여 네 개의 성조를 한 페이지에 수록하는 사단배열 방식을 택하였다. 이렇게 함으로써 사성에 속하는 운자를 한꺼번에 살필 수 있는 편리함을 극대화한 것이다.

『규장전운』 편찬 과정과 이덕무의 역할

조선 후기의 대표적 호학군주인 정조는 등극한 이듬해에 서명응 등 여러 신하와 음악에 관한 논의를 하던 중 어째서 운서가 편찬되지 않았는지에 대하여 묻는다. 한시를 지을 때 필수적인 책임에도 불구하고 제대로 된 운서가 없는 것에 대한 아쉬움을 토로한 것이면서 동시에 편찬의 필요성을 이미 느끼고 있었다는 것을 보여준 것이다. 『조선왕조실록』은 운서 편찬에 대한 정조의 생각을 여러 군데에서 보여주는데, 기존 운서에 대한 그의 불만은 크게 세 가지로 요약된다. 글자 수의 협소함, 글자의 뜻을 설명하는 훈주訓註의 소략함, 삼단으로 배치된 편집 등이 그것이다.[40]

앞서 언급한 것처럼, 이 책은 정조의 명에 의하여 편찬되었다. 따라서 정식 제목은 『어정규장전운御定奎章全韻』이다. 임금이 산정刪定한 『규장전운』이라는 의미이다. 첫머리에 수록된 「의례義例」

---

40) 『규장전운』의 편찬 과정이나 그 특징 등 책 전반에 대한 내용은 정경일 교수의 『규장전운 전운옥편』(신구문화사, 2008)에 자세히 기술되어 있다. 정조의 불만에 대한 내용은 이 책 60쪽에 정리되어 있다. 필자의 책에서 『규장전운』에 대한 객관적 자료나 통계 등은 특별한 주석이 없는 한 모두 정경일 교수의 책에 의거하여 서술한 것이다.

를 시작으로 「부목部目」에 이어 본문이 끝까지 이어진다. 「부목」의 끝부분에는 이 책에 수록된 글자 수가 기록되어 있다. 그것에 의하면 『규장전운』에 수록된 한자의 수는 원운原韻 10,946자, 중운增韻 2,102자, 협운叶韻 279자 등 총 13,345자나 된다. 이들 글자의 뜻[訓]은 한문으로 쓰여 있고 동그라미 안에 한글로 발음이 표시되어 있다. 각 성조에 수록된 한자들은 현재 우리가 사전 편찬에서 사용하는 '가나다' 순의 자모순을 따른다. 이런 방식으로 글자의 음만 알면 쉽게 해당 글자를 찾아볼 수 있도록 배려했다.

현재 전하는 『규장전운』을 살펴보면 편찬자에 대한 정보가 수록되어 있지 않다. 그렇지만 조선 후기 검서관 출신의 대학자인 이덕무李德懋의 문집인 『청장관전서靑莊館全書』에 수록된 그의 연보를 살펴보면 이 책은 이덕무가 주동이 되어 편찬했을 것이라는 증거가 발견된다. 이덕무 연보 임자년 3월 9일자 기사를 보면, 『규장전운』을 편집했다는 기록과 함께 그의 사후인 병진년 가을에 인쇄하여 반포하였다는 기록을 발견할 수 있다. 정경일 교수의 글에 의하면 『규장전운』은 정조 16년(1792)에 편찬이 완료되어 정조 20년(1796)에 인쇄 및 간행되었다. 책이 완성되자 정조는 제주도에서 시행된 과거시험을 비롯, 여러 지역의 유생들이 지은 시문을 심사하여 입상자들에게 상품으로 하사하는 등 책의 보급에 힘썼다. 그리하여 조선시대에 편찬된 마지막 운서인 『규장전운』은 다양한 판형으로 인쇄되어 널리 보급되었다.

흥미롭게도 『청장관전서』에는 『규장전운』에 수록되어 있지 않

은 '범례凡例'가 수록되어 있다. 말하자면 『규장전운』의 편찬에
이덕무가 주동 인물이었다는 점을 암묵적으로 드러내는 자료인
셈이다. 이 글에는 우리나라 운서의 역사와 이덕무 당시 사용되
던 운서들을 전반적으로 짚어본 뒤 『규장전운』을 편찬하게 된 경
위나 내용 등을 자세하게 기술하고 있다. 이 글이 어째서 빠졌는
지 알 수는 없지만, 『규장전운』을 이해하는 가장 중요한 글인 것
만은 틀림없는 사실이다.

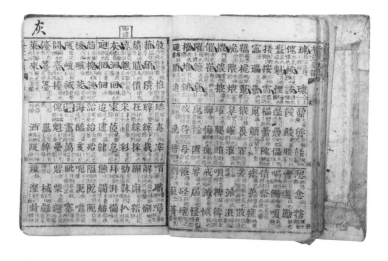

규장전운 (필자 소장본)

『규장전운』은 정조의 명에 의하여 편찬되었다. 따라서 정식 제목은 『어정규장전운』으로, 임금이 산정
한 『규장전운』이라는 의미이다. 책에 수록된 한자는 총 13,345자나 된다. 이들 글자의 뜻은 한문으로
쓰여 있고 동그라미 안에 한글로 발음이 표시되어 있다. 각 성조에 수록된 한자들은 현재 우리가 사전
편찬에서 사용하는 '가나다' 순의 자모순을 따른다. 이런 방식으로 글자의 음만 알면 쉽게 해당 글자
를 찾아볼 수 있도록 배려했다.

사전 편찬의 노고를 다시 생각하다

아무리 쉽게 이야기한다 해도 운서는 접하기 어려운 책이다. 독서용 책이 아니라 공구서로 만들어진 책이기 때문에 한시에서 멀어진 요즘 시대에는 더더욱 읽을 일이 없다. 한시 창작을 하지도 않고 관심도 거의 두지 않는 시대다 보니, 이 책의 효용 가치나 활용도는 현저히 떨어졌다. 어쩌면 소장하고 있다는 사실 외에는 어떤 가치도 발견할 수 없을지도 모르겠다. 그러나 이 책을 볼 때마다 나는 근대 이전 지식인들의 한시 창작을 위한 노력에 감동을 받곤 한다.

외국의 언어를 받아들여 우리의 사상과 감정의 아름다운 결을 만들어냈던 조선 지식인들의 한시 창작을 위한 눈물겨운 노력이 바로 이 운서 속에 들어 있다. 물론 그 책에는 한시 짓는 방법을 능숙하게 익혀서 권력 획득에 도움을 받으려는 의도가 숨어 있는 것도 사실이다. 그렇지만 남들은 범상하게 보아 넘기는 글자 하나라도 많은 문헌을 뒤져서 발음과 뜻, 성조 등을 꼼꼼히 확인하려는 이들이 찾아보기 편리하도록 배열을 정해 책을 편찬한 노고는 이루 말할 수 없이 크다고 하겠다. 우리의 문화 맥락 속에서 한자를 읽고 정리하면서 조선만의 독특한 사전을 만들었다는 점은 이 책을 새삼스러운 눈으로 바라보게 한다.

조선의 서당에서는
무슨 책을 읽었을까

3부

포악한 독재자가
미워한 책

『맹자』

맹자를 다시 편찬한 명나라 태조 주원장

명나라를 건국한 태조 주원장朱元璋이 팔순의 노학자 유삼오劉三五를 불러서 『맹자절문孟子節文』을 편찬하도록 했다. 이 책은 기존에 전해오는 『맹자孟子』의 본문을 손질해서 다시 만든 것이다. 유삼오가 편찬한 문제의 책 속에는 맹자의 민본주의적 생각과 왕도정치에 관한 부분이 빠져 있다. 명나라 태조 3년(1370) 어느날, 도대체 무슨 일이 벌어진 것일까?

주원장이 『맹자』를 읽다가 불같이 노한 것은, 그 내용이 황제의 입장에서 볼 때 대단히 불쾌한 내용을 담고 있기 때문이었다. 얼마나 화가 났던지 "이 영감이 지금 살아 있었더라면 죽음을 면치 못했을 것"이라고 소리를 지르면서, 당장 문묘文廟에 모신 신주를 빼버리라고 명령했다. 문묘에 모셔져 있는 공자와 맹자를 비롯한 유교의 성현들에게 제사를 올릴 때는 황제 역시 참석해 직접 제향 의식을 거행한다. 사람이라면 지위고하를 막론하고 존경해야 마땅한 맹자를 당장 문묘에서 빼라는 명령을 내린 것을 보면 그의 분노가 보통이 아니었음을 충분히 짐작할 수 있다.

『맹자』의 내용을 껄끄럽게 생각하는 사람들의 논의를 살피면 역설적이게도 그 책의 가장 중요한 점을 파악할 수 있다. 적군이 노리는 부분을 살피면 우리의 수비가 완벽해지듯이, 유삼오의 저술을 통해서 『맹자』의 정수를 파악할 수 있다. 어쨌든 유삼오는 주원장의 의중을 정확히 간파하고 『맹자』 중에서 몇 구절을 교묘

하게 삭제함으로써 기존의 책과는 전혀 맥락이 다른, 유삼오만의
『맹자』를 편찬한 것이다.

『맹자』「진심장盡心章」에는 이런 구절이 나온다. "백성이 귀하
고, 사직社稷이 그 다음이며, 임금은 가벼운 존재다." 왕의 명령이
면 무엇이나 해야만 하는 중세에, 그와 정반대의 글이 실려 있다
니 정말 왕으로서는 분노할 일이다. 주원장 자신이 평민 출신의
황제였음에도 불구하고, 그리하여 백성의 입장에서 황제의 지위
를 얻었음에도 불구하고, 맹자의 주장을 터무니없는 망발로 여겼
던 것이다. 당연하게도 유삼오의 책에서는 이 대목이 빠진 채 편
집되었다.

설득의 달인, 맹자

사실 맹자의 논설은 정말 빈틈이 없다. 상대방을 궁지로 몰아
세울 때는 서슬이 푸르다가도 상대방을 회유할 때에는 노회한 웅
변가를 찜 쪄먹을 정도다. 상대방의 생각을 정확히 읽고 자기 생
각의 구도 속으로 유인할 때에는 노련한 전략가다. 말로 맹자를
당할 자가 뉘 있겠는가. 예컨대 이런 구절은 상대방을 궁지로 모
는 솜씨를 잘 보여준다.

양혜왕梁惠王이 말했다. "과인이 가르침을 받기를 원합니다." 맹자
가 말했다. "사람을 죽이는 데 있어서 칼로 죽이는 것과 몽둥이로

죽이는 것이 같습니까, 다릅니까?" "차이가 없습니다." "칼로 죽
이는 것과 정치(를 못해서 그것으)로 죽이는 것은 차이가 있습니까?"
"차이가 없습니다."

| 『맹자』 「양혜왕장구 상梁惠王章句 上」 |

　짧은 대화 속에서도 상대방을 정확하게 몰아세우는 맹자의 말
투가 날카롭기 그지없다. 그의 방식은 대체로 상대방과의 대화를
통해서 스스로 자신의 생각에 모순이 있다는 사실을 깨닫게 하는
것이었다. 이같은 유세를 통해 맹자는 자기가 생각하는 이상적인
나라를 세우고 천하의 백성들이 모두 잘 살 수 있는 사회를 꿈꾸
었던 것이다.
　민본주의의 내용을 폄삭한 것 외에도, 유삼오의 책에서는 역성
혁명易姓革命 문제를 삭제하였다. 이 문제가 굉장히 민감한 것이기
는 하다. 유교는 공자와 맹자의 논의를 근간으로 논리를 정리해
나갔는데, 가장 중요하게 생각한 것은 역시 충효忠孝였다. 이 덕목
은 조선 사회에서 철저히 받아들여졌다. '효자 집안에 충신 난
다'는 생각은 충효에 대한 유교적 사유 구조를 잘 보여준다. 가정
의 상하 윤리가 확립되었을 때 그것이 확충되어 국가의 군신관계
로 적용될 수 있다는 점을 주목할 필요가 있다. 그러니 부모에게
효도하고 임금에게 충성하는 것은 어쨌든 유교적 사회를 떠받치
는 기본적인 덕목이었다.
　다행스럽게도 임금과 부모가 훌륭한 분이었다면 문제가 될 것

은 전혀 없다. 그런데 애석하게도 그 반대의 경우라면 어떻게 해야 하는 걸까. 특히 왕이 폭군이라면 여전히 유교적 덕목이 정한 바에 따라 무궁한 충성을 바쳐야만 하는 것일까. 폭군이라는 이유로 왕을 바꾼다 해도 신하로서의 의무는 어느 한계까지 다해야 하는 걸까. 많은 사람들은 덕분에 폭군의 손아귀에서 벗어났지만 왕을 죽이거나 바꾼 사람은 반역을 한 것이 아닌가. 그 이유야 어찌 되었든 그는 '불충不忠'이라는 도덕적 비난을 면하기 어려울 것이다. 의문은 꼬리에 꼬리를 물고 해결의 기미는 좀처럼 보이지 않을 것 같다.

그러나 맹자의 입장은 단호했다. "임금에게 큰 잘못이 있다면 간諫해야 한다. 반복해서 간했는데도 듣지 않는다면 그의 지위를 바꾸라."(「만장장구 하萬章句 下」) 왜냐하면 폭군을 몰아내거나 죽인 경우에는 '왕'을 죽인 것이 아니라 '한 사내[一夫]'를 죽인 셈이기 때문이다(「양혜왕장구」). 왕은 자신의 마음대로 백성을 다스리면 안 된다. 그는 '하늘의 명天命'을 받아서 백성을 다스릴 뿐이다. 하늘의 뜻을 충실히 전달하고 시행하는 것이 왕의 본연의 임무다. 그런데 하늘의 뜻을 무시하고 자신의 뜻대로만 통치를 한다면 폭군이 될 수밖에 없다. 사람이라면 누구나 잘못을 저지를 개연성을 가진다. 왕도 인간이라 잘못을 저지를 수 있지만, 신하들이 지적하는 바에 따라 얼른 고쳐서 올바른 도리를 행해야 한다. 계속 마음대로 한다면 이는 천명을 어기는 짓이다. 그렇게 천명을 어기는 순간 그의 지위는 왕에서 평범한 사내로 바뀐다. 그러니 사람들이 그의 지위를 바꾸거나 죽여도 역모가 되는 것이 아니라 하늘의 뜻을 이어받아 시행하는 정당한 행위로 대우받는다는 것이다. 어떤가. 맹자의 이 치밀한 논법이 놀랍지 않은가. 당연히 유삼오의 책에는 이 대목도 빠져 있다.

또 하나는 왕도정치에 대한 거슬림이다. 맹자는 정말 통치가 잘 이루어진다면 유랑하는 백성도 없을 것이고 굶주리는 노인도 없을 것이라고 주장했다. 「양혜왕장구 상」에 나오는 이 부분도 삭제되었다.

주원장이 기분 나빴던 것은 백성을 모든 것의 기준으로 삼았다는 점이다. 정치가 되었든 경제가 되었든 백성들만을 기준으로 보면 왕이 자기 멋대로 살아가는 것은 분명 문제가 있는 것이다. 그런 왕은 언제든 쫓겨날 가능성이 있으니 자연히 불안에 떨게 마련이다. 이처럼 맹자는 사람은 귀한 존재이며 그들이 존중받는 사회야말로 진정 살기 좋은 사회라는 점을 강조했다.

『맹자』와 관련한 조선 선비들의 일화

우리나라도 삼국시대에 이미 『맹자』를 읽었다는 기록이 있다. 그 이후 꾸준히 이 땅의 지식인들에게는 기본 서적이었다. 한나라나 당나라 때처럼 강독講讀에서 제외된 적도 없었고, 명나라 태조처럼 그 책을 탄압한 적도 없었다. 오직 열심히 읽고 외웠을 뿐이다. 그 때문인지 우리나라에는 『맹자』와 관련된 이야기가 많이 전한다.

　김수온金守溫이 한양에서 글을 가르칠 때의 일이다. 하루는 학생들에게 숙제를 냈는데, 그 제목이 '맹자견양혜왕(孟子見梁惠王, 맹자가 양혜왕을 뵈었다)'이었다. 이 구절은 『맹자』의 본문 첫번째 구절이다. 『맹자』를 펼쳐보기만 한 사람도 다 아는 유명한 구절이다. 그러나 정작 숙제를 받은 학생들은 어안이 벙벙했다. 글을 지어 오라는 숙제를 받기는 받았는데, 『맹자』의 첫 구절을 가지고 뭘 어떻게 하라는 건지 전혀 감이 잡히질 않았던 것이다.

　난감한 숙제를 받으면 잔꾀를 먼저 부리려는 학생이 있는 건 예나 지금이나 별반 차이가 없나보다. 두어 학생이 삼각산으로 올라갔다. 당시 괴승怪僧 한 사람이 삼각산 암자에 머물고 있다는 소식을 들은 터다. 그들은 괴승에게 가서 글을 한 편 지어 달라고 간청했고, 그는 글의 제목이 뭐냐고 물었다. 학생들이 문제의 그 글귀를 슬며시 내밀자, 괴승은 힐끗 보더니 단박에 물었다. "요즘 김수온이는 잘 지내던가?" 깜짝 놀란 학생들은 사죄하며 이실직고를 했다. 그리고는 어떻게 김수온 선생이 낸 숙제라는 걸 알았느냐고 물었다. 괴승은 껄껄 웃으며 대답했다. "그 사람 아니면 누가 이런 숙제를 낼 수 있겠느냐?"

　어쨌든 숙제를 해결한 학생들은 시치미를 뚝 떼고 선생님께 제출했다. 수북이 쌓인 숙제를 한 장씩 말없이 넘기던 김수온이 갑자기 벼락처럼 소리를 쳤다. "요즘 매월당(梅月堂, 김시습의 호)은 어디 계시더냐?" 가짜 숙제를 냈던 학생들이 머리를 조아리며 사죄하고는, 어떻게 그것이 김시습의 글인 줄 알았느냐고 물었다. 김수온의 대답은 간단했다. "매월당이 아니라면 이런 답안을 그 누가 쓰겠느냐?"

김시습이 썼다는 글의 내용은 이렇다. 맹자가 양혜왕(사실 이 사람에 대해서 미리 알아야 김시습의 답안이 이해가 된다. 그는 위魏나라의 왕인데, 정상적으로 등극한 게 아니라 비정상적으로 왕이 되었다. 즉 왕을 참칭僣稱한 사람이다)을 만난 것이 사실이라면 맹자는 결코 성인으로 추앙받을 수 없다. 왜냐하면 명분과 윤리를 실천하는 데 앞장서야 할 성인이 도덕적 명분을 어기고 제멋대로 왕이 된 사람을 찾아간 것은 잘못이니 결코 성인으로 존경받을 수 없다는 것이다. 반면 두 사람의 만남이 사실이 아니라면 『맹자』라는 책 자체가 잘못된 책이니 뜯어고쳐야 한다는 것이다. 요는, 어떤 쪽이든 문제가 있다는 주

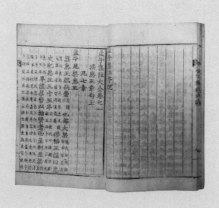

맹자 (필자 소장본)

근대 이전의 이야기 속에서 우리는 『맹자』를 심심치 않게 만날 수 있다. 그만큼 이 책은 조선의 지식인들뿐 아니라 일반 백성들에게까지 널리 알려져 영향을 끼쳤다. 백성을 하늘같이 여기라는 맹자의 이야기는 단순히 먼 옛날 케케묵은 주장이 결코 아니다. 포악한 독재자가 싫어하는 책이면서도 동시에 자신을 돌아보게 하는 귀중한 책, 그것이 바로 『맹자』이다.

장이다. 당시 이 정도의 과격한 글을 쓴다는 것은 정말 보통 기가 센 사람이 아니고서는 힘든 일이었다.

과거 시험에서도 자주 출제되는 것이 『맹자』였기에 관련된 이야기도 꽤 전한다. 조선 전기 인물인 권연權璉은 1519년 장원으로 과거에 급제한다. 그 뒤에 두 번이나 식년강式年講에 응시했는데 모두 낙방하였다. 그의 집에는 『맹자』가 한 질 있었는데, 그 가운데 두 장이 떨어져나간 책이었다. 그런데 시험을 보러 갔더니, 하필이면 떨어져나간 대목에서 출제가 된 것이었다. 두 차례 모두 그런 일을 겪고 나서는 낙방하는 것이 자신의 운명이라 생각하고 다시는 응시하지 않았을 뿐만 아니라 관직에도 나가지 않았다는 것이다. 허균의 『성옹지소록』 하편에 나오는 일화다.

근대 이전의 이야기 속에서 우리는 『맹자』를 심심치 않게 만날 수 있다. 그만큼 이 책은 조선의 지식인들뿐 아니라 일반 백성들에게까지 널리 알려져 영향을 끼쳤다. 곰곰이 생각해보면, 백성을 하늘같이 여기라는 맹자의 이야기는 단순히 먼 옛날 케케묵은 주장이 결코 아니다. 여전히 오늘 이 자리에서도 유효하다. 백성들의 살림살이를 걱정하고, 그들의 의식주를 챙기는 일이 결국은 이념으로서의 정치가 구체화되어 나타나는 것이 아니겠는가. 그것을 도외시하고 자신의 영달과 이익만을 구한다면, 『맹자』는 매우 껄끄럽고 기분 나쁜 책이 될 것이다. 포악한 독재자가 싫어하는 책이면서도 동시에 절대 권력을 함부로 사용하고 있는 건 아닌지 자신을 항상 돌아보게 하는 귀중한 책이 바로 『맹자』이다.

어지러운 일상을
바로 세우다

『소학』

밀양부密陽府 풍각현豊角縣에 사는 백성 박군효朴君孝가 지난 병자년(1516) 12월 24일 대낮에 동네 가운데서 그 아비의 머리를 난타하여 살해하고는 도리어 흉악한 말을 했다고 합니다. 이는 천지간 강상의 큰 변고라, 차마 들을 수가 없는 것입니다. 그 동생과 가까운 이웃과 그 고을의 권농勸農 등이 그를 붙잡았다가 도로 놓아주어 천벌을 면하게 했습니다. 그 당시의 부사府使 송수宋壽는 이미 죽었으므로 죄를 물을 수는 없고, 본부本府 유향소留鄕所의 권농·이정·포도관捕盜官·삼공형三公兄 등은 이미 잡아서 심문하도록 하였습니다.

중종 12년(1517) 12월 13일, 경상도 관찰사 김안국金安國의 장계狀啓가 도착했다. 백주 대낮에 사람으로서는 차마 해서는 안될 일이 벌어졌다. 부친의 머리를 마구 때려서 살해한 것이다. 이 사건은 한동안 알려지지 않다가 이듬해 관찰사 김안국에 의해 비로소 조정에 보고되었다. 『조선왕조실록』 중종 12년 기록들을 살펴보면, 당시 조정에서는 이 사건 때문에 여러 가지 논의가 오고간 것을 알 수 있다. 사건이 논의되면 될수록 새로운 사실이 하나씩 드러난다. 부친을 살해한 뒤 동생을 비롯한 동네 사람들이 박군효를 잡았다가 다시 놓아주었다고 되어 있는데, 실상 이들은 뇌물을 받고 사건을 숨기려 했었다는 것이다. 게다가 고을의 이속吏屬들과 옥졸獄卒들은 부친이 자연사한 것으로 서류를 꾸며서 그를 방면하는 데에 결정적인 역할을 했다. 사건도 사건이거니와 그 뒤에 뇌물 때문에 사람들이 천하의 죄인을 놓아주다니, 조정으로서는 경악할 따름이었다.

이 문제는 여러 달을 거쳐 진상 조사와 함께 후속 조처가 이루어진 듯하다. 중종 12년 12월, 실록에 처음으로 관련 기록이 등장하여 이듬해인 중종 13년(1518) 7월까지 여러 차례에 걸쳐 논의된 것을 보면 당시로서는 매우 유명한 사건이었던 모양이다. 처음에는 이 사건이 일어난 마을의 집을 모두 헐어버리고 그곳에 커다란 못을 파자고 건의가 올라왔다. 역모죄를 지은 대역죄인조차도 그의 집만 헐고 그 집터에 못을 판다는 사실을 상기한다면, 마을 전체를 그렇게 하자는 건의는 굉장히 과도한 형벌이라는 느낌이 든다. 사건을 숨기는 대신에 돈을 받았다는 사실 때문에 그 같은 건의가 있었을 테지만, 너무 위중한 처벌이라는 생각 때문인지 시행되지는 않았다.

당사자인 박군효는 잡혀서 법에 의해 처벌을 받는다. 당시 법에 의하면, 부친을 죽인 사람과 그 아들이 개인적으로 타협을 보았다면 곤장 1백에 3년간 유배를 가야 했다. 그러나 박군효는 아들된 입장에서 아버지를 죽였기 때문에 윤리적인 차원에서 어찌해볼 도리가 없는 엄청난 죄인이었다. 조정의 시선이 이 사건에 집중되자 밀양부에서는 즉시 죄인을 잡아들여 국문을 한다. 그러나 국문 도중에 박군효를 죽이게 되고, 조정은 사건을 명확히 밝혀내기도 전에 죄인을 죽였다는 이유로 관리들을 처벌하자고 건의한다. 아울러 밀양부를 밀양현縣으로 강등시키고, 박군효가 살던 고을을 제외한 나머지 땅은 인근 고을에 소속시켰다. 또한 이 사건에 연좌되어 전가사변(全家徙邊, 온 집안을 변방으로 강제 이주시키는 형벌)을 당한 자가 일곱 명, 3천 리 밖으로 유배를 당한 자가 열여덟 명이나 되었다. 그나마 일부 사람들은 그 죄를 숨기지 않고 고발했기 때문에, 이 정도에 그치게 된 것이다.

박군효 사건을 통해서 당시 왕과 신료들은 풍속의 문란함과 함께 어떻게 타락한 민풍民風을 다시 일으킬 것인가를 고민한다. 이때 논의된 것 중 하나가 바로 『소학小學』을 가르쳐 윤리의식을 고취하자는 것이었다.

『소학』은 송나라 성리학자 주희가 편집한 책이다. 이 책의 실질적인 편찬자는 주희의 문인(친구라고 하기도 함) 유청지劉淸之(자는 자징子澄)이다. 조선의 선비들은 『소학』이 주희의 저술이라고 굳게 믿었지만 조선 후기 추사 김정희 같은 사람들은 편찬 과정을 명확히 논변하기도 했다. 그는 『주자어류朱子語類』에 수록되어 있는 주희와 유청지 사이의 편지를 근거로 해서 실질적인 편찬자를 명확히 밝힌 이래 유청지가 편찬하고 주희가 전체적인 순서를 바꾸고 내용을 손질해서 지금의 『소학』으로 간행했다는 사실을 꼼꼼히 논변했다.

우리나라에 『소학』이 언제 전래되었는지 확실한 기록은 없다. 많은 사람들은 고려 충렬왕 16년(1290)쯤 안향(安珦, 1234~1306)에 의해 전래되었을 것이라고 추정한다. 당시 그는 연경燕京에서 지냈는데, 주희의 책이 간행된 것을 보고 깊이 연구하였다. 안향은 주희의 학문이 공자와 맹자의 학맥에 그 연원이 있다는 사실을 알고 이 책을 필사하는 한편 주희의 초상을 모사해두었다가 이를 가지고 귀국하여 봉안하기도 했다. 일반적으로 이 시기가 바로 안향이 고려에 주자학을 전래한 때라고 본다. 『소학』도 이 시점에 전해진 것이 아니겠는가 하는 것이 여러 연구자들의 추정이다. 주희의 호는 회암晦菴인데 안향은 이를 이용하여 자신의 호를 회헌晦軒이라고 지었다. 그만큼 안향의 주희 사랑은 참으로 대단했다.

『소학』의 보급에 강렬한 의지를 보이며 실천한 사람을 꼽으라면 김안국을 빼놓을 수 없다. 박군효 사건을 본격적으로 보고하고 문제를 제기한 사람이 김안국이었고, 이 사건의 논의 과정에서 『소학』 문제가 거론되었다는 게 결코 우연만은 아니다. 김안국은 김굉필(金宏弼, 1454~1504)의 제자다. 포은 정몽주의 학맥이 길재吉再, 김숙자金叔玆를 거쳐 김종직金宗直으로 이어지고, 그의 제자가 김굉필이니 『소학』의 학문적 연원 내지는 정신적 맥락은 정몽주에게서 비롯된다. 김숙자가 길재에게 『소학』을 배웠다는 기록이 남아 있으니(『이준록彝尊錄』), 그의 공부가 아들 김종직에게 넘어간 것은 지극히 자연스러운 일이다. 김종직은 김굉필을 가르치면서 "진실로 학문에 뜻을 두었다면 마땅히 『소학』에서부터 시작해야 한다"고 언급한 바 있다.

생육신 중의 한 사람으로 꼽히는 추강秋江 남효온南孝溫의 『사우명행록師友名行錄』을 펼치면 가장 먼저 등장하는 사람이 김굉필이다. 여기서도 『소학』을 중시하는 그의 면모가 여지없이 드러난다.

김굉필의 자는 대유大猷이며 점필재佔畢齋 김종직에게 학업을 받았
다. 경자년에 생원이 되었다. 그는 나(남효온을 말함-필자 주)와 동갑
인데 생일이 나보다 늦다. 경상도 현풍玄風에 살았다. 그의 꼿꼿한
행실은 비할 데가 없어서, 평상시에도 관대冠帶를 하고 있었으며
집 밖으로는 읍邑 근처도 나아가지 않았다. 손에서 『소학』 책을 놓
아본 일이 없었다. 인정(人定, 밤 열 시경) 이후에라야 잠자리에 들었
으며, 닭이 울면 일어났다. 사람들이 나랏일에 관해 물어보면 그는
언제나 "소학동자(小學童子, 『소학』이나 읽은 아이)가 어찌 대의大義를
알겠습니까" 하고 대답하였다. 그가 일찍이 지은 시 중에 이런 구
절이 있다. "글공부는 아직도 천기天機를 알지 못하지만, 『소학』
책 속에서는 어제까지의 잘못을 깨달았노라業文猶未識天機, 小學書中
悟昨非." 점필재 선생이 그를 평하면서 "이는 곧 성인이 될 만한 바
탕이다. 노재魯齋 이후에 어찌 사람이 없다고 하겠는가" 하고 말했
다. 그를 존중하는 것이 이 정도였다. 김굉필은 나이 서른이 넘어
서야 비로소 다른 책을 읽었다.

그만큼 『소학』은 조선 전기 사림파들의 삶을 결정짓는 중요한
도덕적 기준을 제공했다. 일상생활을 올바르게 확립하는 것이 모
든 공부의 시작이요 끝이라는 시각은 기득권을 가지고 권력을 누
리던 훈구파들을 소인小人으로 몰아버렸다. 젊은 학자군들이 새

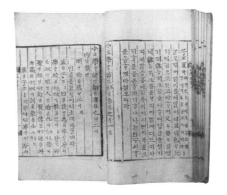

소학 (강원대학교 박물관 소장본)

몇 차례의 사화를 겪으며 험난한 행보를 이어가던 『소학』은 17세기 들어서면서 다시 지식인들의 필독서이자 초학교재로서의 성가를 드날린다. 앞부분이 주로 일상생활에서의 세부적인 규칙을 모아놓았다면, 뒷부분은 옛 성현들의 일화를 중심으로 앞서 제시한 규칙들을 어떻게 실천해야 하는가를 보여준다.

롭게 정계로 진출하면서 훈구파가 공격을 당하게 되자 이들은 정치적으로 사림파를 제거하기에 이른다. 이것이 이른바 '사화±禍'이다. 결국 1498년 무오사화에서 김종직이 부관참시를 당한 것에 이어서, 1504년 갑자사화 때는 김굉필이 처형된다. 독서 이력으로 보자면 『소학』을 중요한 학문적 근거로 삼던 일파가 일시에 제거된 것이다.

그 이후 중종이 다시 『소학』을 장려하면서 책으로 출간하고 한글로 번역한 『소학언해』를 널리 보급하면서 잠시 사회 분위기가 좋아지는가 싶더니, 중종 14년(1519) 기묘사화가 일어나 조광조를 비롯한 사림들이 조선 역사상 가장 참혹한 재앙을 만나면서 『소학』은 오랫동안 금서의 범주에서 벗어나지 못한다. 17세기 초에 집필된 허균의 『성옹지소록 중』에는 이러한 분위기를 전해주는 흥미로운 일화 하나가 전한다.

기묘년에 선비들이 재앙을 당한 이후로는 민가에서 『소학』과 『근사록近思錄』을 말하기를 꺼렸고, 자제들에게는 배우지 못하도록 금지하였다. 나(허균을 말함 - 필자 주)의 선친(허엽 - 필자 주)께서는 젊었을 때 장음長吟 나식羅湜에게 배웠다. 한번은 외가에 갔다가 낡은 상자 속에서 좀이 슬고 다 떨어진 『소학』 네 권을 보았다. 펴서 읽어보고는 공부하는 사람이라면 반드시 읽어야만 할 책이라는 것을 알았다. 그리하여 첫번째 권을 소매 속에 넣고 나식에게 가서 보여드리니, 그는 깜짝 놀라면서, "네가 어디서 이렇게 귀신 붙은 물건을 구했느냐"고 하였다. 그리고는 눈물을 흘리며 이전의 어진 선비들의 액운과 죽음을 슬퍼하였다. 선친께서 이를 배우기를 청하니, 나식은 매우 칭찬하면서 『소학』과 『근사록』을 가르쳤다. 그러나 남에게 알리지는 못하게 하였다.

허균의 부친은 초당草堂 허엽이다. 퇴계 학맥에 속하는 인물이며 당시에 꼽아주는 유학자임에도 불구하고 『소학』을 몰래 배우는 처지였다는 것은, 이미 『소학』이 당대 사회에서 금서처럼 여겨졌음을 의미한다. 선조 1년(1568) 사형을 당했던 조광조가 복권됨으로써 『소학』의 권위 역시 회복되었고, 율곡 이이 역시 『소학언해』를 냄으로써 사대부들의 학문권 안으로 들어왔지만, 그것이 사회적으로 널리 받아들여지기까지는 어느 정도의 시간이 필요했다.

17세기 들어서면서 『소학』은 다시 지식인들의 필독서이자 초학교재初學敎材로서의 성가를 드날린다. 이후 서당의 보급과 함께 『소학』은 『천자문』『명심보감』『격몽요결』 등과 함께 학동들의 필독서가 되었으며, 구체적인 생활 기준을 적시하는 율법과도 같은 책이 되었다. 그만큼 사람들의 일상을 방정한 도리에 따라 규격화하고 윤리의식을 드높이는 계기로 작용한 것이다. 이 때문에 『소학』은 왕조를 거듭하며 여러 차례 인출되었다.

주희는 서문에서 이 책이 지향하는 바는, 물 뿌리고 청소하며 응대하고 나아가고 물러나는 예절[灑掃應對進退之節]과 어버이를 사랑하고 어른을 공경하며 스승을 높이고 벗을 친히 하는 도리[愛親敬長隆師親友之道]라고 말한다. 책의 제목에서 이미 드러낸 것처럼, '소학'은 원래 중국 고대에 여덟 살이 되면 들어가 공부하던 학교를 지칭하는 말이다. 그러므로 이 책의 주 독자층이 어린아이들이었고, 그들이 사회 속으로 들어가는 데 필요한 예절들을 한데 모아서 가르치기 위한 교과서였음을 충분히 짐작할 수 있다. 『소학』을 어린아이들에게 가르쳤던 것은 『천자문』의 경우와 마찬가지로 책에 쓰인 한자가 쉬웠기 때문이 아니다. 옛 성현들의 말씀을 다양한 책에서 뽑아 편집했기 때문에 어떤 부분은 문장이 매우 어렵다. 그럼에도 불구하고 『소학』이 아이들이 도덕적 규범을 익히게 하는 중요한 자료였기 때문에 초학교재로 이용하게 된 것이다. 아이를 잉태한 뒤의 태교부터 시작해서 나이에 따라 어떤 것을 가르쳐야 하는지 세세하게 규정하는 내용이 이 책의 앞부분을 차지한다. 우리가 흔히 말하는 바 '사내아이와 여자아이는 일곱 살이 되면서부터 같은 자리에 앉혀서는 안된다[七年男女不同席]는 규정도 바로 여기에 수록되어 있다.

『소학』 앞부분이 주로 일상생활에서의 세부적인 규칙을 모아놓았다면, 뒷부분은 옛 성현들의 일화를 중심으로 앞서 제시한 규칙들을 어떻게 실천해야 하는가를 보여준다. 딱딱한 규칙을 외운 다음에 재미있는 일화를 통해서 다시 학습하여 체화시키는 방식을 채택한 것이다.

이렇게 좋은 책인데 어째서 금서로 취급되었던 것일까. 그것은 간단한 이치다. 어떤 책이든 그것이 지니는 근본주의적 태도는 있게 마련이다. 조선 초기는 여전히 고려시대의 전통적 생활 방식이 백성들의 삶을 지배하고 있었다. 주자학이 내세우는 생활 윤리는 『주자가례朱子家禮』에 들어 있다. 고려시대 안향 이후 성리학이 들어온 지 상당한 시간이 흘렀는데도 여전히 조선 초기에 『주자가례』에 의해서 관혼상제를 치르는 사람이 흔치 않은 실정이었다. 말하자면 고려시대의 오랜 생활 습관이 여전히 많은 사람들을 지배하고 있었던 것이다.

이런 상황에서 김종직과 그의 제자들은 『소학』 및 『주자가례』에 의한 생활 윤리를 강력하게 주장하고 나선 것이다. 뿐만 아니라 그렇게 생활하지 않는 부류에 대해 소인으로 몰아부치면서 그 근본주의적 태도를 드러냈다. 상황이 이렇다 보니 기득권을 가지고 전통적인 생활 방식으로 살아가던 사람들의 심기가 매우 불편해졌다. 이같은 시각이 당시의 정치적 평형 관계와 맞물리면서 사화로 발전하게 된 것이다. 앞서 말한 갑자사화니 기묘사화니 하는 사건들 모두 비슷한 맥락에서 해석될 수 있다. 『조선왕조실록』에서도 『소학』에 대한 비방을 쉽게 찾아볼 수 있다. 중종 38년(1543) 부제학副提學 유진동柳辰소은 '사화 이후에 유생들의 책이 비방받고 있으며, 『소학』에 대해 말하는 것도 꺼린다'고 말했고, 명종 6년(1551)에는 사관史官이 '『소학』은 재앙을 가져오는 책이라 하여 당시 부형들이 자제들에게 이 책을 가르치기를 꺼린다'고 했다.

사림들에 의해 완전히 정권이 장악된 16세기 중반 이후에도 『소학』을 읽는 분위기는 크게 나아진 것으로 보이지는 않는다. 그러나 퇴계나 율곡을 비롯한 유생들의 노력에 힘입어 『소학』은 초학교재로서의 입지를 확고히 다지게 되었고, 17세기 이후에는 당연히 읽고 생활 속에서 실천해야만 하는 책이 되었다.

『소학』은 시골의 학동들조차도 열심히 읽고 자신의 일상을 규모 있게 만들어나갔던 책이다. 그런데도 한때 금서처럼 여겨진 것을 보면 권력자의 입장에서 지식이란 자신의 기득권을 지키는 도구인 동시에 위험천만한 물건이 아닐 수 없는 모양이다. 수많은 책들이 쏟아져 나오는 요즘, 우리는 책과 지식을 어떤 관점으로 대하고 있는지 한번쯤 되돌아볼 일이다.

학동들의 애증이
교차하는 자리

『천자문』

서당을 처음 다니는 학동들은 으레 『천자문千字文』을 읽는다. 전국 방방곡곡 학동들이 있는 집이면 '하늘 천 따 지' 소리가 그야말로 하늘을 찔렀다. 윗방에서 울리는 낭랑한 소리를 들으면서 흐뭇한 웃음으로 가득한 밤이 깊어가곤 했다. 한문은커녕 한글조차 모르는 할머니들도 천자문 앞부분을 암송하였고, 총기가 있는 분들의 경우에는 전문을 외울 정도였다. 할머니들은 안방에서 길쌈을 하며 사랑에서 들려오는 손자의 천자문 암송 소리를 마치 노래처럼 들었다. 일정한 음률에 몸을 맡기고 입으로 계속 삼을 삼으며 흥얼거리는 천자문은 어느새 하나의 노래처럼 불리고 있었다. 『천자문』을 지은 사람은 일반적으로 양梁나라 무제武帝 때의 문인이자 관료였던 주흥사(周興嗣, 470?~521)로 알려져 있다. 물론 소자범蕭子範이라는 설도 있고, 명필 왕희지(王羲之, 321~379)가 서로 겹치지 않는 1천 개의 글자를 써놓은 것에 주흥사가 차운次韻한 것이라는 설도 있다. 그러나 우리나라에서는 전통적으로 주흥사의 작품으로 알려져 있다. 더욱이 그가 황제의 명령으로 이 글을 하룻밤 만에 지은 뒤 머리가 하얗게 희어버렸다는 전설과 함께 '백수문白首文'이라는 애칭까지 얻은 터다. 집집마다 낡은 표지의 『천자문』 한 권쯤은 갖고 있을 만큼 이 책은 모든 아이들의 초학교재였다.

사실 『천자문』은 참 어려운 책이다. 네 글자를 하나의 구절로 만들고, 두 개의 구절을 하나의 짝으로 대구를 맞추었는데, 한자의 수준으로 보아도 어렵고 번역의 차원에서 봐도 역시 어렵다.

게다가 매 구절마다 압운押韻까지 했으니 정말 대단한 솜씨다. 그 어렵다는(!) 변려문駢儷文으로 창작된 천자문은 요즘 웬만한 한문 공부로는 해독해내기가 만만치 않다. 그러면 도대체 왜 이런 책을 아동들의 한문 공부 첫 단계로 사용했을까?

『천자문』 하면 떠오르는 이야기가 있다. '믿거나 말거나' 수준인 이 설화는 언제나 『천자문』과 함께 내 기억 속에 남아 있다.

조선 전기의 이름난 유학자이자 뛰어난 교육자였던 김안국은, 정치 현실에 대한 비판적 시각을 지닌 채 경기도 여주 지역에 은거하며 제자들을 가르쳤다. 박학함뿐만 아니라 엄정한 몸가짐, 뛰어난 기억력 등으로 그는 많은 이들의 존경을 받았다.

그의 동생 중에 김정국金正國이라는 이가 있었다. 그는 나이가 들도록 글자를 몰랐다고 한다. 다른 사람은 벌써 사서삼경을 읽고 있는데 천자문조차 읽지 못한 처지였다고 하니, 그의 사정을 짐작할 만하다. 아버지가 그를 앉혀놓고 천자문 첫 대목인 '하늘 천 따 지'를 열심히 가르쳐놓으면, 다음날 언제 배웠느냐는 듯이 까맣게 잊곤 했다. 부친도 결국은 글 가르치기를 포기하기에 이르렀다.

세월은 흘러 김정국도 결혼을 할 때가 되었다. 그러나 당당한 가문의 자식으로서 글을 못한다는 것은 얼마나 수치스러운 일인가. 부모는 아무 이야기도 못하고 냉가슴만 끙끙 앓고 있었던 차였다. 알게 모르게 이 소문은 입에서 입으로 전해져서, 웬만한 대가집에서는 모두 아는 공공연한 비밀이 되어버렸다. 그런데 이 사내와 결혼을 하겠다고 나선 처자가 있었다. 의아한 마음에 김정국의 부모가 그 처자를 만나보니 매우 명민하고 아리따운 사람이었다. 이상한 생각도 들었지만, 어쨌든 이런 처자가 나왔을 때 얼른 혼사를 치르자며 결혼을 시켰다.

신혼의 달콤함을 나날이 즐기던 어느 날 저녁, 김정국이 느긋한 마음으로 대청에 앉아 있는데 부인이 다가오더니 말을 건넸다. 심심하니 자기가 옛날이야기 한 토막을 하겠노라는 것이었다. 그런데 부인의 말솜씨가 얼마나 감칠맛 나는지 김정국은 그 이야기 속으로 빠져들었다. 열심히 듣다보니 어느새 밤이 깊었다. 내일 또 하겠노라며 색시는 말문을 닫았고, 다음날 저녁을 목 빠지게 기다린 김정국은 또 아내를 불러서 이야기를 해달라고 졸랐다. 그렇게 하루하루 옛날이야기 듣는 재미로 세월을 보냈다.

하루는 옛날이야기를 들으려고 앉아 있는 김정국에게 부인은 더이상 해줄 이야깃거리가 없다고 했다. 그 재미에 빠져 있던 김정국은 아무리 졸라도 부인이 이야기를 할 기미가 보이지 않자 실망스러워하다 불현듯 이렇게 물었다. "그 많은 이야기를 어디서 들은 거요?"

부인이 대답했다. "책에서 읽은 겁니다. 만약 재미있는 이야기를 알고 싶으시다면 서방님께서 책을 읽어보시면 되지 않겠습니까."

"내가 글을 모른다는 건 천하가 다 아는 사실이잖소."

"제가 글을 가르쳐드리면 배우시겠습니까?"

아내에게 글을 배운다는 것이 자존심 상했지만, 그는 재미있는 이야기를 읽을 수 있다는 말에 혹해서 그러마고 응락을 했다. 그 후 그는 아내에게 글을 배운 덕분인지 몰라도 오래지 않아 과거에 급제하고 학문적으로도 큰 성과를 이루었다고 한다. 후일 사람들이 어째서 수없이 읽었던 천자문을 그렇게 외우지 못했느냐고 묻자 김정국은 이렇게 대답했다고 한다. "천자문의 첫 대목이 '천지현황天地玄黃' 아닙니까? 하늘은 검고 땅은 누렇다는데, 나는 아무리 생각해봐도 이해가 안 가더란 말이오. 이해가 안 가는 글을 어찌 내가 외울 수 있었겠소?"

김정국이 정말 이런 일화를 남겼다고 보기는 어렵다. 그는 25세 되던 해에 문과에 장원급제를 한 사람이니, 과연 늦깎이 공부꾼이었는지도 의심스럽다. 다만 어린 시절 할머니에게 들었던 아련한 이야기가 지금도 『천자문』과 미묘하게 결합되어 문득문득 떠오르는 것인지도 모르겠다. 그러고 보니 설화의 주인공이 김정국인지도 헷갈린다. 그렇지만, 그런 게 뭐 대수겠는가. 중요한 것은 설화 속에 이렇게 남아 있을 정도로 『천자문』이 우리 조상들의 삶과 밀접하게 관련을 가지고 있다는 사실이 아니겠는가.

최근 한자를 배워보겠노라며 야심차게 시작하는 사람들 중에 『천자문』을 교재로 삼는 사람들이 꽤 있다. 그러나 대부분 앞부분을 읽다가 실패하고 만다. 어려운 한자가 많고 복잡한 고사가 함축되어 있기 때문이다. 글자를 무조건 외우는 것보다는 그것과 관련된 글귀를 통해서 반복 학습하는 것이 효과적이라는 점을 감안한다면 『천자문』은 분명 까다로운 교재다. 암송하는 것만 가지고 말한다면 김정국은 『천자문』이 아니라 무엇이라도 외울 능력이 있는 사람이다. 그러나 그는 글귀가 가진 의미를 깊이 생각하고, 문자가 궁극적으로 지향하는 바를 생각하는 바람에 남들이 하듯 문장을 암송하지 못했던 것이다.

옛날 학동들이라고 『천자문』이 왜 어렵지 않았겠는가. 이에 대해서는 16세기에 활동했던 최세진崔世珍의 기록에서도 확인할 수 있다. 그는 「훈몽자회인訓蒙字會引」이라는 글에서 세상의 모든 아동들이 『천자문』으로 글을 배우기 시작한다고 전제한 다음, 문장이나 그 속에 담긴 고사는 좋지만 아동들이 글자만 익히는 바람에 그 효과가 떨어진다는 주장을 한다. 다산 정약용 역시 자신의 「천자평千字評」이라는 글에서 『천자문』이 초학교재로는 부적절하다는 의견을 피력한 바 있다.

그러나 『천자문』은 삼국시대부터 우리나라에 들어와서 널리 읽힌 것으로 보인다. 백제의 왕인王仁이 『논어』와 함께 『천자문』을 일본에 전했다는 사실이 일본측 기록 『고사기古事記』나 『속일본기續日本記』에 남아 있다. 이후 자세한 기록이 자주 등장하지는 않지만, 꾸준히 그 영향력을 넓히면서 초학교재로 자리를 잡아왔을 것이다. 현재 발견되는 자료 중에서 중국 원나라 때의 승려 지영선사智永禪師의 『천자문』 탁본은 고려 말기의 것으로 추정된다. 이와 함께 원나라의 학자 조맹부趙孟頫의 『천자문』이 고려 말에서 조선 초기에 유행했으며, 근래에는 조선 전기의 대표적인 명필

안평대군安平大君이 초서로 써놓은 『천자문』 탁본첩이 발견되어 화제가 되기도 했다.

조선시대에 들어서면서 『천자문』은 기록에 자주 등장한다. 『조선왕조실록』 중종 24년조 기록에는 처음 글을 읽는 데에 소용되는 『천자문』『유합類合』『현토소학懸吐小學』을 각각 20권씩 인출해서 궁궐 안으로 들이라는 내용이 있다. 이처럼 『천자문』은 지위의 고하를 막론하고 기본적인 교재로 쓰였던 것이다.

현재 전하는 것 중에 가장 오래된 『천자문』은 선조 8년(1575) 전라도 광주에서 간행된 『광주천자문光州千字文』이다. 그러나 가장 널리 알려진 것은 선조 16년(1583)에 간행된 『석봉천자문石峰千字文』이다. 이 책은 선조의 명에 의하여 당대 최고의 명필 석봉石峰 한호韓濩가 글씨를 쓴 것으로, 이 판본은 일제 때까지도 널리 출판되면서 대중들의 사랑을 받았다.

시기별로 보아도 현재 전하고 있는 『천자문』 인간본印刊本으로는 15세기의 것이 두 권, 16세기의 것이 일곱 권, 17세기의 것이 열한 권, 18세기의 것이 열 권, 19세기의 것이 열일곱 권 등으로 나타나 꾸준한 증가세를 보인다. 게다가 일제시대에 들어서도 꾸준히 출판되어, 1913년 신구서림(新舊書林, 서울), 1913년 재전당서포(在田堂書鋪, 대구), 1919년 한남서림(漢南書林, 서울), 1923년 신안서림(新安書林, 서울), 1925년 대성서림(大成書林, 서울), 1930년 최웅렬서점(崔雄烈書店, 수원), 1935년 삼성서림(三成書林, 수원), 1935년 낙빈서당(洛濱書堂, 박팽년 초서, 대구), 1937년 보현사(普賢寺, 김인후 초서, 묘향산)

에서 인간된 것 외에도 다수가 발견된다(천자문에 대한 이 부분의 정보
는 안미경의 「조선시대 천자문 현전본에 관한 연구」(『서지학연구』제17집, 서지학회,
1999)와 「일제시대 천자문 연구:판권지 분석을 중심으로」(『서지학연구』제22집, 서
지학회, 2001)에서 인용하였다).

　대중들의 이같은 사랑에 힘입어 『천자문』은 우리 설화 속에서
심심찮게 등장한다. 가장 흔히 보이는 것이 파자점破字占과 관련
되는 이야기다. 요즘도 이따금씩 무속인들이 이 방법을 활용하는
사례가 발견된다. 『천자문』을 꺼내서 상대방 앞에 놓으면, 궁금
한 것을 물으려는 사람은 아무 페이지나 펴서 작대기로 글자 하
나를 무작위로 찍는다. 그러면 그 글자를 가지고 점을 쳐주는 것
이다.

　어떤 사람 둘이 파자점을 치러 갔다. 아내가 아이를 가졌는데,
아들인지 딸인지 궁금해서 간 것이었다. 점쟁이는 천자문을 꺼내
놓고 글자를 집으라고 했다. 첫번째 사람이 ‘初(처음 초)’를 집었
다. 점쟁이는 그에게 아들을 낳을 것이라고 예언했다. 두번째 사
람도 앞사람을 따라서 ‘初’ 자를 집었다. 그런데 이번에는 딸을
낳을 것이라고 예언했다. 그가 기분 나빠하면서, ‘왜 나는 딸이
냐’ 하고 항의를 했다. 그러자 점쟁이는 이렇게 말하더란다. “이
글자는 ‘衣(옷 의)’와 ‘刀(칼 도)’로 이루어졌습니다. 그런데 첫번째
분은 막대기로 ‘刀’ 자 쪽을 짚었지요. 옷 옆에 칼을 찼으니 당연
히 사내아이를 낳겠지요. 그런데 당신은 ‘衣’ 자 부분을 찍었습니
다. 옷을 입고 칼로 무언가를 썰고 있으니 당연히 계집아이일 겁

니다."

파자점이란 것이 대충 이런 식이다. 물론 그 속에는 복잡한 명리학命理學의 원리가 숨어 있겠지만, 적어도 우리처럼 평범한 사람들의 눈에는 주관적이기 그지없는 해석일 뿐이다. 『천자문』이 얼마나 성행했으면 이런 점까지 나왔겠는가.

오늘 아침 일어나서 책꽂이에 꽂힌 『천자문』이 보이거든 한번 펼쳐서 스스로 점을 쳐보라. 하루의 삶을 힘차고 기분 좋게 시작할 수 있는 운수를 점칠 수도 있지 않을까.

서당 학동들이
두번째로 많이 읽던 책

『계몽편언해』

서당 생활이 궁금하다

서당을 다니는 아이들의 생활이 궁금해질 때가 있다. 그들은 몇 시에 서당으로 갔으며, 몇 시에 집으로 돌아왔을까. 서당에서는 어떤 공부를 했고, 친구들과는 어떤 이야기를 나누었으며, 훈장 선생님과는 어떤 관계를 맺었을까. 근대 이후 일본에 의한 학교 제도의 도입과 함께 서당은 급격히 몰락의 길을 걸었지만, 이전까지만 해도 서당은 언제나 기초 교육의 장소로서 중요한 역할을 했다. 아무리 시골이라도 서당을 마련해서 훈장을 모시고 아이들을 가르치려는 부모들의 교육열은, 그 형태만 다를 뿐 지금과 마찬가지로 치열했다. 대부분이 문맹인 마을에서 훈장은 거의 유일한 지식인이었을 것이다. 그렇다 보니 집안이나 마을에 무슨 일이라도 생기면 사람들은 훈장의 처분을 기다리거나 그의 충고를 듣기 위해 옷매무새를 단정히 하고 그 앞에 이르렀다.

서당의 학동들은 자신들의 공부가 진심으로 즐거웠을까. 어느 시대에나 아이들은 웃고 떠들며 시간을 보낸다. 매일 부과되는 숙제의 압박이 있더라도, 당장은 노는 데 정신이 팔려서 내일의 일을 걱정하지 않는다. 훈장 선생님 앞에서 그날의 암송이나 강講이 제대로 되지 않아서 종아리를 맞는 일도 하나의 일상이 되고 나면, 공부를 뒷전으로 던져두고 친구들과 노는 일에 더 열심이었다. 물론 부모들의 마음은 전혀 그렇지 않다. 책을 옆에 끼고 서당을 오가는 모습만 봐도 얼마나 귀여웠을 것이며, 어쩌다 저쪽 방에서 흐린 불빛 아래 책 읽는 소리라도 들려오면 세상 무엇보다 아름다운 노랫소리로 들렸을 것이다.

그들은 어떤 책을 읽고 있었을까. 지금처럼 국가적 차원에서 구성된 교육 제도가 엄존하는 세상에서는 공인된 혹은 검인정된 교육과정과 교과서가 존재한다. 어느 학교에서 배우든 학생들은 동일한 조건에서 같은 책을 공부한다. 그들은 공통의 시험을 통해 배움의 정도를 균질화된 잣대로 평가받는다. 그렇지만 서당의 학동들에게는 이러한 제도 자체가 적용되지 않았다. 학동의 수준이나 학습 능력에 따라 서로 다른 책을 배웠으며, 책 한 권을 끝내기까지 일정한 기간이 정해져 있지도 않았다. 철저히 학동 개인과 훈장 선생님 사이의 관계에 의해 학습이 이루어졌다.

내가 언제나 궁금했던 것은 서당에서 배우는 책들이었다. 서당 세대가 아닌 우리들에게 서당의 생활은 여러 모로 궁금했다. 서당에서 공부하신 어른들에게 여쭈어보면 그분들은 언제나 희미한 웃음과 함께 아주 짧은 문장으로 모든 것을 표현하셨다. 자세히 들은 적이 없는 것은 집요하게 여쭈어보지 못한 내 탓도 있지만, 어쩌면 그분들의 서당 생활이라는 것이 어린 시절의 짧은 기억에 국한된 것이기도 하고 어쩌면 딱히 거론할 만한 일화가 없었던 탓이기도 하리라.

서당에서 배웠던 책을 거론할 때 우리는 흔히 『천자문』 『명심보감明心寶鑑』 『격몽요결擊蒙要訣』 『소학』 등을 먼저 떠올린다. 이 책들은 오랫동안 조선의 학동들에게 배움의 발판을 마련해주었다. 지금도 서당의 기억을 가진 분들에게 어떤 책을 배웠느냐고 여쭈어보면 대부분 이런 책들을 꼽곤 한다. 어릴 적 배운 내용이기 때문에 그들의 지식과 윤리를 구성하는 중요한 줄기는 바로 여기서 만들어진다. 근대의 여명과 함께 이제는 우리 지식의 역사 저편으로 사라진 듯한 지식과 윤리라고 생각하면서도, 여전히 지금의 우리 삶을 무의식적으로 규정하는 것도 아마 이들 책에서 만들어진 생각들일 것이다. 시대가 바뀌었다고 문화의 토대가 한꺼번에 뒤집혀지지 않는다는 점을 감안한다면, 우리 생각과 문화, 지식과 윤리의 구성 방식은 상당 부분 여기에 근거하고 있을 것이다.

서당의 초학교재들

사람들에게 잘 알려지지는 않았지만, 조선 말기 이후 서당이 역사적 사명을 다할 때까지 전국적으로 매우 널리 읽혔던 책 중에 『계몽편啓蒙篇』이라는 것이 있다. 사실 '계몽편'이라는 제목보다는 '계몽편언해啓蒙篇諺解'라는 제목으로 더 많이 보급된 이 책은, 작자는 물론 편찬 연대조차도 불분명하다. 우리에게 알려지지 않았을 뿐, 이 책이 가지는 중요도는 서당의 초학교재 중에서 어떤 책에도 뒤지지 않는다. 그 예로 강원도 원주, 횡성, 영월군 지역의 서당 교육을 받았던 사람들을 대상으로 그들이 배운 교재를 조사한 결과를 들 수 있다. 이 조사에 의하면 가장 많이 배우는

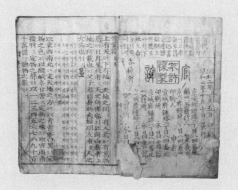

계몽편언해 (필자 소장본)

『계몽편언해』는 조선 말기 이후 서당이 역사적 사명을 다할 때까지 전국적으로 매우 널리 읽혔던 책이다. 작자는 물론 편찬 연대조차도 불분명하지만 이 책이 가지는 중요도는 초학교재 중에서 어떤 책에도 뒤지지 않는다. 어려운 한자가 별로 없고 학동들이 기본적으로 알아야 할 만한 내용을 쉬운 문장으로 간추려놓았다.

것은 역시 『천자문』이고, 그 다음으로 많이 배운 책이 바로 『계몽편』이다. 많은 서당들이 흔히 알려진 책들, 『명심보감』 『동몽선습童蒙先習』 『소학』 『통감通鑑』 등 다른 초학교재들보다 이 책을 기본 교재로 선택하여 학습 활동에 이용하였던 것이다.[41] 일반적으로 서당에서 학동들이 글을 배우기 시작하면 『천자문』과 『사자소학四字小學』을 배운 뒤 『동몽선습』과 『계몽편』을 배웠다고 한다.[42] 그만큼 『계몽편』은 널리 읽힌 책인데, 정작 지금에 와서는 낯선 이름이 되어버린 것이다. 어째서 이 책이 그토록 인기를 끌면서

---

[41] 이종각·피정만·조남국, 「강원도 서당 교육에 관한 연구」(『강원문화연구』 제13집, 강원대학교 강원문화연구소, 1994), 14쪽 참조.

[42] 권정안, 「전통 기초한문 교재의 특성과 한계에 대한 연구」(『유교사상연구』 제20집, 한국유교학회, 2004), 169쪽 참조.

초학교재로서 널리 읽혔을까.

『천자문』을 예로 들어보자. 이 책은 어떤 서당이든 처음 한문을 배우는 학동들이라면 누구나 공부하는 교재다. 네 글자씩 배치하는 문장 구성이라든지, 부분적으로 운자韻字를 넣어서 글이 가지는 리듬감을 강조하는 등의 방식으로 되어 있어서 『천자문』은 학동들의 재미있는 교재로 이용되었다. 그러나 역시 가장 중요한 것은 다양한 분야의 전고典故를 익힘으로써 한문이 만들어내는 방대한 인문 세계로 들어가는 데 큰 자양분을 제공하였다는 점이다. 한 구절을 이루는 네 개의 글자 안에 다양하고 흥미로운 이야기들이 스며 있는 경우가 많기 때문에, 전고를 이용한 용사用事의 글쓰기가 강조되는 한문의 미로를 통과하기 위한 준비 단계로는 적절하였기 때문이다.

이 같은 장점에도 불구하고 『천자문』이 초학교재로서 가지는 단점 또한 눈에 보인다. 가장 먼저 꼽아야 할 단점으로는 『천자문』에 들어 있는 한자의 난이도 문제다. 지금 우리는 중고등학교 과정에서 배워야 할 기초 한자로 1,800자 가량을 선정하여 가르치고 있다. 이것을 선정한 기준은 우리 생활 속에서 얼마나 자주, 중요하게 사용되는가 하는 것이었다. 그렇다 하더라도 『천자문』에 출현하는 모든 한자의 사용 빈도수가 높은 것은 아니다. 흔히 사용되는 글자도 있지만 별로 쓰임새가 높지 않은 벽자僻字인 경우도 꽤 있다. 그렇기 때문에 우리가 요즘 추정하는 것처럼 『천자문』을 통해서 기초 한자를 많이 습득하기는 어려웠을 것이다. 앞선 언급처럼 이 책은 문장의 구성 방식이나 율격성, 전고의 다양한 습득이라는 측면 때문에 널리 읽혀왔다고 여겨진다.

글자가 쉬우면서 내용도 건전한 책이라야 초학교재로 적격이다. 특별한 사유가 없는 한 이 규정은 어느 나라를 막론하고 기본적인 고려 대상일 것이다. 그런 점에서 보자면 『계몽편』은 최고의 교재다. 어려운 한자가 별로 발견되지 않으면서도 학동들이 기본적으로 알아야 할 만한 내용을 쉬운 문장으로 간추려놓았다. 더욱이 대부분의 『계몽편』은 언해가 부기되어 있어서 번역에 도움을 받는 한편 혼자서도 학습이 가능하도록 독자들을 배려한 책이 많다. 이 책이 서당에서 널리 읽힌 것은 아마 이러한 장점이 영향을 끼쳤기 때문일 것이다.

『계몽편언해』의 구성과 내용

명확한 기록이 없는 한 대부분의 고서古書는 작자와 창작 연대가 미상으로 남아 있게 마련이다. 『계몽편』은 서당의 열렬한 지지와 성원에 힘입어 굉장히 널리 읽혔음에도 불구하고 책에 대한 시말은 알려진 바가 거의 없다. 연구자에 따라서 이 책은 조선 현종 무렵에 편찬된 것으로 추정하기도 하고,[43] 판본 확인 결과를 내세워 가장 오래된 판본인 전주본의 상한선을 조선 후기로 거슬

---

43) 앞의 논문, 172쪽 참조.

러 올라가는 것으로 제시하기도 한다.[44] 그렇지만 지금도 자주 발견되는 판본은 주로 일제 강점기에 목판본 혹은 목활자본으로 만들어진 일종의 방각본 계통의 책들이다. 게다가 『계몽편』의 한문 원문만 수록된 책보다는 '계몽편언해'라는 제목으로 한문 원문과 한글 번역이 함께 수록된 판본이 대종을 이룬다. 19세기 말에서 20세기 전반기에 주로 발매되었던 이 책은, 전주, 경성(서울) 및 안성 지역에서 발행된 판본이 광범위하게 발견되어 전국적으로 인기를 끌었음을 짐작하게 한다.

이 책은 서론격에 해당하는 수편首篇을 시작으로 천편天篇, 지편地篇, 물편物篇, 인편人篇으로 구성되어 있다. 기본적으로 천지인삼재天地人三才를 근간으로 하여 책을 구성하되 사물을 담당하는 편목을 하나 더 추가하여 모두 네 개의 항목을 대종으로 삼았다. 세상에 사물 아닌 것이 없지만 특별히 사물에 대한 내용을 하나의 편목으로 독립시킨 것은 그 중요성을 드러내기 위한 배려일 것이다. 그만큼 사물에 대한 관심과 중요도가 심중해진 시대를 반영하는 구성이다.

'수편'의 첫 문장은 이 책의 내용을 압축하여 드러낸다.

위에는 하늘이 있고 아래에는 땅이 있다. 하늘과 땅 사이에 사람이

---

44) 김해정, 「계몽편언해의 비교 연구」(『국어문학』 제33집, 국어문학회, 1998), 94쪽 참조.

있고 만물이 있다. 해와 달과 별은 하늘에 달려 있는 것이고, 강과 바다와 산악은 땅이 싣고 있는 것이며, 아버지와 아들, 임금과 신하, 어른과 아이, 남편과 아내, 친구는 사람의 큰 질서이다.

上有天, 下有地, 天地之間, 有人焉, 有萬物焉. 日月星辰者, 天之所係也, 江海山岳者, 地之所載也, 父子君臣長幼夫婦朋友者, 人之大倫也.

이 부분은 '삼재론'에 입각하여 만들어진 세계관을 명확하게 보여준다. 하늘과 땅 사이에 살아가는 인간의 삶을 포괄하는 사유는 자연의 순환과 어긋나지 않는 인간의 삶을 담고 있다. 큰 틀에서 하늘과 땅과 인간을 상정하여 전체적인 구조를 만든 다음, 각각의 구체적인 사항들을 거론하면서 논의를 진행시킨다. 물론 이 책의 수준은 철저히 어린 학동들을 위한 것이므로 깊은 단계의 철학적 논의로 심화되지는 않는다. 다만 어린 시절부터 동아시아의 전통 속에서 세계를 이해하는 방식이 어떠한지를 맛보도록 하였을 뿐이다. 더욱이 『천자문』과 『사자소학』을 배운 학동이라면 누구나 알 수 있는 쉬운 한자를 이용하여 문장을 만들었기 때문에 내용 이해 과정에서 글자가 장애물로 작용하지 않도록 한 것은 돋보이는 배려라 하겠다.

한문학을 공부하는 요즘 사람들은 한문을 읽는 과정에서 근대 이전 사람들에 비해 뜻밖의 장애물을 자주 만난다. 예컨대 글 속에서 느닷없이 이십팔수二十八宿의 이름이 등장하거나 육십갑자六十甲

子에 의해 나이나 연대를 헤아리는 대목이 등장할 때, 오행五行의 상생相生과 상극相剋의 원리로 어떤 이치를 설명하는 부분을 만나면 웬만한 사람들은 한참을 계산하거나 생각해보아야 한다.

지금도 널리 읽히는 글 중에 송나라 문인 소동파의 「적벽부赤壁賦」가 있다. 그 글에 "잠시 후 동쪽 산 위로 달이 떠올라 두우 사이에서 배회한다少焉, 月出於東山之上, 徘徊於斗牛之間"는 부분이 있다. 우리는 이 글을 읽으면서 '두우'의 개념을 느낌으로 받아들이지 못한다. 생각해보라. 최근 달을 본 적이 언제인가. 바쁜 생활에 치여서 한가한 마음으로 밤하늘을 쳐다보지도 못하는 우리가 아니던가. 아파트 창밖으로 달을 바라보는 것도 쉽지 않은 터수에, 별자리를 찾아서 방위를 헤아리는 일은 더더욱 요원한 일이다. 그렇지만 예전 사람들은 매일 쏟아질 듯한 별무리와 밤을 밝히는 달빛을 벗 삼아 은은한 길을 서성거리지 않았던가. 적어도 지금보다는 훨씬 밤하늘의 달과 별에 가까웠을 사람들에게 '두우'라는 단어는 강한 느낌으로 금세 파악되었을 것이다. 게다가 서당에 다니면서 조금이나마 글줄을 접한 사람이라면 '두우'가 스물여덟 개의 별자리 중 북쪽을 담당하는 일곱 개의 별, '두우여허위실벽斗牛女虛危室壁'의 첫번째와 두번째 별자리라는 점을 금세 떠올린다. 별자리의 순서는 『계몽편』의 앞부분에 나오는 것이기 때문에, 이 책을 배웠다면 당연히 암송하고 있는 기초 지식 중의 하나였다. 그들은 별을 보면서 이십팔수의 위치와 이름을 반복해서 학습했을 것이고, 그것은 후일 한문 문장을 읽거나 한시를 짓고 감상할 때 자연스러운 이해의 토대를 이루게 된다. 사전을 찾아서 이십팔수의 이름과 방위를 확인해보고 나서야 비로소 소동파 문장의 기초적인 사항을 알게 되는 지금의 우리 공부와 다른 것은 당연한 일이다.

『계몽편언해』는 이런 방식으로 상식에 가까울 정도의 쉬운 내용을 하나씩 차근차근 설명해나간다. 동쪽에서 해가 떠서 서쪽으로 지고, 해가 뜨면 낮이고 해가 지면 밤이라는 지극히 당연한 내용부터 천간天干과 지지地支, 춘하추동春夏秋冬, 큰달과 작은달과 윤달, 산과 물, 천川과 강江, 구丘와 강岡, 오악五嶽, 오행五行, 날짐승과 길짐승, 각종 곡식의 종류, 과일, 꽃, 사물의 무게와 숫자, 인간의 윤리, 독서, 구용九容, 구사九思 등에 이르기까지 이 책은 인간 생활 전반에 걸쳐 누구나 알아야 할 상식을 쉽고 꼼꼼히 보여준다. 분량이 적었음에도 불구하고 학동들이 이 책을 통해 얻는 지식의 양은 만만치 않았다. 이러한 과정을 통해 서당의 학동들은 『소학』을 읽고 당시唐詩를 외우며 사서四書를 공부하는 학문의 바다로 항해를 시작했던 것이다.

상식을 넘어서는 지식이 필요하다

어릴 적부터 습득하는 상식의 이면에는 사회가 요구하는 사유의 기본틀이 강력하게 작동한다. 시간과 공간을 달리하면 당연히 상식의 내용도 달라진다. 그렇지만 어느 시대, 어느 곳에서나 구성원들이 공유하는 상식은 존재하고, 국민 기초 교육은 그것에 기대어 시작된다. 『계몽편언해』가 서당의 초학교재로 널리 읽혔던 점을 고려해보면 이 책이야말로 조선 후기에서 일제 강점기에 걸쳐 가장 필요한 상식을 전하는 교재였다.

상식은 어릴 적부터 교육되기 때문에, 커서도 이에 대한 의문이나 반론을 만들어내기가 쉽지 않다. 비판적 사유를 작동시키기 위한 강도 높은 훈련을 거치지 않으면 사회 구성원들이 공유하는 생각들의 빈틈을 비집고 들어가 균열을 일으키기가 어렵다. 그런 점에서 『계몽편언해』를 통해 학동들의 생각 속에 자리를 잡은 당대의 지식들은 새로운 앎을 지향하는 인간형을 만드는 데 장애 요소가 되기 일쑤였다. 물론 이 책으로 공부한 사람들이 모두 유형적 인간이 되는 것은 아니다. 다만 서당 교육이 전 인생의 거의 유일한 교육으로 남아 있던 예전 사람들에게, 이 책의 내용은 평생을 살아가는 중요한 인생 지침이요 상식이었을 것이다. 그런 점에서 『계몽편언해』는 넓은 지식의 지평으로 나아가는 출발점이 되기도 했고 동시에 유형적 사고를 만드는 부정적 측면을 보여주기도 했다.

일제에 의해 근대 교육 제도가 강제로 시행되면서 서당은 급속도로 몰락한다. 서당의 몰락과 함께 이 땅의 학동들에게 그토록 많이 읽혔던 『계몽편언해』는 까맣게 잊혀진 책이 되었다. 그것은 서당이 담당했던 역사적 사명이 거의 마감한 것과 동시에 그것이 만들었던 세계관 역시 종언을 고했다는 사실과 연관이 있는 것은 아닐까. 한때는 모든 사람들의 상식이었지만 이제는 일부러 공부해야만 하는 과거의 지식이 되어버린 시점에서, 그 책의 잊혀짐이 어떤 의미를 가지는지 생각해 볼 필요가 있다. 그것을 통해 우리는 지금 어떤 상식으로 구성된 세계 속에서 살아가고 있는지, 상식의 담론을 만드는 주체와 그 내용은 무엇인지, 그 상식의 틈을 어떻게 비집고 들어가 균열을 일으켜야 하는지 고민해봐야 할 것이다.

신광왈, 신 사마광이
아뢰옵니다

『자치통감』

1527년 5월, 사헌부司憲府 장령掌令 이홍간(李弘幹, 1486~1545)은 중종이 참석한 경연經筵 자리에서 『통감』(『자치통감』은 줄여서 흔히 『통감』이라고 통칭했다.)을 강講하게 되었다. 당시 읽던 부분은 서한西漢 문제文帝 때의 노래인 '한 자 베도 오히려 옷을 기울 수 있다一尺布尙可縫'는 구절이었다. 이홍간은 중종에게 이렇게 말하였다. "천륜이란 너무도 귀중한 것인데 애매한 일 때문에 형제간에 서로 생사를 달리한 것이 어찌 문제뿐이겠습니까. 견성군甄城君은 좋지 못하게 돌아가셨고, 영산군寧山君 또한 귀양가 계시니, 주상께서는 한나라의 노래를 거울 삼아 은혜를 베풀어 용서해주십시오."

견성군과 영산군은 중종의 친동생들인데, 여러 사람들의 모함으로 견성군은 살해당하였고 영산군은 남곤南袞에 의해 추방을 당해 있던 때였다. 당시는 남곤이 세상을 뜬 직후였다. 그러나 아직은 모두들 시사時事에 대한 언급을 자제하고 있을 때였는데, 이홍간이 『통감』을 강하다가 이렇게 아뢴 것이었다. 그의 말에 감동을 받아 중종은 즉시 영산군을 용서해주었다고 한다. 『기묘록보유 권하己卯錄補遺 卷下』에 나오는 일화다. 『통감』은 이렇게 경연 자리에서 자주 강하던 책이었으며, 조선의 선비들이 널리 읽던 책이었다.

『자치통감』과 사마광

세종이 종이를 만드는 관청인 조지서造紙署와 각 도의 관찰사에게 막대한 분량의 종이를 만들도록 명령을 내린 적이 있다. 무려 30만 권을 만들 수 있는 분량이었다. 그 목적은 바로 사마광(司馬光, 1019~1086)이 편찬한 『자치통감資治通鑑』 총 324권을 인쇄해서 배포하려는 것이었다.[45] 당시의 종이 생산량으로 보아도 그것은 굉장한 분량이었다. 그 결과는 정확히 알려진 바 없지만, 세종은 당시 『자치통감』을 읽는 재미에 빠져 있었던 것만은 분명해 보인다.

『자치통감』이 우리나라에 들어온 것은 고려시대다. 『고려사』에 이미 이 책에 대한 기사가 여러 차례 보인다. 『자치통감』의 편찬을 끝내고 황제에게 바친 것은 1084년 송나라 신종神宗 원풍元豊 7년의 일로, 고려 선종宣宗 원년에 해당한다. 그러나 이 책이 인쇄되어 반포된 것은 1092년(송나라 철종 7년/고려 선종 9년)의 일이며, 김부식이 『삼국사기』를 저술할 때 이미 참고문헌으로 기록되어 있는 것을 보면 적어도 고려 인종 23년(1145)에는 고려에 수입되어 읽혔다는 것을 알 수 있다.[46] 당시 고려는 귀중 도서를 비롯한 중국의 많은 책들을 수입하는 중요한 나라였고, 이에 대한 우려는 이미 소동파와 같은 문인들에 의해 제기된 바 있었다. 고려 이후

---

45) 사마광의 『자치통감』에 관한 고려 및 조선 왕조의 반응은 권중달 교수의 책 『울일승천하는 중국의 힘 '자치통감' 에 있다』(푸른역사, 2002)에 자세히 소개되어 있다. 권 교수는 방대한 분량의 『자치통감』을 완역해서 출판한 바 있으며, 그와 같은 성과를 바탕으로 『자치통감』의 중요성이나 사학사적 의미 등을 이 책에 자세히 서술하였다. 세종 때의 『자치통감』 인쇄 문제는 비교적 널리 알려진 것이거니와, 이 일의 전말 역시 권 교수의 책 앞부분에 자세히 소개되어 있다.

46) 권중달, 앞의 책, 22쪽 참조.

우리나라 선비들의 압도적인 짝사랑의 대상이었던 소동파는 황제에게 올리는 글에서, 고려로 유출되는 책을 막아야 한다고 주장한 바 있다. 그런 글을 보면 송나라의 지식인들은 고려의 서적 수입을 주시하고 있었던 것 같다. 책의 수입 연대를 정확히 고구할 수는 없지만, 어떻든 『자치통감』이 출간되고 얼마 안 되어 고려에 수입되어 읽히고 있었음을 짐작할 수 있다.

그 이후 조선이 역사에서 사라질 때까지 이 땅의 지식인들에게 이 책은 기본서였다. 물론 『자치통감』 전질을 기본서로 삼았는가 하는 문제에는 이의를 제기할 수도 있다. 뒤에 다시 언급하겠지만, 이 책을 어떤 방식으로 편집해서 읽든 간에 『통감』류의 책은 지식인들이 꾸준히 읽으며 역사에 대한 안목을 키워나가는 중요한 책이었던 것은 분명하다.

『자치통감』을 편찬한 사람은 사마광이다. 근대 이전 지식인들에게 사마광은 언제나 왕안석(王安石, 1021~1086)과 함께 짝을 이루어 논의되었다. 두 사람은 같은 시기에 관직 생활을 하면서 뛰어난 문장으로 세상을 울렸지만, 정치적 견해의 차이는 매우 컸다. 흔히 신법당新法黨과 구법당舊法黨으로 대비되면서 소동파, 사마광 등의 구법당에 대응하여 왕안석은 신법당을 이끄는 영수로 우리에게 각인되어 있다. 이들이 보이는 정치적 행보나 사유의 차이에도 불구하고, 송나라의 번영과 재건 문제를 신중하면서도 깊이 있게 생각하고 있었다는 점은 동일하다. 다만 어떻게 사회를 혁신할 것인가 하는 점에 대한 의견이 너무도 달랐다.

조선의 지식인들은 보편적으로 왕안석보다는 사마광과 소동파에게 더욱 열렬한 지지를 보냈다. 그것은 주희의 학문을 발판으로 삼았던 사람들에게는 어쩔 수 없는 선택이거나 자신도 모르는 사이에 기울어진 사관史觀의 경도였을 것이다. 더욱이 그들에게 왕안석이 보여준 급진적 개혁의 태도는 쉽게 수긍하기 어려웠을지도 모를 일이다. 왕안석의 개혁 정책에 반대하던 사마광은, 신종의 등극과 함께 정치 핵심에서 서서히 멀어져갔다. 결국 신종 희녕 5년(1072) 사마광은 낙양으로 내려갔고, 이때부터 역사서를 편찬하기 시작하였다. 주변 사람들의 도움을 받아 오랫동안 자료를 모으고 읽고 정리한 끝에, 신종 원풍 7년(1084)년 책을 완성하여 황제에게 올렸다.

애초에 사마광은 '통지通志'라는 제목으로 여덟 권의 역사서를 편찬하여 황제에게 진상한 바 있다. 신종은 그것을 읽고 기뻐하면서 『자치통감』이라는 제목을 하사하고 서문을 지어주면서, 역사서를 편찬하여 올리라는 명을 내렸다고 한다. '다스림에 도움이 되는 거울과 같은 책'이라는 의미리라. 『송사宋史』「사마광전司馬光傳」에 수록되어 있는 내용이다. 같은 내용의 글이 신종황제가 『자치통감』에 붙인 서문 끝 부분에 수록되어 있다. 제목과 서문을 받은 것은 1067년 10월 초 경연 자리에서였다. 그해 1월 영종이 승하하고 신종이 황제의 자리를 이은 지 얼마 되지 않아서의 일이니, 그 일이 있고 나서도 17년의 세월이 더 걸려서 책의 편찬이 완료된 셈이다.

『자치통감』에 깃든 사마광의 생각

사마광의 『자치통감』은 주周나라 위열왕威烈王 23년(기원전 403) 부터 시작하여 진秦, 한漢, 위진魏晉, 수隋, 당唐, 오대五代를 거쳐 후주後周 세종世宗 현덕顯德 6년(959)에 이르기까지 16왕조 1,362년간의 역사를 시간순으로 기록한 책이다. 총 324권에 달하는 방대한 양을 편찬하기까지 19년이라는 장구한 세월이 걸렸다.[47] 사마광은 정치적 이상을 실현하기 어려워지자 낙양에 내려가 오직 이 책의 편찬에 심혈을 기울였던 것이다. 그는 도대체 무슨 생각으로 역사서의 편찬에 매진했던 것일까?

이미 『자치통감』의 서문에서 사마광이 밝힌 바와 같이, 황제가 역사를 통해 국가의 치란흥망治亂興亡을 분명히 밝히고 선악善惡과 득실得失을 정확하게 판단할 수 있는 근거를 익히도록 하려는 의도에서 이 책을 편찬했다. 그에 걸맞게, 이 책은 날짜순으로 중요한 사적을 정리하여 일목요연하게 사건의 실체를 드러내는 것을 우선으로 한다. 글자 하나를 쓰더라도 신중하게 하여 포폄褒貶의 뜻을 명확히 한다. 그것은 이전부터 역사 기술의 원칙으로 제시된 『춘추春秋』의 필법을 자기 방식으로 구현하려 한 것이다. 편년체의 역사 서술을 통해서 국가의 흥망을 찬찬히 살펴볼 수 있도록 세심하게 구성하였다. 이는 어쩌면 자신의 정치적 진심을 받아들

---

47) 사마광이 편찬한 『고이考異』 30권까지 포함하면 총 354권 분량이 된다.

이지 않는 황제에 대한 간언의 의미였을지도 모르겠다.

이 같은 의도를 증명이라도 하듯, 이 책에서는 정통正統을 비교적 덜 중시하였다. 『춘추』가 정통을 중시하면서 역사를 서술한 것에 비하면, 『자치통감』의 그런 점에서는 비교적 자유로웠다는 것을 발견할 수 있다. 원래 정통이란 『춘추』로부터 출현하여 혈연상 적자嫡子와 서자庶子, 사상적으로는 정통과 이단, 분열할거 상으로는 정통과 윤통閏統을 구분해왔다.[48] 그러나 사마광은 기본적으로는 이 같은 점을 염두에 두면서도 역사 현실에 비추어 하나의 사건이나 왕조를 명확히 어느 한쪽으로 분류하는 것이 어렵다는 점을 토로한다. 그것은 정통론을 기계적으로 적용시키는 것이 문제가 있음을 드러내는 것이었다.

『자치통감』에서 더 중요한 부분은 아무래도 '신광왈臣光曰'에 드러난 내용일 것이다. 사마광은 역사를 정리하면서 논쟁적이거나 자신의 생각을 드러낼 필요가 있는 대목에서는 '신광왈'이라는 부분으로 서술하였다. '신臣 사마광은 아뢰옵니다'라는 뜻의 이 구절은, 이 책의 일차적 독자가 황제라는 점을 염두에 둔 표현이다. '신광왈' 부분은 『자치통감』을 통틀어 119항이나 된다. 다른 사람들이 글을 인용하여 사론史論을 전개한 99항까지 합하면, 모두 218항의 사론이 중요한 항목마다 삽입되어 있다.[49] 우리는

---

48) 이계명, 「자치통감 연구」(『전남사학』 제12집, 전남사학회, 1998), 138쪽 참조.
49) 앞의 논문, 144쪽 참조.

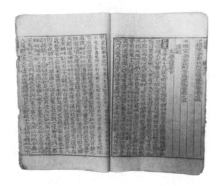

자치통감 (강원대학교 박물관 소장본)

사마광의 『자치통감』은 16왕조 1,362년 간의 역사를 시간순으로 기록한 책이다. 총 324권에 달하는 방대한 양을 편찬하는 데 19년이라는 장구한 세월이 걸렸는데, 이는 황제가 역사를 통해 국가의 치란흥망을 분명히 밝히고 선악과 득실을 정확하게 판단할 수 있는 근거를 익히도록 하려는 의도에서 비롯한 것이었다.

이 부분에서 사마광의 역사관을 읽어낼 수 있다.

가장 먼저 제시한 '신광왈' 부분에서 사마광은 명분론名分論에 따른 군신 관계를 논의한다. 특히 왕은 왕으로서의 덕을 가지고 경전을 공부하고 백성들의 삶을 돌보는 정치를 펼쳐야 한다는 점을 강조한다. 이것은 사마광이 역사 인식의 기준으로 제시한 것이나 다름없는 진술이다. 이런 방식으로 그는 역사에 대한 엄정한 평가를 내리고자 했다. 황제에 대한 경계의 뜻을 담은 것이 많은데, 이는 권력의 정점에 있는 사람일수록 역사의 평가를 얼마나 두려워해야 하는지 보여주려고 했던 것이리라.

한나라 광무제光武帝 건무建武 15년에 있었던 사건에 대해 사마광이 붙인 사론을 예로 들어보자. 대사도大司徒 한흠韓歆이 면직되는 일이 발생했다. 그는 황제에게 직언을 잘했지만 황제는 그 말을 수용하기는커녕 한흠을 싫어하게 되었다. 결국 한흠은 면직되어 고향으로 돌아갔다. 그가 돌아간 뒤에도 황제는 분을 이기지 못하고 책임을 묻는 조서를 내렸다. 이에 한흠과 그의 아들 한영韓嬰은 함께 자살을 한다. 그렇지만 이들에 대한 사람들의 신망이 높았으므로 황제의 조처에 수긍하지 않았고, 후에 황제 역시 전곡錢穀을 하사하고 예를 갖추어 장사지내도록 하였다.

이 사건을 기록하면서 사마광은 이런 취지의 사론을 덧붙였다.

신 사마광이 아뢰옵니다. "옛날 (상商나라의) 고종高宗이 (재상이었던) 부열傅說에게, '만일 약을 먹고도 명현 반응이 없다면 그 병은 낫지 않을 것이다' 라고 말했습니다. 무릇 절실하고 곧은 말을 하는 것은 신하에게 이익이 되는 것은 아니지만 나라에는 복이 됩니다. 이에 임금은 밤낮으로 이러한 것을 찾아야 하고, 오직 이러한 이야기를 듣지 못할까 두려워해야 합니다. 슬픕니다! 광무제 시대에 한흠이 곧은 말로 간언하다가 죽었으니, 어찌 어질고 밝은 임금이라는 명성에 누가 되었다고 아니하겠습니까?"

명현 반응이란 약을 먹으면 마치 병이 더 심해지는 듯한 느낌이 들거나 몸에 또 다른 현상이 나타나는 것을 말한다. 병이 낫기 위해서는 이전과는 다른 어떤 특이한 반응이 나타나거나 일시적으로 병이 심해지는 경우가 있는 것처럼, 신하의 간언이 괴롭고 당장 듣기에 거슬려도 나라의 앞날에는 큰 약이 된다는 의미다. 직언과 간언을 하는 신하를 내쳐서 죽음으로 내모는 것은, 어질

고 밝은 임금이라는 명성에 영원히 누가 되는 일이다. 황제로서
는 역사 앞에 영원히 더러운 이름을 남기는 셈이다. 당장 듣기 어
렵다고 신하를 몰아낼 것이냐, 아니면 괴로운 이야기지만 수용하
여 아름다운 이름을 후세에 전할 것이냐 하는 문제에 선택을 해
야 한다는 것이다.

이것은 과거 역사 사실을 평가하는 이야기지만, 동시에 사마광
자신의 시대를 다스리는 황제에게도 적용되는 말이다. 왕안석의
신법에 밀려 자신의 꿈을 접고 낙양으로 물러난 사마광의 마음이
고스란히 느껴지지 않는가.

'통감류'에는 어떤 책들이 있을까

『자치통감』이 아무리 뛰어난 역사서라 해도, 엄청난 분량을 모
두 읽어낸다는 것은 쉽지 않은 일이다. 좋은 책이니 꼭 읽기는 읽
어야 되겠고, 다 읽자니 분량이 너무 많다. 게다가 사람 이름이나
지명을 비롯하여 어려운 한자들이 많이 등장한다. 한자의 발음과
뜻을 잘 모르는 건 중국 사람들도 마찬가지다. 고대로 올라갈수
록 사건 기록이 파편화되는 것은 물론 당시의 제도와 풍속에 대
한 이해가 없으니 문맥을 알아차리기가 쉽지 않다. 이런 어려움
은 『자치통감』 출판 이후 즉시 제기되는 것들이었다. 이를 해결
하기 위해 다양한 참고 도서나 요약본이 출현하게 된다. 이들 책
들은 『자치통감』 때문에 저술, 편찬되고 간행되어 유포되었는데

그 종류나 편찬 의도 역시 다양했다.

사마광을 도와서 『자치통감』 편찬에 참여했던 유서劉恕는 『자치통감외기資治通鑑外記』를 써서 중국 고대사 분야를 보완했고, 사마광의 아들 사마강司馬康은 『통감석문通鑑釋文』을 저술하기도 했다. 책이 완성되자마자 『자치통감』의 편찬에 참여했던 사람들에 의해 그것을 보완하거나 독서 과정에서 생길 수 있는 의문을 해결하기 위한 책들이 편찬되었다. 이후 각 시대의 뛰어난 학자들에 의해 『자치통감』과 관련한 저작들이 저술되었는데, 남송이나 명나라에서도 다량의 연구서가 출간되었지만 특히 청나라 시기 통감 연구는 큰 성황을 이루었다. 100여 종이 넘는 통감 관련 연구서를 통해서 근대 이전의 중국 역사학 연구에서 『자치통감』이 차지하는 비중을 짐작해볼 수 있다.[50]

이들 책이 모두 우리나라에 수입되었는지 여부는 확인되지 않는다. 다만 이들 중에서 근대 이전 우리나라 지식인들에게 널리 읽힌 책들은 어떤 것이었을지 추정해볼 수는 있다.

당시 지식인들에게 기본 도서로 읽혔던 것은 단연 『자치통감강목資治通鑑綱目』과 『통감절요通鑑節要』였을 것이다.

『자치통감강목』은 주희가 『자치통감』을 바탕으로 하여 강綱과 목目으로 정리해 서술한 책이다. 주희는 사마광의 역사 인식에 대해 일부 비판적 견해를 취했다. 여러 나라가 병립하고 있을 때는

---

[50] 통감 관련 연구서에 대한 정리는 권중달, 앞의 책, 154~174쪽에 정리가 되어 있다.

그중 하나를 정통으로 삼아 역사를 기술해야 한다. 그럴 경우 사마광은 한족漢族이나 혈통을 유일한 기준으로 삼는 것이 아니라 당시의 형세라든지 영토 등 객관적 사정을 종합적으로 고려하여 판단했다. 이 점에 대해 주희는 생각이 달랐다. 주희는 중화中華와 오랑캐의 구분을 명확히 하였는데, 이는 역사 기술에서 적자와 서자를 명확히 나누는 정통론의 강화를 가져왔다. 이는 북방 오랑캐에 의해 송나라가 핍박을 받고 있다는 현실 인식이 반영된 것이기도 하다. 나아가 주희는 정통·이단 구별을 통해 유교에 대해 불교와 도교를 비판하고 배척하는 입장을 분명히 하면서 책을 편찬하였다.

이 책은 고려 말 수입되어 오랜 기간 동안 유학자들의 기본서로 읽혔다. 더욱이 조선의 건국과 함께 왕과 신하가 경연 자리에서 함께 읽고 토론을 했으며,[51] 일반 지식인들에게는 성리학 교과서 중의 하나로 중요한 역할을 했다. 흔히 문사철文史哲을 아우르는 그들의 학문 속에서 주희의 역사 인식이 반영되어 있는 『자치통감강목』이 차지하는 비중은 매우 높았다.

그렇지만 조선 후기 들어서면서 이 책보다 더 대중적으로 많이 읽힌 것이 바로 『통감절요』이다. 사마광의 『자치통감』을 기본으로 삼고 주희의 『자치통감강목』을 모델로 삼아 중국의 역사를 축약한 것으로 알려진 『통감절요』는, 12세기 무렵 송나라 휘종 시

---

51) 오항녕, 「조선 초기 경연의 자치통감강목 강의」(『한국사상사학』 제9집, 한국사상사학회, 1997) 참조.

기의 인물인 강지江贄가 편찬하였다. 널리 읽힌 책의 편찬자라고 하기에도 무색할 정도로 강지에 대한 정보는 빈약하기 그지없다. 그는 역학易學으로 이름을 날렸지만 은거하여 벼슬에 나아가지 않았다. 조정에서는 세 번이나 불렀지만 응하지 않자, 그에게 '소미선생少微先生'이라는 호를 하사하였다. 이것이 강지에 대해 알려진 거의 모든 정보다. 그가 하사받은 호 때문에 『통감절요』를 흔히 『소미통감少微通鑑』이라고도 한다.

『통감절요』는 조선 후기 들어서 경향의 지식인들에게 광범위하게 읽히는 책이었다. 앞서 언급한 것처럼 이 책은 『자치통감』의 요점을 축약해서 만든 것으로 알려졌지만 실제로 살펴보면 상당한 차이를 가지고 있다. 그 차이에 대해서는 이미 조선 후기의 여러 지식인들 사이에서도 꽤 알려져 있었던 것으로 보인다. 유몽인柳夢寅, 이덕무, 정약용, 홍한주洪翰周, 홍석주洪奭周 등의 글에서 『통감절요』가 가진 문제점을 언급하고 있다. 비판의 요점은 『통감절요』가 『자치통감』을 제대로 파악하지 못한 채 요약을 하고 있으며 전체적인 역사 서술 역시 조리가 없는 부분이 꽤 있다는 것이었다.[52]

평가가 엇갈리는 사정이야 어떻든 소미선생 강지가 편찬한 『통감절요』는 널리 유포되어, 일제 때 활자본으로 등장한 언해본

---

52) 이같은 점에 대해서는 김윤조 교수의 「조선 후기 지식인들의 통감절요에 대한 비판적 인식의 양상과 의미」(『한문학보』 제5집, 우리한문학회, 2001)에서 자세하게 논의하였다.

통감류 서적으로는 가장 많이 읽혔다. 안정복의 「상헌수필橡軒隨筆」에 의하면 이 책이 우리나라에 유행하게 된 것은 임진왜란 이후인데, 전쟁통에 모든 책들이 없어지고 난 뒤 홍이상洪履祥이 안동 부사로 있으면서 이 책을 간행해 널리 유포했다고 했다.[53] 어떻든 조선 후기 이래로 서당에서는 역사서를 공부하는 기본 교재로 활용하였고, 한문을 익히는 교재로도 널리 이용하였다. 일찍이 율곡 이이가 언급한 것처럼,[54] 『통감절요』가 문리文理를 통하게 하는 데 좋은 교재로 인식되었기 때문에 서당을 비롯한 여러 곳에서 초학교재로서의 역할을 한 것이다.

어떤 책이든 오래도록 읽히다 보면 그 책이 지녔던 원의는 사라지고 지엽적인 것만 전달되는 경우가 많다. 『통감절요』 역시 마찬가지의 길을 걷는다. 조선 전기 서거정의 글에서는 이 책에 대한 비판적 시선이 느껴지지 않았지만, 조선 중기 이후로 오면서 문제점들이 서서히 지적되기 시작한다. 우리나라에서는 집집마다 있는 『통감절요』지만 정작 중국에서는 거의 읽히지도 않고 알려진 바도 없는 것이 바로 이 책이라는 지적과 함께 내용상의 착종 현상을 비판적으로 논의한다.

그 외에도 조선에서는 자체적으로 세종 때 『자치통감훈의資治

---

53) 안정복, 「상헌수필」(『순암선생문집順菴先生文集』 권13).
54) 율곡은 제자인 이성춘李成春에게 그가 읽고 있는 『성학집요聖學輯要』를 덮고 『통감』을 읽도록 권한 적이 있다. 이성춘이 아직 문리가 트이지 않았기 때문에 학문에 깊이 들어가기 어렵다는 이유 때문이었다. (이이, 『율곡집』 권32, 「어록 하」)에 나오는 일화이다.

通鑑訓義』와 『자치통감강목훈의資治通鑑綱目訓義』를 편찬하였다. 기록에 의하면 세종은 『통감』을 읽느라고 잠이 줄었다면서 찬탄하였다고 한다.[55] 그렇게 보면 통감류의 전적들을 통해서 조선의 많은 선비들은 역사를 인식하고 자기 시대를 비판적으로 바라볼 수 있는 안목을 길렀다고 할 수 있다.

역사책을 읽는 밤

지나온 세월을 돌아보고 삶을 정리하는 능력은 인간이 가진 중요한 힘 중의 하나다. 역사가 반복되는 것인지는 모르겠지만, 과거의 사실들을 살피면서 삶의 법칙을 발견하려는 노력을 하는 것은 앞으로 다가올 시간을 준비하는 몸짓이다. 그런 점에서 역사는 인문학의 기본일 뿐 아니라 모든 사람들의 교양이 아닐까 싶다. 역사를 모르는 사람들에게 역사는 언제나 잔인하게 반복되는 법이다.

조선이 망하자 매천梅泉 황현黃玹은 나라를 조문하면서 자결의 길을 택한다. 5백 년 동안 이 나라가 선비를 길러왔으나 정작 나라가 망했을 때 나라를 위해 아무도 목숨을 버리지 않는다면 문제가 아니겠느냐는 것이 큰 이유였다. 그는 목숨을 끊으면서 「절명시絶命詩」 네 수를 남겼다. 세번째 수의 마지막 부분에서 그는

---

55) 『국조보감』 제6, 세종조2, 세종 17년조 참조.

이렇게 썼다.

가을 등불 아래 읽던 책 덮고 천고를 생각해보니
인간 세상에 글 아는 사람 되기가 어렵구나.

秋燈掩卷懷千古
難作人間識字人

　그가 등불 아래 펴놓았던 것은 어떤 책이었을까. 어쩌면 역사
책이었을지도 모르겠다. 어느 시대든 지식인으로서의 역할을 다
한다는 것은 참으로 어려운 일이다. 때로는 목숨을 내놓아야 할
것이고, 때로는 자신의 공부를 숨기고 은거해야 할 것이다. 그러
나 지식인들이 자신의 몫을 하면서 소신껏 목소리를 내는 세상이
라면 얼마나 좋겠는가. 역사를 두려워하는 자는 언제나 자신의
삶에 책임을 지는 법이다.
　오늘 저녁, 오랜만에 『통감』을 꺼내서 책장을 넘겨본다.

중생의 삶을 벗어버리다 4부

욕망의 뿌리,
번뇌의 근원

『사십이장경』

백마사의 석마

중국 낙양에 있는 백마사白馬寺에 들른 것은 8월 여름날이 저물 무렵이었다. 여전히 따가운 햇살이 비끼는 가운데 넓은 백마사 앞에 이르자, 일주문 앞으로 말 모양의 석상이 인상적으로 서 있었다. 최근 보수한 곳이 많은 탓인지 고찰로서의 느낌은 덜했지만, 주 불전과 봉안된 불상의 고색창연함이 깊은 멋을 풍기고 있었다. 고목 그늘에서 땀을 식히고 있자니, 불당에서 들려오는 염불 소리가 은은했다. 저녁 예불을 올리는 모양이었다.

한漢나라를 다시 부흥시킨 황제가 광무제光武帝인데, 그는 국운의 새로운 기운을 펼치기 위해 낙양으로 도읍을 옮겼다. 후한後漢의 시작이다. 그의 아들 명제明帝가 즉위한 지 10년이 되는 해 (A.D.67), 그는 기이한 꿈을 꾼다. 남쪽에서 금빛 인간이 하늘을 날아온 것이다. 어떤 맥락도 없는, 참으로 단편적이고 이상한 꿈이었다. 명제는 신하들을 불러놓고 꿈 해몽을 해보도록 했다. 사람들이 꿈을 이해하지 못하고 머리만 갸우뚱거릴 때, 부의傅毅가 말했다. "천축국에 불타라고 하는 신인神人이 있다는 말을 들은 적이 있는데, 폐하의 꿈에 나타난 금빛 인간은 바로 그 사람일 것입니다."

황제는 궁금한 마음에 채음蔡愔과 진경秦景을 천축으로 파견하여 불경을 구해 오도록 하였다. 당시만 해도 중국과 천축의 교통로가 완전히 확보되지 않은 상태였으므로, 이들의 행로가 험난했을 것은 불을 보듯 뻔한 일이다. 우여곡절 끝에 그들이 월지국月支國에 도착했을 때, 우연히 가섭마등伽葉摩騰과 축법란竺法蘭이라는 두 명의 스님을 만난다. 두 스님에게 불법에 대한 이야기를 들은 채음과 진경은, 명제의 꿈에 나타난 금빛 신인이 바로 석가모니라는 사실을 알게 되었다. 결국 이들은 두 스님을 설득하여 함께 고국으로 돌아오게 되었다. 이 사실을 들은 명제는 기뻐하면서 궁궐 서쪽 문 밖에 절을 지어서 두 스님을 거처하게 하였다. 가섭마등과 축법란은 중국으로 들어올 때 상당량의 불경과 불교 용품을 가져왔는데, 그 물건을 싣고 온 말이 백마였다. 그들이 머물게 된 절을 백마사로 명명하게 된 것은 바로 그 말들을 기리기 위한 것이었다. 『낙양가람기洛陽伽藍記』에 기록되어 있는 이야기다. 지금도 절 앞에 백마의 석상이 서있는 것은 그러한 연유 때문이다.

마등과 법란은 백마사에 머물면서 천축의 언어로 된 불경을 중국어로 번역하였다. 그들에 의해 처음 번역된 경전에는 『십지단결경十地斷結經』 『불본생경佛本生經』 『법해장경法海藏經』 『불본행경佛本行經』 등과 함께, 『불설사십이장경佛說四十二章經』이 들어 있다. 불교사에서 『사십이장경』은 이른 시기에 이름을 드러낸 것이다.

『사십이장경』의 형성 과정

『사십이장경』이 일찍부터 읽혔으리라는 것은 여러 정황으로 보아 분명한 듯 보인다. 그러나 우리나라에는 언제 들어와서 읽히기 시작했는지를 밝히는 것은 어려운 일이다. 다만 현재 남아 있는 판본 자료로 추정할 수밖에 없다.

판본을 점검하기 전에 먼저 『불조삼경佛祖三經』을 언급할 필요가 있다.

중국에서 최초로 한역漢譯된 불경이라는 점에서 『사십이장경』을 예거하지만, 그 실상은 알 수 없는 것이 현실이다. 앞서 소개한 전설은 『사십이장경』의 전래와 관련하여 가장 널리 알려진 이야기이긴 하지만, 그 전설이 곧 사건의 진실을 담보하는 것은 아니기 때문이다. 그 외에도 한 명제가 당시의 유명한 장군인 장건張騫을 파견하여 가져왔다는 기록도 전하고, 양梁나라의 스님인 혜교慧皎, 승우僧祐 등에 의하여 수입되었다는 기록도 있다. 연구자들은 5세기경 이미 성립되어 있던 한역불경의 여러 곳에서 읽을 만한 내용을 뽑아 만들어진 경전이라고 보는 의견을 내기도 했다.[56] 근대에 들어와 양계초가 『사십이장경』이 위경이라는 논의를 처음 펼쳤지만, 탕용동湯用彤 같은 불교학자는 여러 자료를 통해서 2세기 이전에는 이미 성립되었을 것이라는 생각을 피력하였다.[57] 어떤 기록을 따르든 『사십이장경』이 이른 시기부터 성립되어 읽히고 있었다는 점은 분명하다.

---

56) 이와 관련된 연구는 정순일의 「불조요경본 사십이장경의 연구」(『원불교사상』 제8집, 원광대 원불교사상연구원, 1984)에 정리되어 있다. 또한 『사십이장경』의 판본에 대한 기초적인 조사 역시 이 논문에서 충실하게 정리하고 있다.

57) 이같은 내용은 이종철의 『중국 불경의 탄생』(창작과비평사, 2008), 44~46쪽에 소개되어 있다.

이 경전은 선종 계통의 수행자들이 주목하면서 새롭게 인식된다. 송나라 희종연간에 수수守遂 선사가 『불조삼경』을 편찬한다. 이 책은 『불조유경佛祖遺經』과 위산潙山 선사의 『경책警策』 두 권의 불경을 자신이 주석한 『사십이장경』과 합쳐서 한 권의 책으로 엮은 것이다. 『불조유경』은 석가모니가 열반할 때 유언으로 남긴 것을 기록한 것이고, 『경책』은 당나라의 선사인 위산영우潙山靈祐의 법어를 모은 것이라서 흔히 『위산경책』이라고 부르는 책이다. 수수 선사의 법맥이 조동종曹洞宗이라는 점을 감안하면 한동안 조동 계통의 불맥에서 읽혔을 것이겠지만, 그러한 점을 떠나서 보더라도 상당히 널리 읽혔던 흔적을 발견할 수 있다. 특히 이 책을 간행하여 널리 유포한 송나라의 도패道霈 스님의 글에 의하면, 자신이 당대 최고의 선승인 영각永覺 선사를 처음 만났을 때 가장 먼저 권유해준 책이 바로 『사십이장경』이었다고 한다. 그런 점에서 보면 『사십이장경』이야말로 처음 불교에 뜻을 둔 수행자나 신심이 깊은 신도들에게 읽혔던 책이라는 것을 짐작할 수 있다. 수수 선사에게서 비롯되어 전해온 판본을 흔히 '수수본守遂本'이라고 하는데, 그 원류는 당나라 덕종 17년(801)에 성립된 『보림전寶林傳』에 수록된 '보림본寶林本' 『사십이장경』과 관련이 있다.

그렇다면 우리나라의 사정을 어떨까. 고려대장경에 『사십이장경』이 포함되어 있다. 이 판본, 즉 '고려본高麗本'은 보림본보다 오래된 형태라는 것이 관련 연구자들의 생각이다. 정순일 교수에 의해 내용상의 차이점이 자세히 정리된 바 있는데, 그의 글에 의

하면 중국과 고려에 공통적으로 고려본이 전하다가 우리나라에서는 고려본이 계속 읽히게 된 반면 중국에서는 송나라 진종 연간까지는 고려본이 전하다가 수수 선사의 주석본 이후 보림본 계열이 널리 유포되어 지금에 이르렀다고 한다.

현재 전하고 있는 『사십이장경』의 판본이 상당히 여러 종류인 것을 보면 우리나라에서도 널리 읽혔음을 알 수 있다.[58] 1286년 간행된 원암사본을 시작으로 전국 여러 사찰에서 중간되었다. 모두 마흔두 장의 짧은 불경 구절을 모아놓은 이 책은, 수행자뿐만 아니라 일반인들에게도 삶의 지혜를 통해 깨달음의 길로 이끄는 매력이 있다. 지금도 송광사 강원 같은 전통 강원에서 『사십이장경』을 읽고 있을 정도로 전승의 맥이 끊이지 않는 책이다.

욕망의 뿌리를 자르고

『사십이장경』은 인간의 욕망을 어떻게 철저히 끊을 것인가에 대해 친절하게 이야기하는 책이다. 특히 색욕과 식욕은 인간 삶의 현재를 만드는 중요한 토대이기도 하지만 동시에 우리의 삶을 옥죄는 밧줄이기도 하다. 이는 생존 본능과 종족 보존 본능으로 설명되기도 하지만, 두 욕망은 인간을 추악하게 만드는 큰 힘이

---

58) 서지 사항과 관련해서는 남경란의 「불설사십이장경 입겿 의 이본 연구」(『구결학회 제24회 공동연구회 발표논문집』, 2000)에서 조사한 것이 자세하다.

라는 점은 분명하다. 그것을 끊어버리지 않는 한 인간의 삶이 규정하고 있는 굴레에서 벗어나는 것은 불가능하다. 인간의 차원을 넘어 우주의 차원으로 나아가는 길은 당연히 험난하다. 더욱이 우리 같은 중생들은 눈앞의 이익과 욕망에 사로잡혀, 내가 살아가는 세계의 좁은 한계를 넘어 새로운 길을 본다는 것 자체가 지난한 일이다. 욕망을 벗어나야겠다는 생각을 한다 해도 대체 어떤 길을 가야 하는지가 여전히 미지수다. 바로 이때 스승이 필요한 법이다.

그렇다고 해서 스승이 다른 곳에 있는 것은 아니다. 내 주변의 모든 사물들, 내가 일상 속에서 만나는 사람들로부터 수행 중인 선지식에 이르기까지, 혹은 깨달음을 얻은 선현들의 경전에 이르기까지, 스승을 찾으려고 마음만 먹는다면 얼마든지 만날 수 있다. 문제는 우리가 진심을 다해 스승 찾기를 하지 않는다는 것이다. 그럴 때 우연히 만나는 경구는 정신의 밑바닥까지 시원하게 만들어주는 청량제가 된다.

『사십이장경』에서 색욕色慾에 대한 경계는 특별하다. "이성적인 욕망은 그 크기가 한량이 없는 것인데, 마침 그것이 하나뿐이어서 다행이지 둘이었다면 도를 구하는 사람이 없었으리라"(제24장)는 언급은 참 가슴에 와닿는다. 그런데, 이 책을 읽으면서 머리를 치는 듯한 느낌을 받았던 것은 바로 '혁낭중예革囊衆穢'(제26장)라는 말 때문이었다. 이는 온갖 더러운 것들을 담아놓은 가죽 주머니라는 뜻이다.

천신天神이 부처님에게 아름다운 여자를 보내서 부처님의 뜻을 무너뜨리려고 했다. 그러자 부처님이 그 여자를 내치면서 표현한 말이다. 아무리 아름다운 사람이라도, 따지고 보면 피부 아래쪽에는 피와 고름과 똥과 더러운 것들로 가득 차 있는 존재다. 더러운 것을 담아놓은 가죽 주머니를 아무리 치장한다 한들, 얇은 가죽이 해져서 구멍이 나면 그 사이로 더러운 것들이 흘러나온다. 좋아서 죽고 못 사는 사이였더라도 더러운 모습까지 진정으로 좋아하는 사람이 어디 있겠는가. 내 몸속의 더러운 것도 싫은데, 하물며 남의 것임에랴.

그 대목을 읽은 뒤 거리에 나갔을 때 지나치는 사람들의 모습이 달라 보였던 기억이 있다. 그 한 구절이 사람을 다시 보게 만드는 힘을 준 것이다. 이성에 대한 욕망도 그런 점에서 보면 겉모습만을 가지고 인간이 구성한 허상이다. 그 허상을 명확히 깨닫고 새로운 눈으로 세계를 보는 것, 그것이야말로 『사십이장경』이 말하려는 본뜻이었다.

욕망을 경계하는 비유 역시 돋보인다. 제22장에서는 "재물과 이성에 대한 욕망을 사람들은 버리지 못한다. 욕망이란 비유하자면 한 번 먹기에도 부족한 양의 꿀이 묻어 있는 칼날과 같아서, 어린아이들이 그것을 핥는다면 혀를 베는 걱정거리가 생길 것이다"라며 우리에게 일갈한다. 또 제16장에서는 "사람이 애욕을 품는다면 진리를 볼 수 없다. 이는 비유컨대 맑은 물을 손으로 휘저어 뒤흔들어놓으면 다른 사람들이 그 앞에 서더라도 자신의 그림자를 비추어 볼 수 없다. 사람이 애욕에 얽매이면 마음속이 흐려져서 도를 볼 수 없게 되는 것이다"라고 해 언제 읽어도 고개를 끄덕이게 한다.

애욕의 기저에는 소유욕이 자리하고 있다. 이성에 대한 욕망만이 애욕인 것은 아니다. '애愛'는 사랑한다는 뜻도 있지만 아낀다는 뜻도 있다. 내 것이므로 아깝고 내 것이므로 사랑하는 것이다. 애욕은 기쁨만 주는 것이 아니라 두려움도 동시에 준다. 내 것을 소유하는 기쁨도 있지만 그 기쁨이 언젠가 사라질 것이라는 점 때문에 두려워하기도 한다. 그 두려움 때문에 사람들은 영원한 소유를 꿈꾼다. "사람은 애욕으로부터 근심이 생겨나고, 근심으로부터 두려움이 생겨난다. 만약 애욕에서 떠나기만 한다면 무엇을 근심하고 무엇을 두려워하겠는가."(제32장)

그렇지만 사람의 삶이 영원하지 않듯, 소유하는 것 역시 영원하지 않다. 게다가 사람이 소유할 수 있는 것이 무엇이겠는가. 나 자신조차 내가 소유하지 못하는 처지에 무엇을 소유하고 무엇을 잃는 것이랴. 우리는 평생을 허덕이며 세계를 나의 것으로 만들려고 애쓴다. "사람이 욕망에 따라 명성을 구하지만, 명성이 세상에 현저히 날리게 되면 몸뚱이는 이미 죽어버리고 난 뒤다."(제21장) 얼마나 허망한가. 세상을 바쁘게 살아가다가 정작 중요한 것들은 챙기지 못하는 상황, 입으로는 온갖 위대한 도를 다 언급하지만 자신은 생활에 쫓겨서 진리를 향해 한 발자국도 나아가지 못하는 것이 우리의 현실이다. 무엇을 위해 그리도 바삐 종종걸음으로 세상을 오갔던가. 주위를 돌아볼 여력도 없이 바쁘게 살아왔지만 죽음 앞에서 여전히 허망함을 안고 그렇게 이 땅을 떠나는 것이다.

욕망의 뿌리는 이승만을 지배하지 않는다. 죽음 이후에도 여전히 욕망은 윤회하는 '그놈'을 단단히 옭아맨다. 수행을 하는 사람이 욕망의 뿌리를 끊기 위해 목숨을 걸고 정진하는 것은, 이 생이 다음 생으로 연결되고 있으며 욕망의 뿌리는 여전히 강력한 힘으로 작동하고 있다는 사실을 알기 때문이다.

첫걸음이 곧 깨달음

한동안 수행자들을 따라 그 어깨 너머를 엿본 적이 있다. 그 시절 만났던 어떤 스님은 속가의 부모님뿐 아니라 스승의 장례에도 참석하지 않고 오직 정진에만 몰두했다. 수행자의 정진이 환경을 고려할 여유가 어디 있겠는가 싶기도 했지만, 너무 심한 처사가 아닌가 하는 생각이 들었다. 틈을 타서 슬며시 그 문제를 여쭈었더니, 그분이 내세우는 이유는 짧고도 단호했다. 깨달음을 구하기 위해서 부모까지 버리고 집을 나선 처지에, 이것저것 다 챙기고 언제 공부하겠느냐는 것이었다. 오랫동안 그 말이 귀에 쟁쟁했다. 내가 처음 『사십이장경』을 대했을 때, 나는 첫 구절에서 그 수행자를 떠올렸다.

'사문沙門'이란 어떤 존재인가를 밝히는 구절로 시작하는 이 경전에서는, 이렇게 규정하고 있었다. "부모님을 이별하고 집을 나서서 마음을 알고 근본에 통달하여 무위법無爲法을 이해하는 사람을 '사문'이라고 한다." 생각해보면 우리는 '집'이 주는 안온함에 얼마나 길들여져 있던가. 그 안온함의 뿌리를 과감히 벗어나 모든 세속의 인연을 끊어버리는 것으로써 내 삶의 새로운 터전을 열어젖히는 것, 그것이야말로 사문이 해야 할 처음이자 마지막의 일이 아닐까 하는 생각이 들었다.

사람 마음이란 참으로 간사해서, 조금이라도 비빌 언덕이 있으면 거기에 안주하려는 속성이 있다. 어쩌면 험한 세상을 살아가기 위한 생존 본능에서 비롯되었을 법한 그 속성은, 우리 자신을 피폐하게 만드는 온갖 추악한 소유욕으로 나아가게 한다. 세계의 온갖 사물을 판단한다는 것은 그들 간의 차이를 인식한다는 의미이다. 이것과 저것이 다르다는 생각은 동시에 내 것과 네 것을 구별하는 태도와 상통한다. 그 마음의 깊은 곳에 '애착'의 마음이 뿌리 박고 있다. 그 뿌리를 잘라버리는 것이 바로 출가 수행자의 첫번째 임무다.

그렇지만 아무리 출가 수행자라 해도 그 습성을 벗어나기란 대단히 어렵다. 심지어 수행에 편안한 장소를 발견한다 해도, 나도 모르는 사이에 그 장소를 편안히 여기는 애착의 뿌리가 작동한다는 점을 분명하게 인식하고 있어야 한다. 『사십이장경』에 보면 "하루에 한 끼만 먹고 한 나무 아래에서 하루만 묵되, 삼가 두 번을 거듭해서는 안 된다日中一食, 樹下一宿, 愼勿再矣"(제3장)는 말이 있다. 세상에서 가장 안온한 집을 버리고 깨달음을 위해 길을 나섰는데, 한곳에 머물러 새로운 안온함을 느끼게 된다면 길을 멈추는 결과를 가져온다. 하루에 한 번 먹으라는 것은 최소한의 생존을 위한 음식만 허락할 뿐 식욕에 대한 온갖 욕망을 끊으라는 의미일 것이고, 한 나무 아래 한 번만 묵으라는 것은 아무리 나무 밑이라 해도 두 번 머무르면 나도 모르는 사이에 그 장소에 대한 애착이 생긴다는 뜻이리라. 길을 떠난 수행자의 삶이 이렇게 마음을 서늘하게 만드는 구절이 또 있을까 싶다.

오랫동안 책을 읽으면서 정해진 궤도를 벗어나 새로운 길을 만들라는 충고를 무수히 들어왔다. 마음으로는 언제나 내게 주어진 안온한 삶을 버리고 드넓은 광야로 걸어나갔지만, 이 몸으로는 한번도 해보지 못했던 삶을 『사십이장경』은 내게 권하고 있었다. 하루에 한 끼 식사는 물론 같은 나무 아래에서는 두 번을 머물지 말라는 저 경구야말로 지금 내가 가슴에 깊이 새겨야 할 일이다. 어깨를 짓누르는 거대한 중생으로서의 삶을 벗어버리고, 우주에서 가장 가벼운 모습으로 첫발을 내디딜 수 있는 용기가 필요하다. 『사십이장경』은 그 첫걸음이 결코 어려운 일이 아님을 간곡하게 이야기한다.

깨달음을 얻기 위한
매뉴얼

『선가귀감』

요리책에 대한 단상

기계를 만지는 데는 워낙 젬병인 나로서는 매뉴얼이 없는 기계를 만나는 일처럼 곤혹스러운 것이 없다. 요즘은 아무리 작은 물건을 사도 그것을 사용하는 방법이 들어 있으니 예전처럼 힘들지는 않지만, 매뉴얼이라는 것이 언제나 친절하게 그 물건의 사용 방법을 안내하는 것만은 아니다. 물건을 잘 다루는 사람들이야 어떤 매뉴얼이라도 척보면 쉽게 익히지만, 나 같은 부류의 사람들은 상세한 매뉴얼에도 불구하고 내 손에 익도록 하기 위해서는 상당한 노력이 필요하다. 이 때문에 나는 언제나 물건을 사면 매뉴얼을 처음부터 끝까지 읽어보는 버릇이 생겼다. 이해가 잘 안 되라도 매뉴얼을 찬찬히 읽으면서 머릿속에서 충분히 훈련을 한 뒤에야 물건을 만진다.

세상 살아가는 이치를 친절하게 알려주는 매뉴얼은 왜 없는 것일까. 난감한 문제에 봉착해 판단이 어려울 때면 그것과 관련된 매뉴얼이 정말 절실하게 필요하다. 그러나 우리 인생은 무한히 변용되면서 예측불가능한 일을 수없이 만들어내는데 그때마다 매뉴얼을 만드는 것은 불가능할 뿐 아니라 사실 그럴 필요도 없다. 그래도 인생을 살아가는 길에 지침이 될 만한 매뉴얼이 있다면 얼마나 좋을까. 고민할 것도 없이 매뉴얼을 펼치면 인생의 모든 고민이 사라진다! 상상만 해도 흐뭇한 미소가 얼굴에 절로 번진다.

그런데 과연 인생의 매뉴얼이란 것도 있을까? 물론 있다. 우리는 수많은 매뉴얼을 옆에 두고도 펼칠 생각을 하지 않을 뿐, 매뉴얼은 넘치고 넘친다. 초등학교 때부터 배우는 교과서들이야말로 우리가 국가 체제로부터 배우는 가장 기본적인 매뉴얼이다. 사람처럼 오래도록 다양한 매뉴얼을 익히면서 세상을 복잡하게 살아가는 짐승이 또 있을까. 글을 익히기 전부터 우리는 주위의 많은 분들에게서 매뉴얼에 의한 안내를 세세히 받으면서 살아간다. 숟가락을 쥐는 법과 젓가락을 사용하는 법을 배우고 밥과 반찬으로 입맛을 만드는 법을 배운다. 어쩌면 우리 인생이란 매뉴얼의 바다를 떠다니는 일인지도 모르겠다.

그중에서도 가장 중요한 매뉴얼을 우리는 '고전'이라고 부른다. 인생을 아름답고 깊이 있게 살아간 선현들이 자신의 경험을 담아서 남긴 말씀들은 고전 속에 오롯이 남아 있고, 우리는 그 속에 담긴 지혜를 따라 삶을 계획하거나 그것을 바탕으로 새로운 길을 만들어나간다. 이렇게 아름답고 고마운 매뉴얼이 또 어디 있으랴. 문제는 그 매뉴얼을 어떻게 사용할 것인가 하는 점이다.

한때 음식을 만들어 먹고 싶어서 요리책을 몇 권 사서 읽은 적이 있다. 요리책이야말로 분명한 요리 매뉴얼이 아니던가. 그 책에 나와 있는 글을 따라서 하기만 하면 맛이야 좀 떨어지더라도 그럴 듯한 요리가 나와야 정상이다. 그런데 아무리 해도 그런 요리가 나오지 않았다. 내게는 그 매뉴얼이 너무도 어려웠다. 문장은 명확했지만 요령부득인 단어들이 있었기 때문이다. 예컨대 설탕을 찻숟가락으로 한 큰술 넣으라든지, 갖은 양념을 조금 넣으라는 식의 표현은 도저히 이해할 수 없었다. '갖은 양념'은 시중에서 팔지도 않을 뿐 아니라 무엇으로 만드는지도 알 수 없었으며, '조금'이라는 것이 얼마 정도를 말하는지 짐작조차 할 수 없었다. 끝내 책을 덮고 음식 만드는 일을 포기할 수밖에 없었다.

내게는 그렇게 어려운 매뉴얼이었지만, 정작 주부들은 그 책으로 너무 맛있는 음식을 만들었다. 이게 무슨 조화란 말인가. 주부들의 독해력이 나보다 떨어질지는 몰라도, 음식을 만들어본 경험과 그것이 몸에 배어 있는 깊이는 나와 비교도 되지 않을 정도로 엄청나다. 몸으로 익힌 내공이 매뉴얼을 만났을 때 맛있고 새로운 음식이 탄생하는 것이다. 매뉴얼을 사용하기 위해 필요한 내공은 평소에 꾸준히 쌓는 것인데, 우리는 그 점을 간과하고 오직 매뉴얼만을 탓한다. 매뉴얼을 사용하기 위해서는 내 공부가 오랫동안 쌓여야 한다는 것, 그것이 바로 요리 매뉴얼을 이해하지 못하는 이유였던 것이다.

휴정은 어떤 사람인가

뜬금없이 '매뉴얼'에 대한 이야기로 시작한 것은 바로 『선가귀감禪家龜鑑』을 말하기 위해서다. 이 책은 조선 중기의 고승 휴정(休靜, 1520~1604)이 편찬한 것이다. 조선 정부의 노골적인 불교 탄압 정책이 조선 전기 내내 지속되자 불교의 사회적 위치와 영향력은 현저히 약화되었고, 이에 따라 스님들의 학문과 수행 역시 낮은 수준으로 떨어지게 되었다. 그런 현실을 타개하기 위해서는 승려 교육이 무엇보다 절실했다. 그러나 현실적으로 승려들을 교육하기 위한 교재도 마땅하지 않았다. 휴정이 『선가귀감』을 편찬한 것은 당시 승려들의 공부를 위한 하나의 배려 차원이었다.

휴정은 원래 사대부 가문에서 태어났다. 그의 법명인 '휴정'보다 '서산대사西山大師'가 많이 알려지게 된 것은 묘향산에 오래도록 주석했던 탓이다. 묘향산은 흔히 '서산'이라고 불리었는데, 휴정은 생애의 후반을 대체로 묘향산 보현사에서 지냈기 때문이다. 그의 문집에 수록되어 있는 행장에 의하면 법명은 휴정, 자는 현응玄應, 호는 청허淸虛다. 속가에서의 성은 완산 최씨로 이름은 여신汝信이고 어릴 때의 이름인 아명은 운학雲鶴이다. 부친 최세창崔世昌은 조선 전기 대표적인 사화였던 기묘사화의 여파로 평안도 안주安州로 귀양을 간 외조부 김우金禹를 따라 가족을 이끌고 안주에 정착했다. 휴정이 안주에서 태어나 자란 것도 이 때문이다. 그는 최세창 부부가 47세 되던 해에 얻은 늦둥이로 어릴 때부터 귀여움을 독차지하며 자랐다. 그러나 휴정이 아홉 살 되던 해에 어머니가 돌아가셨고, 열 살 되던 해에는 아버지마저 돌아가셨다. 어린 나이에 고아가 된 그를 거두어 준 이는 당시 군수였던 이사증李思曾이었다. 이사증은 휴정의 총명한 모습에 반해 그를 아들로 삼아 서울로 데리고 갔다. 그 덕에 성균관에서 공부를 하기까지 한다.

그렇지만 열다섯 살에 과거 시험을 치렀다가 실패를 하고 벗들과 함께 지리산을 구경하다가 우연히 들른 암자의 스님에게 불경을 얻어 읽고는 출가의 마음을 낸다. 처음에는 숭인崇仁에게 불전을 배우다가 후에는 영관靈觀에게서 공부하여 그의 법맥을 잇는다. 이후 지리산을 시작으로 오대산, 금강산 등지에서 수행을 하던 중, 33세 되던 해에 다시 부활된 승과僧科에서 장원급제하여 대선大選이 된다. 당시는 독실한 불교신자였던 문정왕후가 당대의 고승 허응당虛應堂 보우普雨를 내세워 불교 중흥의 기치를 올리던 때였다. 휴정이 승과에 급제한 것은 바로 그 시작점이었던 셈이다.

이후 휴정은 선종과 교종 양종兩宗의 판사직判事職을 거치는 등 최고의 지위를 누린다. 물론 모든 것을 버리고 다시 명산을 돌아다니며 수행에 전념하지만, 그의 출세는 세속적 기준으로 보면 대단한 성취라 아니할 수 없다. 40대 후반이 되면서 그는 묘향산에 들어가 수행을 하는 한편 제자들을 기른다. 조선 불교사에서 의승으로 이름난 사명유정四溟惟政을 비롯하여 조선 후기 불교의 맥을 잇는 고승들이 모두 그의 문하에서 배출되었으니, 휴정의 역할은 한국 불교의 중흥조나 다름없었다.

휴정이 일반인들에게 널리 이름을 각인시킨 것은 아무래도 임진왜란 때 승군僧軍을 이끌고 왜적에게 맞서 싸운 일일 것이다. 당시 휴정은 고령이라 직접 참여하지는 않았지만, 선조의 명을 받아 제자 사명당 유정에게 승군의 지휘를 맡겼다. 임진왜란이 끝나자 승군을 대거 참여시켰던 불교계는 일정한 공로를 인정받아 사회적으로 포교를 널리 할 수 있는 계기를 만들었다. 전쟁이 끝난 뒤 휴정의 제자들이 많은 공부를 하고 저작을 남기면서 활발하게 불교 활동을 한 것을 보면 불교로서는 큰 기회를 얻은 셈이었다. 그러나 그와 같은 불교 중흥이 하루아침에 갑자기 이루어진 것은 아니었다. 그 이전부터 휴정을 비롯한 여러 고승들의 착실한 공부가 있었기에 가능한 일이었다. 대표적으로 거론할 만한 것이 바로 『선가귀감』의 편찬이다.

『선가귀감』의 판본과 편찬 의도

출가 수행자들에게 지금도 널리 읽히는 책으로 휴정의 『선가귀감』을 드는 데 주저하는 사람은 별로 없다. 그만큼 이 책의 지명도나 신뢰도는 높다. 주석과 해설을 붙여서 출판되어 판매되는 책도 상당히 여러 종류라는 점은, 이 책의 효용성이 지금도 인정받고 있다는 증좌가 아니겠는가.

서문에 기록된 연대로 볼 때 휴정이 『선가귀감』을 엮은 것은 1564년(명종19)의 일이다. 이 책을 간행하면서 붙인 사명당의 발문에 의하면 휴정이 묘향산에 들어와 책을 편찬했다고 하였으니, 이 책의 편찬 연대를 명확히 밝히는 것은 어렵다. 그러나 40대 중반 이후의 휴정이 자신의 공부 성과를 이 책에 담았다고 보면, 지금도 그의 주 저서로 꼽히는 것이 당연하다. 서산휴정의 서문과 그의 제자 사명유정의 발문 사이에 저술과 출판 시기가 표기되어 있지만, 내용을 꼼꼼하게 뜯어보면 맞지 않는 부분이 있다. 이 때문에 더욱 저술 연대를 확정하기가 곤란하다.[59)]

현재 가장 오래된 판본으로 알려진 것은 묘향산 보현사에서 1569년(선조2) 간행된 것이다. 그 외에도 1590년 금강산 유점사, 1607년 전라도 송광사, 1633년 삭주 용복사龍腹寺 등에서 간행한 판본이 있다.[60)] 특히 1610년에 2권 1책으로 엮어서 낸 송광사본은 언해본이다. 이 판본은 한문 원문에 한글로 토가 달려 있을 뿐 아니라 언해가 되어 있어서 일반 대중들이 책을 읽기에 편하도록 하였다. 한문본과 언해본 사이에는 약간의 차이도 있다. 언해본에는 있는데 한문본에는 없거나 그 반대인 경우도 있다.[61)]

어쨌든 휴정이 40대 중후반에 『선가귀감』을 편찬했으리라는 사실은 매우 시사적이다. 당시 그는 조선 최고의 스님으로 명성을 날리고 있었다. 36세에 선교종판사禪敎宗判事를 역임하면서 선종과 교종의 권력을 한 손에 쥐고 있었다. 38세에 그러한 생활을 청산하고 출가자의 본분을 지키기 위해 금강산으로 들어가는데, 후일 그는 잠시 종교 권력을 쥐고 속세에서 노닐었던 현실을 몹시 후회하는 내용의 시문을 더러 남기기도 했다. 『선가귀감』은

---

59) 이 문제는 신법인의 『서산대사의 선가귀감 연구』(신기원사, 1983)와 우정상의 『조선 전기 불교 사상 연구』(동국대학교출판부, 1985) 등에서 일찍이 지적된 것이다.

60) 이상은 편, 『고서목록 상』(보경문화사, 1987) 참조.

61) 배규범과 박재양 두 분이 함께 역주한 『선가귀감』(예문서원, 2003)에는 한문본과 한글본(언해본)을 함께 수록하여 비교해놓았으므로 참고할 수 있다.

바로 이같은 맥락에서 찬술되었다. 진정 수행을 하는 자세는 어떠해야 하고, 어떤 방식으로 해야 하는 것일까. 그 질문의 가장 근저에서 시작된 책, 그것이 바로 『선가귀감』이다.

휴정이 이 책을 편찬하면서 덧붙인 서문을 주목해볼 필요가 있다. 그 속에서 우리는 휴정이 바라보는 당시 불교계의 현실을 읽어낼 수 있다. 중요한 것은 두 가지다.

첫째, 요즘 스님들은 양반들의 글쪼가리를 받아 지니는 것을 자랑으로 여긴다는 것이다. 사실 자기 자신들을 가장 심하게 탄압하는 주체가 양반들인데, 오히려 그들의 시문을 얻기 위해 돌아다니니 한심하기 그지없는 노릇이라는 것이다. 그럴 시간이 있다면 공부를 하라는 것이다. 그만큼 당대 불교계의 현실은 본말이 전도되어 있는 상황이었다.

둘째, 공부를 시작하는 학인들이 마땅히 읽을 만한 개론서가 없다는 것이다. 공부를 하려 해도 좋은 스승이 있어야 하고 좋은 도반道伴이 있어야 하고 좋은 책이 있어야 한다. 믿고 읽을 만한 개론서가 없다고 한탄만 할 게 아니라 차라리 자신이 만들어야겠노라고 작정을 한다. 그 책이 바로 『선가귀감』이라는 것이다.

그만큼 휴정은 이 책에 당시 수행자들에 대한 간절하고 애틋한 연민의 마음을 담아 정밀하게 구성하여 편찬하였다.

'한 물건 一物' 이 문제다

　열악한 불교계의 현실을 바라보는 휴정의 눈길은 『선가귀감』 곳곳에서 느낄 수 있다. 이 책은 기본적으로 50여 종의 경서 및 어록에서 수행자에게 요긴한 구절을 뽑고 편차에 따라 배열한 것이다. 편집 방향에 따라 편집자의 의도를 읽어낼 수도 있겠지만, 사실 이 책을 처음 편찬했을 당시만 해도 휴정이 지금 우리가 보는 수준으로 평어評語를 붙일 생각을 하지는 않았다. 그런데 책을 편찬하고 보니 뜻밖에도(!) 너무 어렵다는 것이 스님들의 평이었다. 아니, 이 정도의 책이 어렵다니! 그만큼 조선 불교의 현실은 황폐해 있었다.

　이 책은 자못 선언적인 어조로 시작된다. '마음'은 깨달음의 시작인 동시에 미망迷妄의 시작이다. 불교 수행은 깨달음으로 끝나지만 불교 연구는 깨달음에서 시작한다. 이렇게 전혀 다른 방향과 경로를 가지지만, 이들은 적어도 '깨달음'이라는 지점을 공유한다는 사실을 기억해야 한다. 그렇게 본다면 불교 연구가 수행을 동반하지 않는다면 얼마나 깊은 연구 성과를 만들어낼 수 있을까. 하긴, 어떤 공부라도 다 그렇긴 하다. 공부가 내 삶에 긍정적이고 창조적인 영향을 끼치지 못한다면 그 공부는 헛된 것이 아닐까 싶다.

　이미 언급한 것처럼, 휴정은 『선가귀감』 첫 문장으로 '일물(一物, 한 물건)'을 제시한다. 아무런 전제 없이, 책을 펴자마자 눈에 들어오는 단어가 바로 '일물'이다. 이것이 바로 선사禪師로서의 수법이다. 글을 써도 가장 요긴하고 직절直截한 방식으로 독자들에게 강렬한 인상을 주는 것이 선사들의 수법이다. 과연 휴정도 강렬한 에너지를 보유한 선사였다는 것을 이 문장에서 느낄 수 있다. 이 문장으로 『선가귀감』의 모든 발언은 휴지 조각이 되어버린다. 휴정이 말하려고 하는 그 '한 물건'을 어떻게 공유하느냐하는 것이 관건이다. 그 이후의 문장들은 모두 그 공유에 도달하기 위해 다양한 길을 제시하는 것에 불과하다. '한 물건'에 도달하기 위한 매뉴얼, 그것이 그 이후의 글이다. 그러니 매뉴얼에 주석을 붙인 휴정의 평어야말로 쓰레기 중의 쓰레기인 셈이다.

그러나 선언적 의미를 가지는 핵심 문장은 누구에게도 도움이 되지 않는 경우가 많다. 이미 깨달은 사람에게는 필요 없는 진술이고, 아직 깨닫지 못한 사람에게는 이해되지 않는 진술이기 때문이다.

그렇다면 휴정이 해야 할 다음 조치는 무엇일까? 당연히 그 단계에 도달하기 위한 친절하면서도 정확한 길을 제시하는 것이다. 사람마다 차이가 있고 처한 환경이 다르니, 가르침의 태도나 방법도 달라야 한다. 그게 바로 방편이다. 사람들은 그 방편에 수많은 이름을 붙여서 부르지만, 사실은 "다 그대로 옳은 것이다"(4장). "한 생각이라도 일으키게 되면 곧 어긋나버린다"(4장).

선禪과 교敎의 차이를 밝히는 것으로 시작하여, 어떻게 선을 닦아나갈 것인가, 경전은 과연 어떤 소용이 있으며 그 한계는 무엇인가, 염불을 하는 의미는 무엇인가 하는 점을 차례로 갈파하는 것은 바로 휴정이 생각하는 여러 길을 차례로 보여주기 위한 의도이다. 동시에 이들의 이름 때문에 알음알이를 내지 말라고 누누이 이야기하면서도, 그것이 가지는 문제점을 휴정은 암묵적으로 전제한다. 그의 입장은 너무도 분명하다. 선이라야 피안에 도달할 수 있다는 것이다. 흔히 '사교입선(捨敎入禪, 교종을 버리고 선종으로 들어간다)'이라 칭해지는 휴정의 입장은 그 자신의 불교 공부의 순서를 체현하는 것처럼 보이기도 하지만, 선을 중심에 놓고 임제선류臨濟禪類의 간화선을 내세우는 전통을 만들어나가는 과정에서 보이는 현상이기도 하다.

이 책을 어떻게 매뉴얼로 쓸 것인가

『선가귀감』의 졸가리를 재빨리 파악하기 위해 우리에게 필요한 요령은 무엇일까. 우선 서산휴정의 주석에 끄달리지 말아야 한다. 이 책에서 중요한 부분은 본문이지 주석이나 평어 부분이 아니다. 주석이 본문을 해설해줌으로써 이해를 쉽게 하려는 것처럼 보이지만, 어떤 경우에는 그것이 오히려 본문을 이해하는 데 방해가 되기도 한다. 이 책이 그런 경우다.

주석도 휴정이 뽑아서 편찬해놓은 것이고 평어 역시 휴정이 쓴 부분이지만, 중요한 것은 본문이다. 그러니, 본문과 주석을 같이 보려하지 말고 먼저 본문만을 통독하는 것이 좋다. 설혹 이해가 가지 않는 부분이 있다 해도 걱정하지 말라. 한문에 능하다는 조선 중기의 스님들도 이해를 못했으니까 휴정이 주석을 달아놓은 것 아닌가. 그러니 한문과는 거리가 한참 먼 우리 시대의 바쁘디 바쁜 학인學人들이 달랑 한 번 읽고(그것도 한글 번역본으로!) 이해를 못한다며 절망할 필요는 전혀 없다. 그렇게 본문을 읽어보면 사실 의외로 자신만의 줄거리가 만들어질 수 있다. 그 뒤에 본문의 전체 줄거리를 생각하면서 휴정의 주석을 읽어보시라. 그러면 휴정의 간절하면서도 친절하기 그지없는 섬세한 마음이 읽힐 것이다.

그렇게 여러 차례 읽다보면 『선가귀감』이야말로 수행자들뿐 아니라 일반 대중들에게도 수행을 실천할 수 있는 하나의 매뉴얼이라는 점을 느끼게 된다. 깨달음으로 가는 매뉴얼로 이렇게 친절한 책은 흔치 않다. 다만 이 책이 누구에게나 정말 친절한 매뉴얼인 것은 아니다. 자신의 삶을 돌아보고 깊은 사색과 공부에 대한 열망으로 가득한 사람만이 이 책을 매뉴얼로 사용할 수 있는 자격과 능력을 가지고 있다. 그렇지 않다면 그냥 알 수 없는 소리로 가득한 불교 책일 뿐이다. 그것은 쌓인 내공 없는 사람이 아무리 좋은 요리책을 가지고 있어도 자신만의 음식을 만들어내지 못하듯이, 평소의 공부와 열망이 없다면 『선가귀감』은 결코 깨달음으로 가는 매뉴얼로 작동하지 못한다. 이 책을 어떻게 쓰는가는 결국 우리 자신에게 달려 있다.

조선과 중국의
관계를 엿보다

5부

세상의 모든 책들

『사고전서』1

문진각 앞에 서다

연암 박지원朴趾源의 발길을 따라 처음으로 열하에 갔던 때가 생각난다. 푸른 녹음으로 짙어져가는 신록들을 봄날의 햇살이 감싸 안고 있었다. 청나라 황제들의 손때가 묻은 물건들이 뿌연 먼지를 뒤집어 쓴 채 낡은 유리창 안쪽에 고즈넉이 자리하고 있었다. 피서산장避暑山莊 곳곳에는 건륭제의 친필이 남아 있었고, 지난 시대의 낡은 행궁行宮일지언정 기품 어린 모습은 상당히 감동적이었다. 피서산장 안을 돌아다니는 작은 차를 타고 주변을 돌아보다가, 우연히 마주친 곳이 바로 문진각文津閣이었다. 문진각이라니, 『사고전서四庫全書』를 수장해두었던 바로 그곳이 아니던가.

문진각으로 들어서는 문 한쪽에는 『사고전서』 편찬을 주도했던 기윤紀昀의 초상이 현대판 벽화로 남아 있었다. 문을 들어서자 작은 가산假山이 나타났고, 그 가산을 지나자 인공 연못 저편으로 건물이 보였다. 아마도 후대에 복원했거나 대폭 수리했을 법한 이 건물 한가운데에는 모택동의 사상을 드날리자는 사회주의 시절의 구호가 희미하게 남아 있었다. 퇴락해서 더이상 사람들이 들르지 않는 곳이 세상의 모든 책을 모아놓았다는 자부심 넘치는 『사고전서』의 수장처였던 것이다.

근대 이전 동아시아를 공부하는 사람에게 『사고전서』는 꿈의 책이나 다름없다. 그 방대한 양에 압도당하는 것은 물론이거니와 정교한 교정과 선본善本 확정의 모델을 보여주는 듯한 모습은 학인學人들의 감탄을 자아내기에 충분하다. 영인되어 출간된 『사고전서』조차도 소장하기 어려운 것이 우리나라 인문학의 현실이라는 걸 생각하면, 당시 문진각이 주었던 그 감동과 착잡함을 잊을 수가 없다.

여러 차례 북경의 자금성을 드나들면서도 『사고전서』를 수장하였던 문연각文淵閣을 한번도 보지 못했던 아쉬움이, 뜻밖에 열하의 피서산장 안에 있는 문진각을 만나면서 풀었다. 지금은 북경으로 옮겨져서 보관되고 있는 문진각본 『사고전서』를 직접 대면할 수는 없었지만, 그 책 냄새가 코끝에 아련히 닿는 것 같은 느낌이 좋았다. 나에게 『사고전서』는 책이라는 사물이기보다 하나의 공간적 이미지로 다가왔던 것이다.

『사고전서』가 전적으로 긍정적 의미만을 가지는 것은 물론 아니다. 또 그 운명 역시 기구하기 짝이 없다. 수많은 사람들의 피와 땀이 스며 있고, 인류의 정신적 자산이 집대성되어 있다고 자부하는 『사고전서』의 궤적을 따라가 보는 일은 중요하면서도 흥미로운 여행이 될 것이다.

『사고전서』의 성립과 수량

『사고전서』의 명칭에서도 알 수 있듯이, 『사고전서』 편찬 프로젝트는 세상의 모든 책을 모아서 총서를 편찬하고 정본을 확정하겠다는 건륭제의 야심만만한 생각에서 비롯했다. 인쇄술이 발달하기 이전 시대에는 대부분의 책들이 필사에 의존할 수밖에 없었다. 송나라 이후 판각板刻 문화가 발달했다고는 하지만 많은 종류의 책들을 출판하는 것에는 한계가 있었다. 방각본을 비롯한 다양한 판본들이 유통되어 사람들의 학구열을 부추겼지만 책을 필요로 하는 모든 곳에 공급할 수는 없는 노릇이었다.

'사고'는 책을 경사자집經史子集의 네 가지로 나누는 관행을 따른 명칭이다. 경전經典, 역사서歷史書, 제자서諸子書, 개인 문집文集 등을 뜻하는 이 분류는 오랫동안 중국 책의 기본적인 체제를 의미하는 단어로 사용되었다. 건륭제가 세상의 모든 책을 모아서 왕궁 안에 비치하겠다는 의지를 천명하면서 '사고'라는 용어를 붙인 것은 어찌 보면 당연한 일이라 하겠다.

중원 지역을 장악한 만주족의 청나라는 자신들이 오직 무력에 의하여 통치하는 것이 아니라는 점을 보여주기 위해 중국 문화에 대한 정리와 함께 학술 문화를 발전시키고 장려하기 위한 사업을 추진해왔다. 강력한 힘을 바탕으로 정국을 안정시킨 청나라 왕실은 강희제(康熙帝, 재위 기간 1662~1722), 옹정제(雍正帝, 재위 기간 1723~1735), 건륭제(乾隆帝, 재위 기간 1736~1795) 3대를 거치면서 중국 역사상 최고의 태평 시대를 열었다. 이들의 재위 기간을 합치면 130년이 넘는데, 그만큼 중국의 정치적 사정은 안정된 모습을 보였다. 그 덕에 동아시아는 특별히 큰 전쟁이 없는 상태를 지속할 수 있었고, 조선 역시 이 시기에 영조와 정조라는 뛰어난 임금의 탄생으로 실학 시대로 통칭되는 인문학의 부흥기를 맞이할 수 있었다.

　건륭제가 사고전서관四庫全書館을 설치하여 국내외의 서적을 수집하기 시작한 것은 건륭 37년(1772) 1월 4일의 일이다. 건륭제는 전국에 명을 내려서 중요한 전적을 수집하도록 하였으며, 집안에 있는 중요한 장서를 바치도록 하였다. 같은 해 12월 안휘성安徽省의 학정學政이었던 주균朱筠이 이 명에 호응하여 강희제 당시에 편찬되었던 『영락대전永樂大全』의 교열과 주요 전적을 발췌하여 필사할 것을 주청奏請하였다. 이 사건이 바로 『사고전서』 편찬의 출발이라는 점에 많은 사람들의 의견이 일치하는 것 같다.

　건륭 38년(1773) 2월, 문연각직각사文淵閣直閣事 겸 병부시랑兵部侍郎을 지내고 있던 기윤을 총찬관總纂官에 임명하여 관련 업무를 총괄하도록 하였다. 이렇게 시작된 『사고전서』 편찬 프로젝트는 10년 세월 동안 방대하면서도 꼼꼼하게 진행된다. 중국 내의 수많은 전적들이 북경으로 운반되었고, 2,800여 명을 상회하는 사람들이 이 일에 매달려 작업을 했다. 게다가 이름만 들어도 쉽게 알 수 있는 당대 최고의 석학들, 예컨대 대진戴震, 왕념손王念孫, 요내姚鼐, 기윤, 옹방강翁方綱, 주균 등 360여 명이 참여하였으며, 이 프로젝트에 참여한 총 인원은 모두 4천 명에 달한다. 이렇게 많은 예산과 인원이 동원되어 편찬된 『사고전서』는 본격적으로 편찬이 시작된 지 10년이 되는 건륭 47년(1782) 4월에 첫번째 사본이 완성된다. 이때 『사고전서』 안에 수록된 책은 3,457종 79,070권, 존목存目[62] 6,766종 93,556권, 합계 10,223종 172,626권이나 되는 방대한 양이었다.

　첫번째로 완성된 『사고전서』는 황궁인 자금성 안에 있는 문연각에 보존하였는데, 이것을 문연각본 『사고전서』라고 한다. 이것을 다시 필사하거나 중요한 책들을 베껴서 여섯 부를 더 만들어 모두 일곱 부의 『사고전서』가 완성된다. 그 완성된 시점이 건륭 52년(1787)이니, 『사고전서』가 시작된 지 햇수로 15년이 지난 뒤의 일이다. 『사고전서』에 대한 건륭제의 집념과 수많은 학자들의 피땀 어린 노력이 이렇게 결실을 맺은 것이다.

『사고전서』의 소장처

　세상의 모든 책은 자신만의 운명을 지닌다. 사람들의 눈길을 전혀 끌지 못하는 하잘 것 없는 책부터 위대한 정신을 담은 책에 이르기까지, 어떤 책이든 나름의 운명을 가지고 태어난다. 『사고전서』 역시 마찬가지다. 많은 인원과 예산이 투입되어 완성되었다 해도, 그것이 온전한 형태로 영원히 전하리라고 예상하는 것은 참으로 무망한 일이다. 그렇게 편찬된 『사고전서』 일곱 부의 운명을 보노라면 책의 운명이 얼마나 허망한지, 혹은 인간의 정신을 전하려는 노력이 역사 앞에서 얼마나 헛되이 무너져 내리는

---

62) 내용에 보탬이 없거나 저자가 알려져 있지 않은 책, 착오가 많은 책 등은 책 제목만 기록하고 그 개략적인 내용을 간단히 덧붙였다. 그것을 '존목'이라고 한다.

지를 느낄 수 있다. 일곱 부의 운명을 따라가며 책의 전승 현황을 살펴보자.

앞에서도 언급한 것처럼『사고전서』가 완성된 첫번째 책이 바로 문연각본이다. 말하자면『사고전서』중에서 가장 정본에 해당한다. 문연각은 자금성 안에 있는 건물이다.『사고전서』가 완성되자 그 책을 황제가 머무는 궁궐 안에 소장하도록 한 것이다. 그러나 이 책은 청나라의 멸망과 함께 자금성을 떠나 떠도는 신세가 된다. 중화민국의 성립과 함께 국민당 정부는 이 책의 중요성을 절감하고 당시 최고의 출판사였던 상무인서관商務印書館에서 영인하려는 계획을 세우고, 그 책들을 상해 절강도서관으로 옮겨온다. 그러나 그 계획이 실현되기도 전에 국민당은 공산당과의 내전에 돌입했고, 결국 패퇴하면서 중경重慶으로 옮겼다가 국민당이 대만으로 물러나면서 이 책 역시 대만으로 옮겨진다. 현재 대만 고궁박물원에 소장되어 있는『사고전서』가 바로 문연각본이다. 이 책은 1982년 다시 영인을 시작하여 약 10여 년에 걸쳐 모두 영인하는 쾌거를 이룩한다. 지금은 중국에서 만든 DVD를 이용하여 쉽게 이용할 수 있지만, 이 책의 영인은『사고전서』의 현대적 부활이라는 점에서 획기적인 사건이라 할 만하다.

두번째로 완성된『사고전서』사본은 문소각본文溯閣本이다. 문소각은 심양瀋陽 고궁故宮 안에 있는 건물이다. 청나라는 만주족들이 세운 나라다. 그들이 처음으로 도읍을 정한 곳이 바로 심양인데, 그곳에도 황궁이 있었다. 북경으로 도읍을 옮긴 뒤에도 청나라는 첫 마음을 잃지 않았다는 의지를 표명하면서 심양의 황궁을 그대로 두고 사용했다. 『사고전서』 문연각본이 만들어진 뒤 그것을 한 부 필사하여 심양의 고궁 문소각에도 한 부를 소장한 것은 그런 의지를 드러내는 행위였다. 이 문소각본은 1914년 북경으로 잠시 옮겨진 적이 있었는데, 1925년에 다시 심양으로 돌아갔다. 그 후 1931년 일본이 일으킨 9·18 사변 때 약탈되어 사라진 뒤 행방이 묘연해졌다가, 일본이 전쟁에서 패배한 뒤 러시아로 넘어갔다. 지금은 심양의 도서관으로 옮겨져 잘 보존되고 있다.

다음으로 완성된 사본이 문원각본文源閣本이다. 문원각은 황실의 원림園林이라 할 수 있는 원명원圓明園 안에 지어진 건물이다. 이 사본은 청나라 함풍咸豊 10년(1860) 북경으로 진주한 영국과 프랑스 연합군에 의하여 훼손된다. 영불연합군은 원명원의 모든 건물과 조각품 등을 불태웠는데, 이때 문원각본 『사고전서』 역시 불에 탔다. 어떤 기록에 의하면 이 당시 영불연합군이 대포를 끌고 진주하였는데, 포차砲車의 바퀴가 진흙에 묻혀 잘 굴러가지 않자 수많은 책들을 찢어서 길 위에 깔고 포차를 밀어 이동시켰다고 한다. 그때 바닥에 깔려서 사라진 책들이 바로 문원각본 『사고전서』라고 한다. 전쟁이 어떻게 문명을 파괴하는지, 다른 나라의 문화에 대한 이해가 없는 폭력이 얼마나 잔인한 것인지를 잘 보여주는 사례라 하겠다. 어떻든 대부분은 소실되었고 일부는 약탈자들에 의하여 민간에 유출되었다고 전하는 이 사본은, 지금으로서는 복원이나 수집이 어려운 형편이다.

이와 비슷한 시기에 완성된 사본이 문진각본이다. 문진각은 박지원의 『열하일기』 때문에 널리 알려진 열하의 행궁 안에 있다. 북경에서 북쪽으로 만리장성을 넘어 가면 승덕承德이 있는데, 그곳에 바로 황제의 여름 별장인 피서산장이 있다. 그 안에 문진각이 있는데, 『사고전서』의 사본 한 부가 이곳에 보관된다. 자금성의 문연각본이 상해를 거쳐 국민당 정부의 손으로 들어가자, 1925년 문진각본을 북경으로 옮겨 보관하다가 지금은 북경도서관에 소장하고 있다.

문연각, 문소각, 문원각, 문진각에 소장된 『사고전서』를 흔히 북사각北四閣 혹은 내정사각內廷四閣이라고 불렀다. 그러나 이들을 편찬하는 과정에서 청나라 조정은 강남 지역의 학자들과 장서가들의 도움을 크게 받았다. 그들에게 고마움을 표하기 위해 강남 지역 세 군데에 다시 사본은 만들어 소장하도록 하였다. 이들을 흔히 남삼각南三閣 혹은 강절삼각江浙三閣이라고 부른다. 이들은 모두 건륭 52년(1787)년에 필사가 완성되는데, 이렇게 일곱 부의 사본이 완성되는 시점을 기준으로 한다면 『사고전서』는 편찬 과정에 15년이라는 긴 세월을 필요로 하였던 것이다.

『사고전서』 사본 중의 하나는 양주揚州 대관당大觀堂에 소장되는데, 이것이 문회각본文滙閣本이다. 이 사본은 청나라 말기 도광연간道光年間에 홍수전洪秀全이 중심이 되어 일으킨 태평천국의 난을 맞아 소실되고 만다.

진강鎭江 금산사金山寺에도 문종각文宗閣을 짓고 『사고전서』 한

부를 소장하는데, 이것을 문종각본이라고 한다. 그러나 이 역시 아편전쟁을 빌미로 하여 1841년(도광21) 쳐들어 온 영국군에 의하여 1차 피해를 입었다가, 1853년 태평천국의 난 때 태평군이 진강을 함락시키는 와중에 소실되었다. 이렇게 남삼각본 중에서 문회각본과 문종각본은 강남 지역을 휩쓴 태평천국의 난에 소실되는 피해를 입었다.

비교적 뒤늦게까지 남아 있던 남삼각본은 바로 문란각본文瀾閣本이다. 문란각은 항주杭州 성인사聖因寺에 있던 건물이다. 이 역시 태평군이 항주로 집입했을 때 이미 태반이 소실되었다. 그러나 항주 지역의 장서가였던 정신丁申, 정병丁丙 형제에 의하여 흩어진 책 중 극히 일부인 3,140권이 수집되었는데, 1880년 문란각이 다시 중수되었을 때 기증을 한다. 이후 꾸준히 흩어진 것들을 수집하고 보완해서 1925년 무렵에는 거의 완질을 모으게 되었고, 이것을 절강성립도서관에 수장하게 된다. 이후 항일전쟁이 발발하면서 중경으로 옮겨졌는데, 이때부터의 행방은 알 수 없게 되었다고 한다.

북사각과 남삼각 일곱 부의 『사고전서』 외에도 또 하나의 원고가 존재했다. 『사고전서』를 만들었을 당시 최초의 원고로 방대한 분량의 이 부본副本은 문원각본 『사고전서』와 함께 원명원에 소장되어 있었다. 그러나 이 역시 1900년(광서 26년), 의화단이 외국인을 살해했다는 것을 빌미로 영불연합군이 북경에 진주했을 때 소실되었다.

이처럼 사고전서는 방대한 양과 오랜 편찬과정에도 불구하고 완성된 지 1백 년을 채 넘기지 못하고 대부분이 소실되거나 흩어지는 신세를 면치 못했다. 학자들에게는 꿈의 책이었지만 책 자신의 운명은 너무도 기구했다.

『사고전서』의 빛과 그늘

방대한 양의 총서를 편찬하겠다는 건륭제의 생각은 강희제의 『영락대전』이나 『고금도서집성古今圖書集成』과 같은 편찬의 전통을 이은 것이기는 하지만, 사실 대단한 인문학적 열정이었다. 그 과정에서 많은 학자들이 자신의 능력을 발휘하였으며, 동시에 많은 선비들이 학문적 기틀을 닦고 새로운 분야를 개척하는 계기를 만들었다. 청나라 시대의 고증학은 이러한 프로젝트에 연결되는 점이 많았다. 게다가 넓은 중국 땅에 흩어져 있던 희귀 도서를 모아놓음으로써 해당 분야를 공부하는 학자들의 독서와 집필에 편의를 제공하도록 하여 중국학 연구의 새로운 장을 열었다 해도 과언이 아니었다.

그러나 『사고전서』 편찬이 늘 긍정적인 면으로만 평가받는 것은 아니었다. 연암 박지원을 비롯한 조선의 지식인 그룹들이 이미 주목한 것처럼 『사고전서』 편찬은 또 다른 학문적 탄압이기도 했다. 건륭제는 『사고전서』를 편찬하면서 집안에 소장되어 있던 희귀 도서를 바치도록 명령을 내렸는데, 황제의 명령에도 불구하고 중국 지식인들은 자신이 소장하고 있던 책을 잘 드러내지 않았다. 그것은 건륭제가 만주족이나 청나라에 비판적 태도를 취하는 내용의 책을 어떻게 생각할지 아무도 몰랐기 때문이었다. 실제로 『사고전서』 편찬이 시작되면서 방대한 양의 도서가 수집되자 그 우려는 현실로 나타났다.

건륭제는 수집된 책 속에서 만주족을 오랑캐로 기록하거나, 명나라에 우호적인 내용을 담고 있으면 모두 없애버리도록 하였다. 그 과정을 거쳐서 사라진 책은 총 583종 13,682권이나 되었다. 이 때문에 『사고전서』의 편찬을 건륭제의 문화적 치적으로 꼽는 것과는 반대로 중국 역사상 가장 잔인한 문자옥文字獄이라고 비판하기도 한다. 많은 책들 중에서 여러 종류의 이본이 있으면 이들을 자세히 교감하고 정리해서 선본善本을 확정하는 일을 했지만, 그 때문에 사라진 다양하면서도 중요한 이본 역시 상당수에 달했다.

동아시아 최대의 총서 편찬 프로젝트였던 『사고전서』 편찬 사업은 이렇게 빛과 그림자를 모두 지니고 있었다. 조선의 지식인들 역시 그 점을 모두 보면서 청나라 문화에 접근했던 것이다.

『사고전서』와 맺은
조선의 인연들

『사고전서』2

정조, 『사고전서』 구매를 명하다

근대 이전의 왕들 중에서 호학군주를 꼽는다면 아마 정조를 빼놓을 수 없을 것이다. 세손 시절부터 독서광으로 이름났던 정조는, 왕이 된 뒤에도 불타는 학구열로 여러 신하들을 괴롭히곤 했다. 남들보다 뛰어난 정보를 통해 새로 출간된 책을 재빨리 구해서 읽는 것은 물론이려니와 기존의 책들도 서지사항과 이본 관계를 상세히 꿰뚫고 있었다. 그러한 지식을 바탕으로 신하들을 압도하였으니, 실력이 부족한 신하들 입장에서는 임금과의 대면이 언제나 즐거울 수는 없었다. 조선 후기 선비들의 문체가 경박하다면서 시비를 걸었던 '문체반정文體反正'은 정조의 엄청난 독서와 학문 수준에 근거하는 것이다.

정조는 스스로 주자학을 중심으로 하는 사상적 체계를 조선에 세우려고 기획하였기 때문에, 다양한 참고 서적을 구해서 읽고 책으로 편찬하는 일을 계속했다. 그 과정에서 정조는 중국으로 가는 사신 일행들에게 『사고전서』의 구입을 명하였다. 정조 당년에 편찬되어 아직 널리 알려지지 않았던 이 방대한 책들을 구하기 위해 정조는 모든 노력을 경주했다. 그러나 너무나 방대한 양이라 가져오는 것도 불가능했지만, 모두 일곱 벌밖에 만들지 않은 터라 조선까지 차례가 오지 않았다. 그래도 정조는 『사고전서』에 대한 미련을 버리지 못했다. 서형수와 유득공에게 북경 유리창 거리의 서사書肆를 뒤지게 하기도 했고, 『사고전서』 편찬에 관여하는 중국 관리를 만나서 구입 문제를 상의해보도록 하기도 했다.

서형수의 문집 기록에 의하면 정조는 아마도 주자서 정리와 관련한 서적과 함께 『사고전서』 구매 문제를 명하였고, 이에 따라 1799년 그가 북경으로 갔을 때 상당히 많은 책을 구입 의뢰하거나 구입해 왔던 것으로 보인다. 또한 정조가 죽은 직후이긴 하지만, 1801년 유득공이 북경으로 가서 『사고전서』 편찬에 깊이 관여하고 있던 기윤을 만나서 주자학 관련 서적의 구매를 논의했다는 기록이 남아 있다. 이런 사정을 미루어 보건대 정조는 이전부터 꾸준히 중국 서적의 구매와 함께 『사고전서』에 대한 관심을 경주하고 있었을 것이다.

실제로 1790년 서호수徐浩修는 기윤을 만나서 『사고전서』 안에 서경덕의 문집인 『화담집花潭集』이 편입되었다는 말을 들었다고 한다. 물론 서경덕의 문집이 『사고전서』 속에 수록되지는 않았다. 다만 그의 문집이 『사고전서총목四庫全書總目』이나 『천경당서목千頃堂書目』 등에 해제되거나 수록되어 있는 것은 사실이다. 그러나 문집의 전체 내용이 수록된 것은 아니다. 서경덕뿐만 아니라 고려의 김구용이나 조선의 권근, 서거정, 정인지, 이이, 임백령, 신광한 등 우리나라의 중요한 문인들에 대한 소개나 그들의 문집 해제도 함께 수록되어 있다. 어떻든 박제가가 기윤을 만나기 전에 조선의 다른 선비들이 이미 『사고전서』 편찬 문제와 관련하여 중국의 학자들을 만나고 있었다. 여러 경로를 통해 『사고전서』를 구입하고 싶어했던 정조의 소망은 끝내 이루어지지 않았다. 그렇지만 『사고전서』를 구하는 대신 방대한 유서類書인 『고금도서집성古今圖書集成』을 구해서 규장각에 비치하는 성과를 올리기도 하였다.

우리나라에는 1980년대 대만 영인본을 통해서야 비로소 그 전모를 보인 『사고전서』는 그 이전의 지식인들에게는 꿈의 책이었다. 수만 권에 달하는 방대한 양이며 정교하고 또박또박 필사한 글씨체며 꼼꼼한 원본 확정을 위한 교감 등 이 땅의 지식인들에게 『사고전서』는 일종의 전설과도 같은 것이었다.

『사고전서』 속의 조선 관련 자료들

지금도 외국의 유명 학술지나 인명사전에 우리나라 학자의 글과 이름이 수록되면 언론에서 비중 있게 다루는 경우가 종종 있다. 이름을 외국에 알리는 것은 곧 우리나라의 위상을 세계에 널리 떨치는 것과 동일시되기 때문이다. 요즘 같은 세상에도 이 정도인데, 근대 이전에야 말할 나위가 없다. 시문 창작 능력을 중시하는 논거로 가장 중요하게 드는 것이 바로 '이문화국以文華國', 문장으로 나라를 빛낸다는 말이었다. 외국의 사신, 주로 중국에서 오는 사신이기는 했지만, 그들과 지내면서 꿀리는 일 없이 시와 문장을 지음으로써 우리나라가 문화를 존숭하고 향유하는 품격 있는 나라라는 점을 증명하는 좋은 도구라는 의미에서였다. 중국의 문자인 한자를 사용하고 있는 우리나라의 지식인들은 당연히 중국 사람 이상의 노력을 기울여야 그들과 비슷한 글을 쓸 수 있었다. 중국 사신들에게 어쩌다 칭찬이라도 들으면 대단한 것인 양 대대손손 자랑했으니, 조선의 많은 선비들에게 중국의 문단은 참으로 꿈의 무대였다. 그런데 중국 황실에서 추진하는 『사고전서』안에 우리 조상들의 문집이 들어간다는 소식은 흥분을 일으키기에 충분했다.

앞서 언급한 것처럼, 그 소식은 역시 소문으로 끝나고 말았다. 그러나 『사고전서』안에는 조선과 관련된 서적이 여러 권 수록되었다. 청나라 입장에서는 외국의 사정을 적은 책 중에서 희귀 도서로 판단되는 서적을 선별하여 편입시키는 것이 마땅하고 생각했을 것이다. 이들 책 중에는 우리에게 익히 알려진 것도 있지만, 낯선 책도 있다.

우리에게 널리 알려진 책으로는 『고려도경高麗圖經』(전40권)을 들 수 있다. 원래 제목은 『선화봉사고려도경宣和奉使高麗圖經』으로, 송나라 때 고려에 사신으로 왔던 서긍徐兢이 편찬한 책이다. 이 책은 지리류地理類로 분류되어, 외국의 사정을 확인하는 자료로 채택된 것으로 보인다. 고려 인종 원년(1123), 송나라 휘종徽宗이 파견한 사신의 일원으로 고려를 방문했던 서긍은 약 1개월 가량 송악에 머물면서 자신이 견문한 내용을 중심으로 고려 사회의 전반적인 상황을 서술했다. 고려에 대한 구체적인 자료가 부족한 상황에서, 한 시기의 고려의 모습이 그림을 곁들인 체계적인 설명으로 남아 있다는 것은 참으로 대단한 일이다.

『조선사략朝鮮史略』(전12권)도 우리의 눈길을 끈다. '제요提要'에 의하면,『동국사략東國史略』이라고도 부르는 이 책은 명나라 때 조선 사람이 나라의 흥망성쇠를 기록한 것이다. 조선 초기 권근, 하륜河崙 등에 의해 편찬된 바 있는『동국사략』과는 제목이 같을 뿐 다른 책이다. 권근 등에 의해 편찬된『동국사략』은 단군 시대부터 삼국시대까지의 역사만을 기술한 데 비해,『사고전서』에 수록되어 있는『조선사략』혹은『동국사략』은 단군에서 시작하여 고려 공양왕에 이르기까지 역사를 간략히 요약하여 서술하고 있다. 작자는 알려지지 않았지만, 고려 말의 사적을 비교적 객관적으로 서술하고 있다는 점을 들어서『사고전서』편찬자들은 외국의 역사서 중에서는 좋은 책으로 평가하였다. 단군으로부터 조선의 역사가 시작된다는 것은 이미 고려시대 일연의『삼국유사』나 이승휴의『제왕운기』에서 명기한 바 있지만, 그러한 인식이 조선시대에는 널리 인정되고 있었다는 점을 새삼 확인하게 하는 책이라 하겠다.

그 외에도 조선의 풍속과 지리, 제도 등을 간략히 소개한 작자 미상의『조선지朝鮮志』(전2권), 명나라의 사신으로 조선을 방문하여 지었던 동월董越의『조선부朝鮮賦』등이 수록되어 있으며, 간략히 제목과 개요만 실려 있는 것으로는 명나라의 황홍헌黃洪憲이 지은 『조선국기朝鮮國紀』(전1권), 명나라 정약증鄭若曾이 편찬한『조선도설朝鮮圖說』(전1권), 동월의『조선부』를 다른 방식으로 편집한『조선잡지朝鮮雜志』(전1권),『고려도경』을 다시 편집한『고려기高麗記』

등 상당히 여러 편이 있다. 워낙 방대한 양이라 꼼꼼이 살펴보아야겠지만, 조선과 관련된 많은 내용들이 『사고전서』 안에 수록되어 있는 것으로 보인다.

『사고전서』 편찬의 숨은 주역, 조선인 김간

1783년 2월, 동지사冬至使 겸 사은사謝恩使로 중국을 다녀오던 정존겸鄭存謙, 홍양호洪良浩 등은 2월 24일 거류하巨流河에 이르러 사흘이나 체류하게 된다. 『사고전서』를 운반하는 짐이 이곳에 도착했는데, 강은 온통 얼음 조각들로 가득했기 때문에 배를 띄우지 못하고 얼음을 깨서 길을 트고 있었던 것이다. 이들은 길에서 우연히 만난 방대한 짐에 대해서도 간략한 보고를 정조에게 올렸다. 그에 의하면 『사고전서』는 한 질이 36,000권이고 총목總目이 200권이나 된다고 했다. 정조는 『사고전서』의 편찬 소식을 일찍부터 알고 있었고, 그것을 구해보려고 백방으로 수소문을 했다. 그러나 중국에서도 겨우 일곱 부를 만들었던 것이므로 정조의 노력에도 불구하고 이루어질 수 없는 소망이었다. 이 내용을 기록하고 있는 『정조실록』 같은 부분에 바로 김간(金簡, ?~1795)이라는 인물이 등장한다.

1782년 11월 10일 밤, 자금성 안에 있는 회랑에서 불이 났다. 실수로 발화한 것이었지만 20여 칸 이상이 불에 타서 사라졌다. 당시 호부시랑이었던 김간은 임금의 명으로 10일 만에 다시 건물을 복원하였고, 이에 건륭제는 후한 상을 내렸다는 것이다. 이 내용이 정존겸, 홍양호 등의 보고에 들어 있다.

이후 『정조실록』에는 김간의 이름이 여러 차례에 걸쳐 등장하는데, 흥미롭게도 그의 선영이 조선에 있다는 언급이 있다. 정조 2년(1778) 3월 3일자 기사에 의하면, 외교상의 문제가 발생했을 때 김간에게 연줄을 대서 도움을 받았다고 한다. 그때 김간 등은 "우리 선조의 묘墓가 조선에 있는데 어찌 감히 근본을 잊어버릴 수 있겠는가? 마땅히 힘을 써서 잘 도모해주겠다"고 말을 한다.

김간의 이름을 이렇게 언급하는 것은 『사고전서』 편찬 과정에서 중요한 역할을 한 사람이기 때문이다. 『사고전서』 편찬위원회에 해당하는 사고전서관은 정총재正總裁, 부총재副總裁, 총열처總閱處, 총찬관總纂官, 총목협감관總目協勘官, 총교처總校處, 한림원제조처翰林院提調處, 무영전제조처武英殿提調處, 등록謄錄 등 열아홉 개 부서로 구성되었고 모두 4천여 명을 상회하는 인원이 배속되었다.[63] 정총재에는 건륭제의 아들이 세 명이나 들어가 있을 정도로 이 사업은 국가적으로 상당한 관심을 쏟는 것이었다. 정총재는 일종의 명예직과 비슷한 자리였다면 실제로 일을 총괄하면서 편찬 업

---

63) 사고전서관의 직제職制 및 구성에 대한 자세한 내용과 김간에 대한 구체적인 자료 내용은 변인석의 「사고전서와 한국인 부총재 김간에 대하여」(『동양사학연구』 제10집, 동양사학회, 1976)에서 이미 자세하게 조사하여 소개하고 있다. 약간의 세부적인 자료의 차이를 감안한다면 지금까지 나온 김간 관련 자료 중에서 가장 상세한 것이라 하겠다. 이 책에서 김간을 소개하는 내용 역시 변인석의 논문을 참고하여 기술하였다.

무를 지원하는 것은 부총재급에서 이루어졌을 것이다. 부총재로 열 명의 이름이 올라있는데, 거기에 김간의 이름이 보인다. 말하자면 그는 사고전서관의 업무를 총괄적으로 관리하면서 편찬을 돕는 일에 중추적인 역할을 했던 것이다.

변인석 교수가 이미 소개한 것처럼, 김간의 숙모는 건륭제의 후궁이었으며 사고전서관의 정총재로 참여했던 건륭제의 제11황자인 성친왕成親王이 바로 김간 숙모의 아들이었다고 한다. 그런 점에서 보면 김간은 자신의 총명함에 더하여 외척이라는 조건을 구비하고 있었다. 그의 조부 김상명金尙明도 옹정제雍正帝 당시에 고위 관직을 지내면서 조선의 외교 채널로 그 역할을 하였다고 한다. 김간에 대한 정보는 앞서 소개한 것처럼 정조도 꽤 가지고 있었던 것으로 보인다.

여러 기록을 통해 보면 김간은 꼼꼼하면서도 신중하고, 광명정대한 성품을 지닌 인물이었다. 그는 언제나 빠르고도 정밀하게 일 처리를 해서 건륭제의 총애를 한몸에 받았다. 변인석 교수의 조사에 의하면 김간은 건륭제의 명을 받아 『요금원삼사인지관명遼金元三史人地官名』을 개역改譯하기도 했으니, 실무형 관리로서의 능력만 있었던 인물은 아니었다.

『사고전서』와 관련해서 그가 기여한 부분은 바로 인쇄 분야였다. 그는 『사고전서』라는 방대한 책을 쉽게 인간印刊하기 위해 그와 관련된 매뉴얼에 해당하는 『흠정무영전취진판정식欽定武英殿聚珍版程式』이라는 책을 편찬한다. '취진판' 이란 바로 활자를 지칭

하는 말이다. 말하자면 활자를 이용하여 『사고전서』를 인출印出
하자는 것이다. 그는 활자본이 목판본보다 시간이 절약된다는
것, 책을 인출한 뒤에 재활용이 가능하다는 것, 제작비를 경감할
수 있다는 것 등을 들어서 활자로 인쇄할 것을 주장하였다. 중국
에서도 송나라 이후에 활자본이 활용되고 있었지만, 이것은 아마
도 조선에서의 활자 인쇄 기술이 활용된 것으로 추정할 수도 있
다. 실제로 벤저민 엘먼Benjamin A. Elman은 그의 저서 『성리학에서
고증학으로』에서 조선 출신의 활판 기술자인 김간에게 명하여 당
시 새롭게 발견된 희귀 도서에 대한 재출간 작업을 감독하도록
하였다고 말한 바 있다.[64] 조선의 인쇄 기술이 어떻게 작용했는지
구체적인 사정을 다시 살펴야겠지만, 적어도 조선인 김간이라는
인물이 『사고전서』 편찬 과정에서 인쇄와 관련된 업무에서 중요
한 역할을 하였다는 점만은 기억할 일이다.

　정조 2년(1785) 2월 1일, 중국에 사신으로 다녀온 박명원朴明源은
예부에 표문과 자문咨文 등 외교 문서를 바쳤을 때 육비지陸費遲가
받았다고 보고한다. 아울러 이 당시 김간에게 황제가 태학을 짓
게 한 사실을 함께 아뢴다. 이때 김간의 직위는 공부상서工部尙書
였으니, 청나라 조정의 최고위 관직을 지냈다고 할 수 있다. 또한
육비지는 『사고전서』를 편찬할 때 교열 업무를 총괄하는 총교관
總校官을 맡던 사람이다. 박명원은 1780년 박지원을 데리고 북경

---

64) 벤자민 엘먼, 『성리학에서 고증학으로』(양휘웅 옮김, 예문서원, 2004), 335쪽.

에 사신을 다녀오기도 한 인물이니, 연암 그룹 인물들에게도 분명히 『사고전서』와 관련된 정보라든지 김간에 대한 이야기가 알려졌을 것이다. 그것을 증명이라도 하듯, 박지원은 자신의 『열하일기』「구외이문口外異聞」에서 "요즘의 취진판으로 내려오는 이 각본은 호부시랑 김간이 감독 간행한 것"이라는 기록을 남긴 바 있다. 그만큼 김간은 조선인으로서의 의식을 가진 청나라 관료였고, 그의 손에서 『사고전서』의 중요한 일들이 시행되었던 것이다.

꿈의 장서, 『사고전서』

유득공이 중국에 갔을 때 유리창에 있는 유명한 서점인 오류거五柳居에 들렀다가, 거기서 만난 인물에게 자신이 지은 『발해고』의 의례依例를 적어준 일이 있다. 서호수 역시 연경에서 만난 군기대신軍機大臣 왕걸王杰에게서 한백겸의 『기전고箕田考』를 보내 달라는 부탁을 받는다. 이들은 모두 『사고전서』를 편찬하는 과정에서 다른 나라의 중요한 책이나 희귀 도서가 있으면 함께 넣어서 편찬하려는 의도로 그런 부탁을 한다고 말했다.

『사고전서』 편찬에 참여하는 사람들 자신이 천하의 책을 모은다고 자부했고, 그에 따라 최선을 다했으리라는 추정을 가능하게 하는 일화다. 그러나 정작 자신들의 진심이 청나라 정부에 의해 왜곡되어, 역사상 유례가 없는 지식 탄압으로 연결되었다는 점을 알아차렸는지는 의문이다. 어찌 보면 지식인들은 자신들의 공부가 어떻게 이용되고 유통되는지, 자기 자리에서 한 걸음 떨어져서 살필 필요가 있다.

　그런 아쉬움과 함께, 『사고전서』는 방대한 양의 서책을 한곳에 모아놓음으로써 공부하는 사람에게는 꿈의 도서관 역할을 하였다. 오직 자기 앞에 놓여진 목표를 향해 한마음으로 매진하는 수많은 사람들 덕분에 조선 관련 책들이 이렇게 『사고전서』 속으로 들어가 지금 내 손에 들어온 것일 터이다. 내게 아무리 불필요한 책이라 해도 열심히 가져다가 책꽂이 모퉁이에 꽂아두어야 직성이 풀리는 것은, 세상 모든 책벌레들의 공통된 습관일 것이다. 그런 사람들에게 『사고전서』라는 거질의 장서는 지식의 보물창고가 아니겠는가.

벗으로 삼고 싶은 사람,
박지원

『연암집』

열하에서 박지원을 그리며

중국의 승덕承德을 처음 가본 것은 2004년 봄의 일이다. 당시 나는 몇몇 동학들과 함께 박지원의 『열하일기熱河日記』를 열심히 읽고 있을 때였다. 이 책의 일부를 이미 읽었음에도 불구하고, 이 번에는 통독을 해보리라고 단단히 마음을 먹은 이유가 있었다. 당시 내 공부의 관심은 조선 전기와 중기를 거쳐 후기로 이동하던 중이었다. 조선 후기의 문학론을 이야기할 때면 으레 박지원을 거론하게 마련인데, 나는 박지원의 시문을 모두 모아놓은 『연암집燕巖集』은커녕 『열하일기』 전편을 한번도 읽어보질 못했기 때문이다. 어떤 글이라도 마찬가지겠지만, 특히 박지원의 문장을 읽어나가는 일은 쉽지 않았다. 여러 차례 반복해서 읽거나 혹은 전고를 찾아서 이런저런 참고 도서를 뒤지는 일이 많았고, 독서 속도는 지지부진이었다. 『연암집』은 아직 완역이 되지 않았지만[65] 기왕에 『열하일기』는 완역이 되어 있던 터라 그것을 참고로 해서 함께 보았지만 읽어 나가는 속도는 그리 빠르질 못했다. 우리는 연암의 매력에 빠져서 황홀한 나날을 보냈지만 다른 한편 그의 글 덫에 걸려 헤어나질 못하는 때도 많았다. 그렇게 한 시절을 연암과 지냈다.

---

65) 물론 지금은 연암의 시문이 완역되었다. 김명호와 신호열 공역으로 민족문화추진회에서 2004년과 2005년에 각 한 권씩 총 두 권으로 『연암집』을 공간하였으며, 이후 세 권 분량으로 2007년 돌베개출판사에서 같은 번역자의 이름과 제목으로 출간되었다.

그러던 어느 날, 뜻밖의 기회로 『열하일기』 배경의 중심 무대인 '열하'를 가볼 기회를 얻었다. 중국을 비교적 자주 드나들던 나로서도 이곳은 언제나 가보고 싶은 곳이었을 뿐 실행에 옮기지 못하고 있었다. 틈틈이 자료를 찾아서 읽고 박지원의 행적을 다시 한번 정리해보기도 했다. 그가 하룻밤에 아홉 번이나 강을 건너면서 깊은 사유의 흔적을 글 속에 남긴 「일야구도하기一夜九渡河記」의 현장이 궁금했고, 한밤중에 고북구를 빠져나오면서 쓴 명문 「야출고북구기夜出古北口記」의 무대도 궁금했다. 사실 어느 곳에서든 우리는 박지원의 흔적을 발견할 준비가 되어 있었다. 심지어 박지원과 별로 관계가 없는 곳에서조차 그의 여행과 연결시키려는 태도를 가지고 있었다. 열렬히 바라던 '열하'가 있는 곳, 그곳이 바로 승덕이었다.

　　창작의 현장을 반드시 가보아야만 작품을 이해할 수 있는 것은 아니다. 그러나 기행문학의 경우는 현장을 답사하는 것이 작품을 이해하는 데 큰 도움이 될 수 있다. 글을 읽으면서 머릿속에 희미한 이미지로만 남아 있던 풍경이 선명해지면 글 속에 담긴 의미들이 새롭게 읽히는 경우도 많다. 더 큰 도움은 역시 해당 지역에 대한 공간 감각 같은 것이 생겨서, 어떤 구절을 보아도 머릿속에 그곳의 지도가 영상화되어 작품을 쉽게 이해할 수 있는 도구로 이용된다는 것이다. 열하를 가기 전까지만 해도 『열하일기』 속에 나오는 박지원의 행선지나 수많은 지명들이 그냥 처음 보는 고유명사처럼 낯설었는데, 다녀오고 나니 그 지명들이 괜스레 친근한 느낌도 들었다. 지명 하나를 접하면 박지원 일행의 발길이 어느 쪽을 향하고 있었는가를 짐작할 수도 있었다. 그러니 책을 읽는 힘이 부쩍 신장될 수밖에.

이후 여러 차례 열하를 다녀올 기회가 있었다. 승덕이라는 지명보다 열하라는 호칭이 내게 훨씬 친근한 것은 역시 박지원 덕분이다. 그의 글을 읽을 때면 감탄과 웃음, 넓은 사유와 엄청난 내공을 가진 그 깊이에 놀라게 된다. 동아시아의 전체적인 구도를 그리며 글을 읽는 버릇도 이 책을 읽으면서 얻은 것이다. 천하의 선비들과 토론을 하면서도 이 땅의 가난한 백성들의 삶을 어떻게 풍요롭게 할 수 있을 것인가를 고민했던 그의 모습이 내 공부를 채찍질한다.

『연암집』의 편찬

박지원은 『열하일기』를 쓰고 나서 자신의 옛 원고들을 없앴다고 한다. 이게 무슨 말인가. 적어도 『열하일기』에서 자신의 평생 역량을 모두 드러냈다는 자부심이 아니겠는가. 그는 중국을 다녀오면서 엄청난 양의 메모를 가지고 왔다. 3년여에 걸쳐서 이 초고들을 정리한 것이 바로 『열하일기』다. 보통 근대 이전의 사대부들의 문집은 사후에 자손들이나 제자들에 의해 편찬된다. 자신의 원고를 미리 정리해두기는 하지만, 문집의 편차를 갖추어서 간행하는 것은 사후의 일이다. 게다가 경제적 사정이 여의치 않으면 몇 세대를 두고 간행을 기다려야 한다. 그 사이에 관심 있는 사람들은 그것을 필사해서 보기도 하는데, 이 때문에 어떤 문집은 몇 종류의 이본을 전하기도 한다.

그렇지만 박지원의 『열하일기』는 원고를 정리할 때부터 주변 사람들에게 인기를 끌었다. 한 꼭지가 집필되면 그것을 필사해서 돌려 읽다보니, 자연히 『열하일기』는 여러 종류의 이본이 만들어졌다. 3년 동안 초고를 정리했다고는 하지만, 현재 우리가 보고 있는 『열하일기』가 최종 완성본인지에 대해서도 의문이 들 정도다. 박지원의 사유만큼이나 그의 책도 최종 완성본이라는 개념 없이 계속 생성되는 도중이었을지도 모르겠다.

박지원의 시와 문장을 비롯해서 여러 저작들을 망라한 문집인 『연암집』이 편찬된 것은 구한말의 일이다. 손자였던 환재瓛齋 박규수朴珪壽가 주변 사람들의 제의에도 불구하고 『연암집』 간행을 반대했으니, 일반인들이 박지원의 글을 대하는 것은 쉽지 않았다. 평소 박지원의 글이 유림들의 비방을 받았기 때문에 공간할 수 없다는 것이 박규수의 해명이었다. 그러는 사이에 박지원의 글은 사람들에게 필사본으로 유통되었고, 그중 일부가 현재 전하는 필사본으로 남았다.

조선 후기 실학의 선구자로 꼽히는 두 인물을 들자면 많은 사람들이 박지원과 정약용을 꼽을 것이다. 흥미롭게도 이들의 시문은 당시 사람들의 열렬한 지지에도 불구하고 공간되지 못하다가, 일제 강점기에 이르러 전편의 모습을 드러낸다.

그래도 박지원은 사정이 좋은 편이었다. 그의 『연암집』이 처음으로 활자화된 것은 광무 4년(1900)의 일이다. 당시 고문古文의 대표 주자였던 창강滄江 김택영金澤榮이 박지원의 시문을 모아서 『연암집』을 출판한 것이었다. 이어서 1901년에는 『연암속집燕巖續集』을 펴냈다. 이 책들은 종래 일반적인 문집처럼 후손이나 문인들에 의해서 간행된 것이 아니라 당대 지식인들의 모금으로 이루어졌다는 점에서 중요한 의의가 있다.[66] 또한 김택영은 1916년에 7권3책 분량으로 『중편연암집重編燕巖集』을 편찬한 바 있으니, 박지원에 대한 그의 애정은 넘치고도 남는다. 그렇지만 김혈조 교수의 연구에 의하면, 김택영의 편집본은 박지원의 시문을 망라했다고 보기에는 부족한 데다 1916년 본은 임의로 깎아내거나 구절을 보충한 것들이 많아서 꼼꼼한 관찰을 요한다고 한다.

필사본으로 가장 방대하게 남아 있는 것은 국립중앙도서관에 승계문고勝溪文庫로 소장되어 있는 판본이다. 2권 1책이 빠져 있기는 하지만 모두 27권 22책의 방대한 양을 자랑한다. 그 외에 숭실대학교에 소장되어 있는 자연경실본自然經室本, 연세대학교와 영

---

66) 김혈조, 「연암집 이본에 대한 고찰」(『한국한문학연구』 제17집, 한국한문학회, 1994), 160쪽. 『연암집』 이본에 대한 정보는 김혈조 교수의 이 논문 외에도 김윤조 교수의 「박영철본 연암집의 착오 탈락에 대한 검토」(『한문학논집』 제10집, 근역한문학회, 1992), 김영진 교수의 「박지원의 필사본 소집들과 작품 창작년 고증」(『대동한문학』 제23집, 대동한문학회, 2005), 정민 교수의 「새 발굴 연암선생 서간첩의 자료적 가치」(『대동한문학』 제23집, 대동한문학회, 2005) 등에서 확인할 수 있다. 이 책에서 논의하는 『연암집』에 관한 서지 정보는 이들 논문에 의거하여 정리, 보완한 것이다.

남대학교 등에 소장되어 있는 판본 등을 비롯하여 여러 종류가 전한다.[67]

이들을 통틀어서 박지원의 시문을 가장 널리 망라한 것은 역시 박영철(朴榮喆, 1879~1939)이 편집하여 활자본으로 간행한 『연암집』이다. 그는 박지원의 시문을 널리 모으고, 거기에 『열하일기』와 『과농소초課農小抄』까지 넣어서 가장 방대한 『연암집』을 1932년 5월, 17권 6책 분량으로 간행하였다. 지금도 연구자들이 가장 많이 이용하는 박영철본 『연암집』은 박영철이 기존의 간행본과 박지원의 시문 초고, 편지글, 필사본 등을 참고하여 만든 책이었다. 그러므로 박영철 자신은 이 『연암집』이야말로 최고의 판본이라고 자부했을 것이다. 물론 이 책을 간행한 뒤에도 꾸준히 박지원의 공개되지 않은 원고를 모았다. 그 과정에서 박지원의 후손 집안에서 나온 간찰 꾸러미를 구하게 되었는데, 아쉽게도 이 간찰은 활자화되지 못한다. 『연암선생 서간첩』은 박영철의 죽음과 함께 경성제국대학에 기증되었다가 서울대학교 박물관으로 이관되어 전하게 된다. 다행히 박지원 서거 2백 주년을 맞아 이 간찰첩은

---

67) 이 외에도 최근 성호기념관 소장본 『열하일기』(12책 26권, 614장, 한문필사본)가 공개되어 새롭게 주목을 받은 바 있다. 이 판본이 19세기 서울 지역의 장서가가 자신이 소장하기 위해 정서해 놓은 것인지, 아니면 문집을 편찬하기 위해 그의 아들인 박종채의 주도로 편찬된 것인지, 그 성격은 아직 분명하지 않다. 다만 현재 발견된 필사본 중에서도 깔끔하게 정서된 선본善本임에는 틀림없다. 이에 대한 소개는 양승민 선생이 「연암산방 교정본 '열하일기'의 발견과 그 자료적 가치」(한국고전문학회 제250차 정례 학술발표회 자료집, 2009년 6월 27일)에서 상세하게 정리하였다.

다산시고 (필자 소장본)

권력과 부를 한 손에 틀어쥐고 친일의 길을 열렬하게 걸었던 박영철이 민족의 선각자였던 박지원의 원고를 모아서 『연암집』을 편찬했다는 뜻밖의 사실에 우리는 약간의 당혹감을 느낀다. 그의 살아생전에 출판된 문집 중에 『다산시고』라는 것이 있다.

앞부분에는 일곱 장에 걸쳐 사진이 수록되어 있고, 뒷편에는 그의 약력을 네 페이지에 걸쳐서 자세히 소개하고 있다.

번역되어 공개된다.[68] 이 간찰과 함께 원소유자였던 박지원 후손이 박영철에게 보낸 편지도 한 통 발견된다. 이 편지에 의하면 그

---

68) 정민 교수의 앞의 논문에서도 자세히 논의되었으며, 박희병 교수의 완역본 『고추장 작은 단지를 보내니』(돌베개, 2005)에서 원문 및 번역, 해설을 접할 수 있다.

후손은 박영철의 『연암집』 간행 사실을 알고 있었으며, 여전히 박지원의 알려지지 않은 글을 구하고 있다는 사실도 알았던 듯하다. 그래서 자신이 가지고 있던 박지원의 편지를 박영철에게 보냈던 것이다.

박영철이라는 인물에 대한 정보는 이미 김혈조, 정민, 박희병 등에 의하여 알려진 바 있다. 나 역시 박영철의 문집인 『다산시고多山詩稿』(활자본, 주백인쇄소 발행, 1929)를 소장하고 있다(혼동하기 쉬운 정약용의 호는 '茶山'이다. 발음은 같지만 한자가 다르다). 그의 몰년이 1939년이니, 이 시집은 살아생전에 출판된 책이다. 그는 전주의 갑부 집안 출신으로, 이토 히로부미의 양녀로 유명한 배정자裵貞子의 세 번째 남편이다. 『다산시고』의 앞부분에는 일곱 장에 걸쳐 사진이 수록되어 있고, 뒷편에는 그의 약력을 네 페이지에 걸쳐서 자세히 소개하고 있다. 그 약력에 의하면 일본 동경에 있는 육군사관학교를 나와서 러일전쟁에 참전했으며, 욱일장旭日章, 태극장太極章 등 일본 정부에서 주는 훈장을 여러 차례 받았다. 무관으로 승승장구하던 그는 한일합방 이듬해인 1911년 익산 군수를 시작으로 행정가가 된다. 이후 함경북도와 전라북도 참여관參與官, 강원도지사, 함경북도지사 등을 지내다가 동양척식회사 감사를 시작으로 재계에 진출한다. 이후 금융업 등에 종사하면서 상당한 부를 축적했던 것으로 보인다. 이런 이력을 얼핏 보기만 해도 박영철이 친일파 중에서도 핵심 친일파였음을 충분히 알 수 있다.

우리는 자신이 한 일의 역사적 의미를 인식하지 못한 채 종종 눈앞의 일을 대한다. 박영철 역시 마찬가지였다. 권력과 부를 한 손에 틀어쥐고 친일의 길을 열렬하게 걸었던 그가, 민족의 선각 자였던 박지원의 원고를 모아서 『연암집』을 편찬했다는 뜻밖의 사실에 우리는 약간의 당혹감을 느낀다. 오로지 반민족적 삶을 살아갔던 그의 손에 의해서 박지원의 아름답고 속깊은 글들이 살 아남았다는 사실에서 역사의 아이러니 같은 것을 느끼는 것이다.

박영철본 『연암집』이 완벽하게 편찬된 것은 물론 아니다. 특히 일본을 폄하하여 표현한 것들은 글자를 바꾸거나 구절을 삭제하 는 방식으로 고쳐서 출판했다. 다른 판본을 참고하여 『연암집』을 편찬했다는 증거도 여러 곳에 나타나지만, 여전히 문집 간행 과 정에서의 오자나 탈자, 원문의 부정확함 등은 비판받을 곳이 많 다.[69] 우리 학문의 힘이 닿지 못해 아직은 완전히 정리하지는 못 했지만, 박지원의 여러 판본을 확인하고 정본을 확정하는 일은 반드시 거쳐야 할 길목일 것이다.

연암 박지원을 벗으로 삼기

우리는 박지원을 언제나 조선 후기 실학파, 특히 북학파의 일 원으로 교육받아왔다. 그런 탓인지 그의 이름은 『열하일기』를 비 롯해서 여러 편의 전傳 작품들, 예컨대 「양반전」이나 「호질」「허

---

69) 판본 간의 출입에 대해서는 앞서 언급한 김윤조 교수의 논문에서 자세히 정리한 바 있다.

생전」「예덕선생전穢德先生傳」 등과 함께 연상된다. 중고등학교를 거치면서 교과서를 통해 박지원을 접했던 우리들에게는 당연한 일일 것이다. 그렇지만 그의 주옥같은 글들이 제대로 읽히지 않는다는 점을 생각하면 안타깝기도 하다.

그의 글은 도대체 어떤 매력이 있었을까. 박지원을 총애했던 정조에 의해 '연암체燕巖體'라고 지목되었던 그의 문체는 분명 당시 사대부들의 고문古文과 차별성을 가지고 있었다. 오죽하면 이덕무가 올린 『무예도보통지武藝圖譜通志』를 보고 정조의 첫마디가 연암체의 글이라고 이야기를 했을까. 그만큼 당시 지식인들에게 박지원의 글은 매력적이었다. 그렇지만 그의 문체가 매력적이었다고 해서 선풍적인 인기를 끈 것은 아니다. 글의 내용에서 당대 사대부들의 마음을 잡아끄는 지점이 있었던 것이다.

우리에게 널리 알려진 그의 전傳 작품에서 돋보이는 주제는 우정론友情論일 것이다. 상하의 윤리가 사회를 지배하고 있던 시대에, 수평적 윤리를 구현하는 우정론은 당대 사회에 큰 반향을 불러일으킨다. 박지원 자신이 주변에 아름답고 깊은 우정을 나누는 벗들을 둔 터였고, 그들과의 교유 과정에서 나온 주옥같은 시문들이 나온 바 있다. 그의 우정은 나이와 신분, 학식 등 세속적 기준을 넘어서는 지점에서 형성되었다. 말 거간꾼을 소재로 한 「마장전馬駔傳」, 똥을 푸는 사람을 주인공으로 내세운 「예덕선생전」, 거지를 내세워 쓴 「광문자전廣文者傳」 등 사회적 조건을 넘어서 우정을 강조하는 글들이 많다. 스승 같은 선배였던 홍대용洪大容이 중국에서 아름다운 벗들을 사귀고 국경을 넘어 우정을 나누는 것을 부러워하며 쓴 「회우록서會友錄序」에서는 벗을 사귀는 도리가 무엇인지에 대한 생각을 표현하였다.

사물을 다양하게 바라보는 그의 시선도 신선하기 그지없다. 문장 쓰는 방법을 전쟁하는 법에 비겨서 설명하는 것도 흥미로우며, 달 밝은 밤 주변의 벗들과 함께 고요한 서울 거리를 휘젓고 다니는 풍경을 포착하여 쓴 글은 따뜻한 느낌으로 가득하다. 총석정에서 해돋이를 보고 쓴 장편시는 힘차면서도 사실적인 묘사로 읽는 이를 감동시키며, 식솔들을 데리고 깊은 산골로 들어가는 벗의 현실에 가슴 아파하면서도 '그의 뜻을 장하게 여길망정 그의 궁함을 슬피 여기지는 않는다' 며 그 선택에 힘을 실어주는 모습도 아름답다.

그의 글을 몇 마디 짧은 말로 요약한다는 것은 불가능하다. 박지원의 글은 너무 다채로운 모습을 켜켜이 쌓아두고 있는 지층과 같아서, 파면 팔수록 새롭고 튼실한 사유의 샘이 솟구치는 걸 볼 수 있다. 그와 어떤 방식으로 만날 것인가. 얼굴에 웃음 가득 띄우고 어떤 문제에 당면하더라도 맞받아칠 수 있는 그의 모습을 보면, 어쩐지 나도 그렇게 될 수 있으리라는 자신감이 생긴다.

맹자는 책을 통해서 '옛 선현들을 벗으로 삼는다尙友'고 했다. 이렇게 멋지고 기상 넘치고 생각 깊은 사람을 벗으로 삼을 수 있다면, 내 삶도 한층 빛나지 않을까 싶다.

잃어버린 제국,
발해를 찾아서

『발해고』

통일신라시대가 아니라 남북국시대다

우리의 영토는 역사적으로 언제쯤 형성되었을까. 초등학교 시절부터 우리나라 지도를 그려보라고 하면 남쪽으로는 마라도에서 북쪽으로는 압록강과 두만강까지 이어지는 강토를 그린다. 생긴 모습이 토끼 같다는 둥 호랑이 같다는 둥 하면서 지도를 그리다 보면 이따금씩 드는 의문이 바로 그것이다. 도대체 이 영토는 언제부터 생긴 것일까?

종이쪽지 위에 금을 그어놓고 여기부터는 내 땅, 저기부터는 네 땅이라고 서로 인정하게 된 것은 아무래도 근대 이후일 것이다. 정밀한 측량 기술이 발달하지 않고서야 어떻게 정확한 금을 종이 위에 그릴 수 있었겠는가. 그러니 정밀한 지도 제작술과 측량술이 없었던 시절에는 대충 어느 산봉우리부터 어느 강까지는 우리 땅이고 그 위쪽은 너희들 땅이라고 말할 수밖에 없었을 것이다. 말하자면 지금 우리가 말하는 국경 개념처럼 한 발만 비켜서면 즉시 남의 땅으로 들어가는 일은 근대 이후에나 있을 법한 일이라는 것이다. 텔레비전에서 더러 보는 풍경 중에 판문점 회담 장면이 있다. 거기 보면 긴 탁자를 사이에 놓고 한가운데로 마이크 선이 지나간다. 그 선을 경계로 해서 남북이 갈라진다. 지도 위에 금을 그은 것이 현실 속에서의 명확한 선으로 드러나는 현장이다.

아직도 영토 전쟁 중인 곳이 있다. 우리 입장에서는 말도 안 되는 헛소리지만 일본은 독도를 자기네 땅이라고 우긴다. 중국으로서는 말도 안 되는 이야기지만 일본은 여전히 조어도를 자기네 땅이라고 주장한다. 마찬가지로 우리나라에는 압록강과 두만강 북쪽으로 광활하게 펼쳐진 간도 지역을 우리 땅이라고 주장하는 연구자들이 있는 것도 사실이다. 어떤 지역을 자신의 땅이라고 주장하기 위해서는 거기에 걸맞은 타당한 근거가 있어야 한다. 조그만 땅 한 뙈기도 자기 땅이라고 주장하기 위해서는 온갖 문서와 증거를 들이밀어야 하는 판에, 그 광활한 땅덩어리와 거기 숨어 있는 막대한 경제적 이익을 우리 것으로 하기 위해서는 당연히 엄청난 정치적 투쟁과 외교 전쟁, 그것을 뒷받침할 수많은 자료가 필요하다. 이처럼 한 지역의 소유권을 주장하기 위한 자료를 만들 때 가장 먼저 언급하는 것이 바로 그 땅의 역사성이다.

땅의 역사성이란 무엇인가. 간단히 말하면 아주 오랜 옛날부터 우리가 여기서 살았으니 당연히 우리 땅이라는 논리다. 한동안 자기 땅처럼 사용한 토지에 대해서는 일정한 지분을 인정하는 요즘 법률에서도 그 논리는 옛날부터 그곳을 사용해왔다는 점을 인정하는 것에서 출발한다. 예를 들어보자. 광활한 만주 벌판이 우리 눈앞에 펼쳐져 있다. 저 땅은 예로부터 우리 조상들이 농사를 짓고 살아왔던 지역이다. 그러니 그건 당연히 우리 땅이다. 그런데 왜 중국은 저곳이 자기네 땅이라고 주장하는가. 가장 현실적인 해답은 지금 자기네가 점유해서 살고 있으며 자기네 정치권력이 행사되어 장악하고 있다는 것이다. 지도에 보면 중국 영토를 표시하는 국경선 안에 그 지역이 있으니 당연히 자기네 땅이라는 얘기다. 그럼 옛날부터 중국 사람들이 살고 있었을까? 중국 사람들에 의하면 당연히 살고 있었다. 그렇게 주장하려니까 자연히 옛날 만주 지역의 역사적 실체를 중국사 속에 편입시켜야 할 필요가 생겼다. 그 땅의 주인은 과거 고구려인들이었다. 옛날부터 중국 사람들이 살고 있었다는 주장을 하려면 고구려가 중국사의 일부이어야 한다. 이 때문에 중국은 고구려를 중국의 오랜 역사 속에 존재했던 작은 지방 정부였노라고 주장한다. 이게 요즘 논란거리인 동북공정東北工程의 핵심이다.

고구려, 백제, 신라가 서로 정립鼎立해 있던 시기를 우리는 삼국시대라고 한다. 그러면 몇 백 년 뒤의 역사가들은 현재 우리가 살고 있는 시기를 무엇이라고 부를까? 여러 가지 명칭이 있겠지만 가장 유력한 명칭은 '남북한시대' 쯤이 되지 않을까 싶다. 그런데 우리 역사에서 남과 북으로 갈라졌던 시기가 또 있다. 근래 '남북국시대南北國時代'라고 일컫는 시기가 바로 그것이다. 신라가 고구려와 백제를 통합하고 난 뒤를 흔히 통일신라시대라고 한다. 그러나 그 말 속에는 '발해渤海'라고 하는 위대한 제국이 소외되어 있다. 고구려의 대조영大祚榮이 북방 민족들을 모아서 고구려의 전통을 이은 나라가 바로 발해다. 그렇다면 발해는 당연히 우리 역사의 중요한 부분이다. 그런데 왜 우리는 오랫동안 발해라고 하는 엄청난 제국의 역사를 잊고 살았을까.

『발해고』의 이본들

조선 후기, 우리가 흔히 실학 시대 혹은 영정조 시대라고 부르는 시기에 고대사를 연구하는 일군의 지식인들이 있었다. 특별히 고대사에 한정할 것은 아니지만, 우리 역사에 대한 깊은 관심이 다양한 형태로 표출되기 시작한 것은 임병양란이 끝난 17세기 이후였던 것으로 보인다. 이들은 조선의 역사를 어떻게 파악하는 것이 역사의 정통을 바로 세우는 길인가 하는 점에 관심을 두었으므로 자연히 고대사에 대한 연구를 병행하였다.[70] 우리가 오랑캐 혹은 왜놈이라고 불렀던 주변 이민족에 의해 온 나라가 유린당한 현실 속에서, 어쩌면 역사의 정통성을 찾고 그를 통해서 조선의 정신적 구심점을 찾아보고 싶었던 마음이 작용했는지도 모르겠다. 사정이야 어떻든 그러한 경향은 중화문명을 중심으로 구성되었던 동아시아의 중세를 해체하여 새롭게 재편하려는 흐름과도 그 맥을 같이하는 것이었다. 이익, 박지원, 박제가, 유득공, 안정복, 정약용 등 당대 최고의 지성들이 고대사를 포함한 조선의 역사에 깊은 관심을 가지고 연구했다.

공자는 문헌만 있다면 과거 중국의 문화를 온전히 복원할 수 있노라고 공언한 바 있다.[71] 실학 시대의 지식인들은 과거의 문헌

---

70) 이와 관련된 연구는 이우성·강만길 교수가 편집한 『한국의 역사인식(상, 하)』(창작과비평사, 1976)에서 이전의 연구 성과를 정리하였으며, 이후에도 상당한 연구가 축적되었다.

을 탐색하고 때로는 해당 지역을 답사하면서 역사를 복원하기 위해 애썼다. 여기저기서 단편적으로 드러나는 조각글들을 모아서 메모하고, 책을 읽으면서 가장자리에 자신의 단상들을 써두었다가 훗날 자신의 생각이 정리되면 이들을 집대성해서 역사를 구성하였다. 안정복은 조선 전기에 편찬된 『고려사』를 읽으면서 책의 빈 공간에 자신의 생각을 메모했고, 이처럼 정밀한 독서를 거쳐서 『동사강목東史綱目』이라는 저작을 편찬하기도 했다.[72]

영재泠齋 유득공(柳得恭, 1748~1807)이 조선의 고대사에 관심을 둔 것 역시 당시 지식인 사회의 이러한 흐름 속에서 이해할 수 있다. 그는 서른의 나이에 이미 우리 역사에 깊은 관심을 가지고 『이십일도회고시二十一都懷古詩』라는 책을 저술하였다. 20대 후반 유득공은 구암久庵 한백겸(韓百謙, 1552~1615)이 지은 『동국지리지東國地理誌』를 구해서 읽다가 여기서 소재를 얻어 여러 편의 역사시를 연작으로 지었는데, 이 책이 바로 『이십일도회고시』다. 이 책의 서문에 의하면 박제가는 1778년 첫 원고를 완성한 뒤, 1785년에는 아이들의 교육을 위해서 다듬었으며, 1790년 북경에 갔을 때 『사고전서』 편찬에 주도적으로 참여한 당대의 석학 기윤이 이 책을 필요로 해서 준 뒤 그것이 인연이 되어 1792년 이 책에 주석을 붙

---

71) 子曰 : "夏禮吾能言之, 杞不足徵也 ; 殷禮吾能言之, 宋不足徵也, 文獻不足故也, 足則吾能徵之矣." (『논어論語』 「팔일八佾」)

72) 안정복의 역사서 읽기와 그를 통한 역사 편찬을 흥미롭게 고찰한 책으로 박종기 교수의 『안정복, 고려사를 공부하다』(고즈윈, 2006)를 들 수 있다.

인다. 서문에 나타난 것만 해도 세 차례나 원고를 손질했던 것이다. 그러니 유득공의 역사 연구는 호기심으로 하루아침에 만들어진 것이 아니라는 걸 알 수 있다.

유득공의 발해에 대한 관심은 조선의 역사를 다시 정리하면서 고조된 것으로 보인다. 『이십일도회고시』에서는 언급되지 않았던 발해 문제를 단독 저술인 『발해고渤海考』로 써낸 것에서도 어느 정도 짐작할 수 있다. 한백겸의 책에서는 고구려 부분 뒤편에 부록처럼 발해가 기록되어 있지만, 발해에 대한 자료를 구체적으로 찾아서 체계적인 저술을 한 것은 역시 유득공의 『발해고』를 첫 책으로 쳐야 마땅하다.

『발해고』역시 한 번에 편찬된 것은 아니다. 그동안 널리 이용되어 왔던 판본은 조선고서간행회에서 1911년 간행한 것이었다. 그러나 국립중앙도서관에 소장된 두 종의 이본과 경희대학교 소장본 등을 감안해볼 때 유득공이 단박에 책을 완성한 것이 아니라 수정을 거쳤다는 것은 확실해 보인다. 이 책들은 크게 두 종류로 구분된다. 책의 구성이 군고君考, 신고臣考, 지리고地理考, 직관고職官考, 의장고儀章考, 물산고物産考, 국어고國語考, 국서고國書考, 속국고屬國考 등 아홉 개의 '고考'로 이루어진 판본이 있고, 군고, 신고, 지리고, 직관고, 예문고藝文考 등 다섯 개의 '고'로 이루어진 판본이 있다. 이것을 연구자에 따라서는 9고본과 5고본으로 지칭하기도 하고,[73] 내용에 관계없이 권수卷數에 따라 1권본과 4권본으로 구분하여 지칭하기도 한다.[74] 그러나 분명한 것은 전자의 원고를 유득공이 보완하고 정리해서 후자의 책으로 만들었으리라는 점이다. 아홉 개의 편목이 다섯 개로 줄어든 것으로 보이지만, 실제로는 전자의 내용이 후자에 모두 반영된 것은 물론 전체적인 분량 역시 상당히 늘어났다는 것도 주목할 만하다. 여러 해를 두고 유득공은 발해와 관련된 자료를 모으고 자신의 생각을 다듬었던 것이다.

발해사 편찬을 하지 않은 고려의 치명적 실수

유득공은 도대체 무슨 마음으로 『발해고』를 지은 것일까? 그의 서문은 책을 저술한 의도를 명확하게 보여준다. 그는 고려의 국력이 약해서 『발해사』를 짓지 못했다고 전제한 뒤, 고려가 『삼국사』를 지은 것은 잘한 일이지만 신라 중심의 남쪽 지역 역사만을 정리하고 북쪽의 발해 역사는 수습하지 않은 것은 잘못이라고 하였다. 이 때문에 북방 민족이 발해의 옛 땅을 점거하였어도 고려가 자신의 땅이라고 소유권을 주장하지 못하게 되었다는 것이다.

이때에 고려를 위하여 계책을 세우는 사람이 급히 발해사를 써서

---

73) 임상선, 「유득공의 발해고 이본」(『역사학보』 제166호, 역사학회, 2000) 참조.
74) 유득공의 『발해고』(송기호 역, 홍익출판사, 2000년 초판 제1쇄 : 2001년 개정판 제1쇄)에 수록되어 있는 송기호 교수의 해제 참조. 이 책은 『발해고』의 원문을 영인해놓았을 뿐 아니라 이것을 활자본으로 전환해서 수록하였으므로 여러 가지 점에서 도움이 된다.

이를 가지고 "왜 우리 발해 땅을 돌려주지 않는가? 발해 땅은 바로 고구려 땅이다"고 여진족을 꾸짖은 뒤에 장군 한 명을 보내서 그 땅을 거두어 오게 하였다면, 토문강 북쪽의 땅을 소유할 수 있었을 것이다. 또 이를 가지고 "왜 우리 발해 땅을 돌려주지 않는가? 발해 땅은 바로 고구려 땅이다"고 거란족을 꾸짖은 뒤에 장군 한 명을 보내서 그 땅을 거두어 오게 하였다면, 압록강 서쪽의 땅을 소유할 수 있었을 것이다. 그러나 끝내 발해사를 쓰지 않아서 토문강 북쪽과 압록강 서쪽이 누구의 땅인지 알지 못하게 되어, 여진족을 꾸짖으려 해도 할 말이 없고, 거란족을 꾸짖으려 해도 할 말이 없게 되었다. 고려가 마침내 약한 나라가 된 것은 발해 땅을 얻지 못하였기 때문이니, 크게 한탄할 일이다.[75]

유득공의 주장은 명료하다. 하나의 나라가 멸망하고 새로 나라를 세운 건국 주체들이 앞 시대의 역사를 정리하는 것은 매우 중요한데, 그 일을 소홀히 하는 바람에 발해의 옛 땅에 대한 소유권을 주장할 수 없는 지경에 이르렀다는 것이다. 그 광활한 만주 벌판을 우리 땅으로 거두어들여야 마땅한데, 시대가 오래 흐른 지금에 와서는 고려의 역사적 정통을 조선이 이어받았다 하더라도 그 지역에 대한 소유권을 주장할 근거를 잃어버렸다는 것이 그의 요지다.

---

75) 앞의 책, 40~41쪽.

이러한 생각은 당시 북학파 특히 연암 그룹 사람들에게는 비교적 널리 알려진 것이었다. 그 예로 박지원도 『열하일기』에서 드넓은 만주 벌판을 보면서, 평양의 위치 문제를 통해서 조선 문사들의 진취적이지 못한 성향을 아쉬워한 바 있다. 즉 평양이나 패수淇水라는 지명이 한곳에 고정되어 있는 것이 아니라 여러 곳에 존재할 수도 있는 것인데, 조선의 문사들은 조선의 평안도 땅에 있는 평양과 패수만이 유일한 평양과 패수라고 생각하는 바람에 광활한 만주 땅을 앉아서 잃어버렸다는 게 그의 생각이었다. 이 논지의 옳고 그름을 떠나, 연암 주변의 문사들은 기본적으로 역사에 대한 안목과 연구가 부족한 현실 때문에 조선이라는 좁은 땅덩어리에서 결코 벗어나지 못한 채 살아간다고 했다.

유득공이 『발해고』를 쓴 것 역시 이같은 맥락에서 이루어졌다. 분량으로만 보면 그리 방대하다고 할 수 없는 이 책이 지금까지도 동아시아 고대사를 연구하는 사람들 사이에서 주목의 대상이 되는 것은, 잊혀졌던 발해 제국을 역사의 전면으로 끌어올려 사람들에게 보여주려 했다는 점 때문이다. 고려가 건국된 뒤 즉시 발해의 역사를 정리했더라면 많은 문헌 정보와 관련자들의 증언을 수집해서 체계적이고 방대한 분량으로 발해사를 편찬할 수 있었을 것이다. 그런데 발해가 멸망한 지 9백 년 가까운 세월이 흐르는 과정에서 그 역사적 실체가 완전히 사라진 터라, 유득공이 기록을 확인하려 애를 썼음에도 불구하고 명확한 한계를 가질 수밖에 없었다.

조각글들을 모아서 분류를 하고 시대를 맞추며, 왕조사의 면모를 갖추려고 한 유득공의 노력 덕분에 우리는 지금 『발해고』라는 책을 통해서 그 시대를 조금이나마 짐작할 수 있게 되었다. 진국공震國公 대걸걸중상大乞乞仲象과 고왕高王 대조영大祚榮으로부터 오사성부유부염부왕烏舍城浮渝府琰府王에 이르기까지 발해의 역대 왕의 기록을 시대순으로 정리한 뒤, 유득공은 임금에 대한 기록을 정리한 「군고君考」의 뒷부분에 자신의 의견을 덧붙이면서 이렇게 마무리한다. "발해의 멸망이 어느 시대인지는 아직 상고할 수 없다." 이 문장은 발해의 슬픈 역사를 단적으로 보여준다. 그 뒷부분으로 신하들, 관직, 물산, 언어, 국서 등 다양한 부분이 정리되지만, 읽을수록 발해에 대한 의문을 더하게 한다. 그런 점에서 유득공의 『발해고』는 발해 연구의 출발점으로서 대단히 훌륭한 책이라 하겠다.

발해사의 복원을 바라며

몇 년 전, 발해 유적을 돌아본 적이 있었다. 비가 내리는 날, 중국 사람들의 방해를 받으며 강동 24석이며 오동성터를 돌아보았다. 그들로서는 한국 손님들이 달갑지 않을 수 있겠지만, 그렇게 노골적으로 방해하는 짓은 참 유치하다는 생각도 들었다. 그러나 우리 자신은 얼마나 발해에 대해 생각해왔던가 돌아본다. 중국의 경제적 성장과 역사 왜곡 문제를 바라보면서도 제대로 말 한마디 못하는 우리 자신은 얼마나 부끄러운 삶을 살아가고 있는가.

　역사를 편찬하고 연구하는 일이 중요하다고 누누이 말하면서도, 정작 우리는 역사를 잊고 살아가는 건 아닌가. 유득공이 안타까워했던 것처럼 선비들의 문약文弱함이 우리 시대에도 여전히 만연해 있는 것은 아닌지 생각해본다. 입으로만 진리를 외치면서 정작 진리 실현을 위한 실천의 장으로는 나아가지 않는 책상물림들, 그들이 외치는 역사는 껍데기에 불과하다고 유득공은 한탄했다. 앉은 자리에서 제국의 역사와 그 영토를 잃어버린 선비들을 비난하면서, 그 비난의 화살이 우리에게로 부메랑처럼 돌아올 수 있다는 점을 언제나 새겨야 한다.

　정식 역사서라면 당연히 세가世家, 전傳, 지志라고 불러야 할 것을 유득공은 모두 '고' 라는 명칭으로 제목을 정했다. 그의 서문에 의하면 '아직 완성된 역사서가 아니므로 정식 역사서로 자처할 수 없기 때문' 이라고 하였다. 발해의 역사를 복원하고 온전한 역사서를 편찬하는 일은 짧은 시일 안에 이루어질 수는 없다. 그러나 우리가 꾸준한 관심으로 연구를 하고 역사적 공감대를 가지고 있다면 언젠가는 발해의 역사를 쓸 날이 오리라 확신한다. 신라의 역사가 아닌 신라와 발해의 남북국사南北國史여야 마땅하다는 생각이 중요하다. 『발해고』가 아니라 『발해사渤海史』가 편찬되는 것이 우리 역사의 정통을 회복하는 길이라고 유득공은 굳게 믿었다. 그 믿음이 발해를 역사의 전면으로 부상할 수 있도록 만든 힘이다.

반역의 책

『정감록』

백수 사위 이야기

 신망 높은 대감이 있었다. 그에게는 지혜롭고 아름다운 딸이 있었다. 여러 곳에서 청혼을 했지만 대감은 사위 자리를 자신이 고르겠다면서 허락하지 않았다. 하루는 외출을 했다가 길에서 어떤 총각을 만났다. 허름한 옷매무새나 땟국물이 줄줄 흐르는 얼굴은 거지나 다름없었다. 그런데 대감은 그 총각의 손을 덥석 잡더니, 자기 집으로 가자고 했다. 집에 들어서자마자 목욕물을 준비해서 씻기고 새 옷을 마련해서 입혔다. 총각을 며칠 집에서 머무르게 한 대감은 대뜸 자신의 딸과 결혼하라고 했다. 영문도 모르고 대감의 집에 이끌려 온 총각도 황당했지만, 대감의 가족과 주변 사람들도 어쩔 줄을 몰라했다. 아무리 말려도 대감의 뜻은 요지부동이었다. 결국 대감의 뜻대로 그 총각은 대감의 딸과 결혼했다.

 결혼한 뒤에도 부부는 여전히 대감의 집에서 지냈다. 어차피 총각은 갈 곳이 없었기 때문이다. 매일 방 안에서 빈둥거리던 남편이 어느 날 아내에게 돈을 달라고 했다. 아내는 아무 말 없이 필요하다는 만큼의 돈을 마련해주었다. 그 돈을 가지고 밖으로 나간 남편은 저녁 무렵에 빈손으로 들어왔다. 며칠 지나자 또 돈을 요구했다. 그때에도 역시 아내는 돈을 마련해주었고, 남편은 다시 빈손으로 들어왔다. 그렇게 한동안을 지냈다. 사람들은 하는 일 하나 없이 빈둥거리면서 돈이나 축내는 남편을 비난하기도 하고 비웃기도 하였다. 대감에게 그의 황당한 짓거리를 알리면서 욕을 했다. 그렇지만 대감은 누가 어떤 이야기를 하더라도 사위에 대한 믿음을 버리지 않았다. 오히려 딸에게 남편이 얼마를 원하든, 무엇을 원하든 모두 해주라고 하는 것이었다.

그렇게 몇 년의 세월이 흘렀다. 사람들의 비난에도 불구하고 남편이 열심히 돈을 쓴 탓에 집안이 기울었다. 대감은 여전히 사위에 대한 믿음을 보였고, 아내 역시 아무 말이 없었다. 그러던 어느 날, 일찍 집으로 돌아온 남편은 이사를 가자고 했고, 사람들을 채근해서 짐을 꾸린 뒤 먼 길을 떠났다. 몇 개의 산과 개울을 건너 깊은 산 속으로 들어갔다. 인적 없는 산 속을 헤매던 끝에 도착한 곳에는 깔끔하게 정리된 마을이 있었다. 갓 지어놓은 집이라, 사람들은 적당히 자기 집을 정하고 둥지를 틀었다. 토지를 개간해서 농사를 지었고, 그렇게 외부와 인연을 끊은 채 얼마간의 세월을 보냈다.

사람들에게 다시 이사를 가자고 한 것은 몇 년이 지난 뒤였다. 예전에 살던 마을로 돌아가보니 집들은 대부분 없어진 뒤였다. 그들이 산 속에 들어가 농사를 지으면서 살아가는 동안, 마을은 왜군들의 침략을 받아 많은 사람들이 죽고 집이 불에 탔던 것이었다. 그제야 사람들은 대감의 사위의 의도를 알아차렸다. 그는 열없이 돈을 탕진한 것이 아니었다. 전쟁이 일어날 것을 미리 알고 병화兵火가 미치지 않는 곳에 마을을 만들어 재앙을 피한 것이었다. 사람들은 그제야 대감의 사위가 예언 능력이 뛰어나다는 것을 알게 되었으며, 아울러 대감이 사람을 알아보는 능력이 있다는 사실도 알게 되었다.

그렇다면 대감의 사위는 어떻게 전쟁이 발발하리라는 것을 알았을까? 그는 천기를 보면서 세상의 운수를 읽을 줄 알았는데, 그에 관한 지식을 『정감록鄭鑑錄』에서 얻었다는 것이다. 이런 식의 설화는 우리나라에 비교적 널리 분포되어 있는 지인지감知人知鑑류의 이야기다. 일반 대중들이 즐기는 설화 속에서도 『정감록』은 매우 신비스러운 책으로 등장한다. 그만큼 이 책은 민중들과 친숙한 책이기도 하다는 의미다.

『정감록』의 형성 과정과 책의 구성

수많은 비기秘記들이 있지만 우리는 그 존재를 제대로 알지 못한다. '신비스러운' 기록이기 때문에 사람들의 눈에서는 멀리 떨어져 있다. 인간과 우주의 신비를 푸는 해답을 담고 있으므로 사람들에게 널리 알려서도 안 된다. 그 때문에 비기류는 대부분 비밀스럽게 전승되었다. 설령 사람들이 본다 해도 평범한 눈으로는 그 의미를 짐작할 수조차 없다. 우주의 운행과 인간의 운명에 깊은 공부가 있어야 비로소 비기류의 기록들을 범상치 않게 해석해 낼 수 있으며, 그것을 통해서 앞날을 예언할 수 있는 능력을 발휘한다.

자신의 앞날을 알고 싶어하는 심리는 누구나 가지고 있다. 우리 삶이라는 것이 언제나 수학 공식처럼 딱 맞아 떨어지는 것이 아님을 알기 때문에, 우리는 언제나 미래에 대한 기대 혹은 불안을 숙명처럼 안고 살아간다. 아직 내 앞에 당도하지는 않았지만 언젠가는 마주해야만 하는 순간을 생각하면 다양한 생각들이 머리를 스친다. 미래를 바라보는 시선은 사람마다 제각각이다. 처한 상황이 다르고 생각이 다르기 때문에 그럴 것이다.

풍족한 현실을 살아가는 사람은 미래에 대한 낙관적 전망을 가지고 있을 것이다. 그러나 마음 한구석에서는 지금의 풍요로움을 잃어버리지 않을까 전전긍긍하고 있다. 만족스러운 나의 현실이 언제까지나 지속되리라는 믿음이 없기 때문이다. 그럴 때면 사람들은 자신의 미래가 어떻게 전개될 것인가에 대한 궁금증을 증폭시킨다. 반대로, 부족하고 어려운 현실을 살아가는 사람들은 미래에 대한 비관적 전망을 가지거나 아예 전망 없는 삶을 살아가기 십상이다. 지금 당장 고비를 넘기기도 어려운 마당에, 아직 닥치지도 않은 미래를 걱정한다는 것은 사치다. 그렇지만 미래에 대한 전망이 없다면 현실의 삶은 더욱 암담하고 힘들 것이다. 인간은 희망을 가짐으로써 현재의 어려움을 극복할 수 있는 힘을 얻는다. 내가 힘들게 살아가는 것은 풍요로운 미래를 얻기 위해서라는 생각을 하는 순간 미래의 시간은 하나의 희망적 시간으로 전환된다.

미래에 대한 전망이 저절로 희망적으로 변하는 것은 아니다. 거기에는 어떤 계기가 있어야 한다. 매일 힘들게 살아가던 중에 뜻밖의 도움을 받는다든지, 일정한 계획을 세우고 그것에 따라 차근차근 밟아나가며 자신의 목표에 가까이 가고 있다든지, 혹은 나날이 삶의 질이 좋아지고 있음을 느낀다든지 하는 등의 계기 말이다. 그렇지만 대부분의 경우 희망적인 전망을 자신의 내부에서 창출하기 어려운 게 사실이다. 하루하루 먹고 살기 바쁜 마당에 희망의 싹을 스스로 틔운다는 것은 좀처럼 쉽지가 않다. 그럴 때 밖으로부터의 계기가 주어져야 한다.

비기류의 글들은 힘들게 살아가는 민중들에게 주어지는 '밖으로부터의 계기'라 할 수 있다. 문자를 해독할 능력은 없어도, 그리하여 책 내용을 해석하거나 파악할 수는 없어도, 어깨 너머로 들은 그 책의 내용이 자신들의 어려운 현실을 없애준다는 것 하나만으로도 비기류의 기록들은 큰 몫을 담당하는 셈이다. 따라서 세상이 어지럽고 민중들의 생존이 위협받을 때는 반드시 비기류의 글들이 세상을 횡행한다.

들도 보도 못한 책이며 기록들이 세상에 나와서 저마다의 목소리로 세상의 미래를 점친다. 세상의 종말이 가까워졌다고 협박을 하든, 간난한 민중들의 삶이 사라지고 장밋빛 미래가 곧 올 것이라고 속삭이든, 그들은 과거 유명무명의 수많은 인물들을 내세워 주장의 근거로 삼는다. 그와 같은 비기류 기록들의 대표주자가 바로 『정감록』이다.

확정된 텍스트로서의 『정감록』은 없다

『정감록』이라는 제목의 책은 단일한 형식을 지니지 않는다. 상당량의 필사본이 전하지만 그 속에 들어 있는 편목은 차이가 있다. 이 책은 「감결鑑訣」을 중심 내용으로 하여 여러 종류의 비결秘訣을 모아서 편집한 것이다. 어떤 사람은 「감결」만이 『정감록』의 실제 내용일 뿐 다른 비결들은 제외시켜야 한다고 주장한다. 그렇지만 현재 전승되고 있는 『정감록』의 내용 안에 「감결」만으로 내용을 구성하고 있는 책은 거의 없다. 이 책에 포함되어 전하는 비결은 대체로 다음과 같다. 「감결」「동국역대기수본궁음양결東國歷代氣數本宮陰陽訣」「역대왕도본궁수歷代王都本宮數」「삼한산림비기三韓山林秘記」「무학비결無學秘訣」「오백론사五百論史」「도선비결道詵秘訣」「남사고비결南師古秘訣」「토정가장결土亭家藏訣」「서계이선생가장결西溪李先生家藏訣」「정북창비결鄭北窓秘訣」「서산대사비결西山大師秘訣」「두사총비결杜師聰秘訣」「옥룡자기玉龍子記」「삼도봉시三道峰詩」등.[76]

책 안에 들어 있는 비결의 종류만 다른 것이 아니다. 심지어 책의 제목도 다른 경우가 있다. 많은 경우 '鄭鑑錄'으로 표기하고 있지만, 책에 따라서는 '鄭勘錄' '鄭堪錄' '鄭湛錄' 등으로 표기된 것도 있다. 책에 들어 있는 비결도 다르고 제목의 한자 표기도

---

[76] 김탁, 『정감록 : 새 세상을 꿈꾸는 민중들의 예언서』(살림, 2005), 36쪽.

다르다면, 이들을 무엇 때문에 하나의 『정감록』으로 취급할 것인가. 내용의 차이에도 불구하고 이 책들은 한결같이 주장하는 바가 비슷하다. 지금 우리가 겪는 어려움을 이겨내기 위하여 새로운 세상을 열어젖히는 영웅이 등장할 것이며, 그의 성씨는 바로 '정鄭'씨라는 것이다. 비결 안에는 알 수 없는 한문 구절과 기묘한 기호의 조합이 난무하지만, 그런 것들이 지시하는 큰 방향은 여기서 크게 벗어나지 않는다. 정씨 왕조가 세워지는 날까지 이 땅에서 일어날 다양한 사건들을 큼직큼직하게 예언을 해놓았는데, 그것은 직설적 어법으로 표현되는 것이 아니라 수수께끼 형태나 고도의 비유를 통해서 제시된다. 독자들은 그 책이 드러내고자 하는 바에 도달하기 위해 해석의 다양한 층위를 거쳐야 한다.

앞서 들었던 예화 중에서 대감의 사위는 『정감록』을 통해서 언제 난리가 일어날 것인지, 그것을 피하기 위한 가장 좋은 땅은 어디인지, 언제 난리가 끝날 것인지를 정확히 알아맞힘으로써 가족들과 주변 사람들의 생명을 구했다. 물론 그 설화에는 정씨가 새로운 나라를 세울 것이라는 주장이 들어 있지는 않았지만, 국가적인 변란이 일어날 시점을 정확히 예언하는 힘을 보여주고 있다. 그런 점에서 『정감록』과 같은 비기류의 책들과 연결될 수 있는 소지를 가진 설화라 하겠다. 사실, 대감의 사위가 본 책이 『정감록』이면 어떻고 『격암유록』이면 어떻단 말인가. 중요한 것은 민중들이 즐기는 설화 속에 이미 다양한 형태의 비기들이 스며 있다는 점이다.

『정감록』에 대한 주장도 다양하다. 어떤 사람은 이 책을 고대로부터 비밀스럽게 전승되어온 보물이라고 말하지만, 또 어떤 사람은 누군가에 의해 조작된 하찮은 책이라고 말한다.[77] 우주의 변화와 국가의 운명을 알려주는 책이라는 주장부터 허무맹랑하고 황당무계한 위서라는 주장에 이르기까지, 『정감록』은 사람들에게 다양한 스펙트럼을 드리운다. 그렇지만 분명한 것은 이 책이 근래에 들어와서 조작된 위서는 아니라는 사실이다. 사람들은 오랜 세월 동안 이 책을 몰래 전승하면서 자신만의 미래, 자신이 꿈꾸는 새로운 세상에 대한 희망을 키워왔다. 일제시대에 와서야 비로소 활자화될 수 있었던 것은, 『정감록』이 불온한 책으로 치부될 수밖에 없던 사정 때문이었을 것이다.

희망을 찾아 부유하는 민중들의 경전

우리의 공식 기록에 『정감록』이 처음 등장하는 것은 영조 때로 보인다. 그 이전부터 역사서나 개인 문집 등에는 비기와 관련된 내용들이 부분적으로 전하고 있었다. 그 흔적들을 모아보면 상당히 많은 비기가 전승되고 있었지만, 내용의 불온함을 걱정하는 권력자들에 의해 주기적으로 소각되었음을 알 수 있다.[78] 권력을

---

77) 비기류가 대부분 위서라는 주장을 편 책으로는 김하원 씨의 『격암유록은 가짜, 정감록은 엉터리, 송하비결은?』(민중출판사, 2008)을 들 수 있다.

가진 자들은 본능적으로 자신의 권력을 뒤흔드는 세력이 어디에 숨어 있는지를 알아차린다. 민중들 사이에서 몰래 전승되면서 입에서 입으로 설화 속에 숨어 이야기되고 있지만, 그 실마리를 잡는 순간 순식간에 낚아채서 상대방을 무력화시킨다. 물론 정부의 권력이 정상적으로 혹은 강력하게 작동하고 있을 때의 일이다.

영조 15년(1739) 5월 15일자 『비변사등록備邊司謄錄』에서 우리는 '정감록' 이라는 제목을 발견할 수 있다. 함경도 지역에 살던 몇 명의 주민이 국경을 넘어 청나라로 들어간 사건을 조사하던 과정에서 이 책이 등장한다. 사건과 직접적인 관계가 없기 때문에 어떤 연유로 관리들의 관심을 받았는지 정확히 알 수는 없다. 그렇지만 이 시기에는 이미 『정감록』이 서북 지역 민중들에게 읽히고 있었다는 점을 확인할 수 있다. 그 이후 수많은 사건에서 이 책은 중요하게 언급된다.[79]

이 책을 사상적 근거로 삼아 새로운 세상을 꿈꾸었던 사람들은 자신이 처한 현실을 부당함과 부패로 가득한 시대로 규정했다. 몇 사람 혹은 몇 가문에 의해서 권력은 독점되었고, 백성들은 그

---

78) 『정감록』이 등장하기 이전의 비기류는 21종 가량이 조사된 바 있다. 636년 『신당서新唐書』에 기록이 등장하는 『고려비기高麗秘記』를 필두로 하여 『정감록』이 기록에 등장하는 17세기까지 상당히 많은 비기류가 흔적을 남기고 있다. 이 점에 대해서는 백승종 교수의 『한국의 예언문화사』(푸른역사, 2006), 34쪽에 정리된 표에서 쉽게 확인할 수 있다.

79) 『정감록』과 관련된 역모 사건은 상당히 많은 경우가 보고되어 있다. 그중에서도 김원팔 일가의 역모 사건, 문인방 사건, 문양해 사건 등이 중요한데, 이에 대해서는 백승종 교수의 『정감록, 역모 사건의 진실게임』(푸른역사, 2006)에서 자세하게 소개한 바 있다.

밑에서 신음하고 있다는 것이다. 능력이 있어도 신분 차별 때문에, 혹은 지역 차별 때문에 등용되지 못하고 자신의 꿈을 접는 것이 현실이라고 생각했다. 『정감록』이 서북 지역에서 처음 등장한 것도 조선시대 내내 은밀하게 적용되었던 지역 차별에서 근원을 찾을 수 있다. 왕조에 죄를 지은 사람들이 유배를 가는 땅이 바로 서북 지역이 아니던가. 그 유배가 정당하든 부당하든, 유배를 당한 당사자와 그 가족과 사문師門은 선택할 수 있는 길이 많지 않았다. 죽은 듯이 엎드려 있다가 국왕의 은혜로 풀려나 다시 정계에 복귀하기를 꿈꾸든지, 아니면 황막하고 깊은 첩첩산중 북쪽 변방에서 살다가 세상을 하직하든지 둘 중의 하나였을 것이다. 그렇지만 정계에 복귀하는 사람에 비해 서북 지역 유배지에서 평생을 지내는 사람들이 훨씬 많았다. 그 가슴속에 맺힌 한과 왕조에 대한 불만은 반란과 같은 형태로 표출되게 마련이었다. 그들의 사상적 토대로 또는 반란의 계기로 작동하는 책이 바로 『정감록』과 같은 비서秘書들이었다.

『정감록』이 공식적으로 등장한 것은 아니지만, '이씨가 망하고 정씨가 왕이 된다'는 소문은 선조 때에 이미 널리 퍼져 있었다. 『선조수정실록』 1589년 10월 1일 항목에서는 이것을 자세하게 언급했다. 그 기록에 의하면, 새로운 나라가 건설되면 노비나 요역徭役과 같은 세금, 서얼에 대한 차별 등을 모두 없애고 태평한 나라를 만들 것이라고 했다. 이후에 등장할 『정감록』의 주요 내용이 모두 등장하고 있다는 점에서 주목할 만하다.

설령 『정감록』이 위서라고 해도, 수백 년 동안 이 땅의 민중들에게 희망의 메시지를 전해주었다는 점은 긍정적으로 평가해야 하지 않을까. 어디에도 정착하지 못하고 삶의 터전을 찾아 떠도는 인생들에게 위안을 주고 희망이 되어준 책, 그러나 권력자들에 의해 반역의 책으로 낙인 찍혀서 소지하기만 해도 처벌을 받았던 책, 그 책이 바로 『정감록』이다. 시대가 어지러우면 어김없이 나타나 사람들의 마음을 뒤흔들었다. 한번도 확정된 텍스트를 우리에게 보여주지 않았으며, 동시에 새로운 시대 새로운 사건과 연결되어 소문으로만 떠돌던 책이 바로 『정감록』이다. 힘없는 민중들의 소망이 집약되어 하나의 전설이 된 『정감록』을 보면서, 지금 우리가 살고 있는 시대를 다시 돌아보게 된다.

1488년 봄,
조선의 풍경을 그리다

『조선부』

근사한 뷔페 식당이나 고급 레스토랑에서 식사를 하는 사람들은 버릇처럼 샐러드를 먼저 먹곤 한다. 적당한 드레싱과 함께 먹는 야채는 그 아삭아삭하고 신선한 느낌으로 위장에 기분 좋은 자극을 준다. 이어서 제공될 주 요리를 무리 없이, 맛있게 즐기기 위한 선택일 것이다. 서양식의 영향을 강하게 받은 요즘의 한식집에서도 야채를 먹은 뒤 주 요리를 내오는 방식은 비슷해 보인다.

그런데 조선시대에는 어떠했을까. 그 시대에도 야채를 곁들여서 고기나 기타 주 요리를 즐기곤 했을까. 그런 의문조차 품어볼 수 없을 만큼 우리는 지금의 순서에 길들여져 있다. 『조선부朝鮮賦』를 읽다 보면 뜻밖에 그 의문이 풀린다. 조선에 사신으로 파견되어 온 명나라의 동월董越을 위해서 조선의 조정에서는 공식적인 만찬을 베푼다. 그는 연회상에 차린 음식이며 그 자리에서 연행되는 온갖 놀이에 이르기까지 꼼꼼하게 기록해놓았다. 그 과정에서 조선 사람들은 보통 고기를 배부르게 먹은 뒤 마지막으로 야채를 먹는 습관이 있다고 기록하였다. 참 흥미롭게도, 우리 조상들은 지금의 우리와는 반대의 순서로 고기와 야채를 즐겼던 것이다. 동월이 쓴 『조선부』는 그렇게 우리 조상들의 삶에 대한 세심하면서도 귀중한 기록이다.

명나라 사신 동월, 조선으로 파견되다

성종 19년(1488) 1월, 명나라에서 동월이 사신으로 조선에 왔다. 그가 평양에 이르렀을 때, 풍월루風月樓에서 환영 잔치가 열렸다. 당시 안찰사按察使로 있던 허백당虛白堂 성현成俔 역시 당연히 그 자리에 참석하였다. 외모가 볼품없었던 그는 앞에 나서지 못하고 여러 사람들 틈에 끼어 앉아 있었다. 기고만장한 자세로 조선을 우습게 보던 명나라의 사신 눈에 성현과 같은 인물이 눈에 들어올 리가 없었다. 그저 주변 고을을 맡고 있는 하급 관리인 것으로 여겼던 것이다. 술이 거나하게 오르자 동월은 시를 지었고, 그 자리에 참석했던 여러 관리들이 그의 시에 화답을 하였다. 여러 사람의 시를 훑어보던 동월의 눈이 번쩍 뜨인 것은 다음과 같은 구절 때문이었다.

붉은 비 뜰에 가득하니 복숭아꽃 하마 졌고
푸른 연잎 물에 닿자 연꽃 막 떠오른다.

紅雨滿庭桃已謝
青錢點水藕初浮

선명한 색채의 대조와 정교한 대구도 놀라웠거니와, 늦봄에서 초여름으로 넘어가는 계절의 한 순간을 이렇게 선명하게 포착해

내는 것은 보통 솜씨가 아니었다. 동월은 놀라서 옆에 앉아 있던 허종許琮에게, 이토록 훌륭한 사람이 어째서 작은 고을의 관리밖에 못하고 있느냐며 물었다. 그러나 허종은 이렇게 대답한다. "우리나라에서는 풍화風化를 잘 살피는 것을 중시합니다. 그래서 조정에서 최고의 인물을 뽑아 지방 고을의 관리로 삼고 있습니다."

이 일화는 김안로金安老의 『용천담적기龍泉談寂記』에 수록되어 있다. 동월과 관련된 기록은 당시 실록에서부터 시화에 이르기까지 다양하게 실려 전한다.

조선의 선비들에게 중국은 언제나 거대한 권력이었다. 정치적으로도 거대했지만, 문화적으로도 거대한 존재였다. 자신들이 일상적으로 사용하는 문자는 중국의 것이었으므로, 아무리 뛰어난 문장가라 해도 중국 사람들 앞에서는 언제나 주눅이 들 수밖에 없었다. 중국에서 사신이 오면 그를 맞아 대접하는 관리인 접반사接伴使는 당대 최고의 문신을 선발해서 발령을 낸다. 중국 사신에게 문화적으로 위축되는 것은 나라 망신이라고 생각했기 때문이다. 시문 창작 능력이 곧 나라를 빛내는 길이라는 것이 바로 '이문화국以文華國'의 논리다. 주로 관리 출신들에게 널리 받아들여진 이 문학론은 관리 선발 과정에서 시문이 중요한 평가 도구가 될 수 있다는 중요한 논거로 이용되었다.

유교를 이념적 기반으로 하는 조선 건국의 주체들은 고려의 문학적 · 이념적 경향을 반대했다. 불교적 담론에 대항하여 새로운 유교적 담론으로의 전환을 적극 모색하였으며, 형식과 수사의 아름다움을 중시하던 문학적 태도에서 내용 중심의 유교적 문학론으로 강조점을 옮겼다. 내용 중심의 문학론인 재도론載道論이 중심적인 문학 담론으로 자리를 잡아가고 있기는 했지만, 형식과 표현을 중시하는 문학론이 일방적으로 배척되었던 것은 아니다. 여전히 과거 시험에서는 사부辭賦와 시문詩文이 평가의 중요한 수단이었고, 관직에 진출하거나 재야에서 지식인으로서의 삶을 살아간다 해도 여전히 문학적 능력은 개인을 평가하는 최고의 기준이었다. 특히 관리들은 외교적 목적 때문에라도 문학 창작 능력이 뛰어난 사람의 필요성을 역설해왔다. 중국 측에서 사신이 왔을 때 그들을 대접하는 사람의 시문 창작 능력은 곧바로 조선에 대한 중국의 인식에 영향을 미치는 것이었다. 때문에 최고의 시문가를 선발하여 중국 사신을 접대하였다. 조선을 다녀간 사신은 자신을 접대한 관리의 시문 창작 능력을 통해서 조선이 얼마나 문명국인지를 판단했고, 그의 평가는 중국에 곧바로 전해져서 조선을 대하는 중국의 입장에 영향을 끼쳤다.

동월은 누구인가

많은 사신들이 조선을 왕래하였지만, 언제나 훌륭한 사람이 사신으로 파견되어 온 것은 아니었다. 자신들에게 조공을 바치는 조선에 고관대작을 파견하지는 않았다. 그 와중에도 시문을 잘 짓는 사람들이 오곤 했는데, 이들과 함께 시문을 주고받았던 조선의 관리들은 오랫동안 그의 이름을 기억하면서 아름다운 추억으로 여겼다. 권응인權應仁의 『송계만록松溪漫錄』에는 조선에 다녀간 중국 사신 중에서 훌륭했던 사람의 등급을 매겨놓은 기록이 전한다. 권응인은 당대 최고의 시인 관료였던 호음湖陰 정사룡鄭士龍의 입을 빌어서, "기순祈順이 제일이고, 예겸倪謙과 동월이 그 다음이다. 김식金湜은 칠언율시가 좋고, 장영張寧은 좀 미숙한 것 같다"는 평을 남겼다. 그리고는 동월의 시구 중에서 한 대목을 들고, 조선에 다녀간 중국 사신들의 시 구절 중에서 가장 뛰어난 것으로 들었다.

> 강 비는 추위 빚어 나무 끝에 내리고
> 고개의 구름은 어둠 나누며 산 언덕에 떨어진다.

> 江雨釀寒來樹杪
> 嶺雲分暝落山阿

조선의 사신들에게 칭송을 받았던 동월이 애초부터 조선에 대해 호의적이었던 것은 아니다. 어숙권魚叔權의 『패관잡기稗官雜記』에 따르면, 동월이 처음 압록강을 넘어 조선에 들어올 때만 하더라고 주변 사람들을 무시하였을 뿐만 아니라 일을 하는 사람이 조금만 잘못해도 엄하게 꾸짖으면서, "나는 너희 나라의 관리가 아닌데 감히 이렇게 무례하게 대하는가" 하면서 화를 냈다고 한다. 그럴 만도 한 것이, 동월이 조선에 사신으로 파견되어 온 것은 명나라 효종孝宗이 황제에 등극한 것을 알리기 위한 조서를 전하기 위함이었다. 게다가 그의 직책은 좌춘방우서자左春坊右庶子 겸 한림원시강翰林院侍講이었다. '춘방'이라는 것은 바로 동궁東宮에 속한 벼슬로, 동월은 바로 효종의 동궁 시절의 스승이었던 것이다. 현임 황제의 스승이라는 막강한 위세를 생각하면, 조선에 파견된 중국 사신 중에서도 상당한 고급 관료였던 셈이다.

이덕무는 『앙엽기盎葉記』에서 청나라 위예魏禮의 「영도선현전寧都先賢傳」의 기록을 인용하여 동월의 일생을 정리한 바 있다. 그 글에 의하면 동월의 자는 상구尙矩, 호는 규봉圭峰으로, 영도 출신 인물이다. 어려서 부친을 잃고 홀어머니 밑에서 자랐다. 집은 가난했지만 어머니를 정성스럽게 봉양하였다. 그는 1469년 진사에 올라 한림원편수翰林院編修를 시작으로 여러 관직을 거친다. 그때 동궁강관東宮講官에 임명되는데, 이때 가르친 동궁이 바로 훗날 효종으로 등극한다. 조선에 사신으로 와서 어떤 선물도 거절하여 청렴한 기상을 보였다. 풍채도 좋고 말에는 법도가 있었으며, 가난한 친척들을 잘 도와주어 칭송이 높았다고 한다.

동월이 조선에 사신으로 왔을 때 그의 나이 58세나 되는 고령에 당상관이었다. 어디에도 거리낄 것 없는 동월로서는 조선의 관료들이 눈에 들어올 리 없었다. 안하무인격으로 행동하던 그가 처음으로 기세를 꺾은 것은 자신을 접대하기 위해 온 접반사를 만나고부터였다. 어숙권의 『패관잡기』에 의하면, 당시 접반사는 허종許琮이었다. 동월은 키도 크고 풍채도 있었으며 의관 역시 훌륭하게 차려입은 허종을 만나자 눈이 휘둥그래지면서 감탄을 한다. 그 뒤로는 조선 사람들이 실수를 해도 그 잘못을 쉽게 지적하지 않았다. 밤에는 허종과 대화를 나누며 시를 주고받았다. 시간이 흐르면서 서로 정이 들어, 모든 임무를 마치고 다시 중국으로 돌아갈 때쯤에는 아쉬워하며 눈물을 흘렸다고 한다.

한양에 머무는 동안 동월은 조선의 풍물과 제도에 큰 관심을 가지고 자료를 수집한다. 짧은 기간 동안 조선의 풍속을 파악하기 어렵다고 판단한 그는, 허종에게 자료를 부탁해서 상당한 양의 자료를 모아서 귀국한 것으로 보인다. 『조선부』에서 동월은 스스로 주석을 달았는데, 거기에 나오는 『풍속첩風俗帖』이 바로 허종에게서 받은 자료인 것으로 보인다. 이렇게 자신의 견문과 조선에서 수집한 자료를 바탕으로 약 일년 동안 집필한 것이 바로 『조선부』다.

조선의 문화적 지형도를 그린 책, 『조선부』

『조선부』는 464구로 구성된 부賦이다. '부'는 한나라 때 본격적으로 발전한 운문체 양식으로, 시구의 끝에 반복적으로 운율을 붙여서 율격적 흥취를 강화하는 압운을 한다. 그러나 한시처럼 음악에 얹어서 노래로 부르기에는 적합하지 않은, 그저 리듬을 맞추어 읊조리기에 적합한 문체다. 동월 자신도 『조선부』에서 언급한 바 있듯이, '부'는 이렇게 문체의 한 종류이기도 하지만 동시에 표현 수법 중의 하나로도 취급된다. 표현 수법으로서의 '부'는 사실을 펼쳐내어 묘사하는 것을 말한다. 동월은 이런 점을 고려하여 조선에서의 견문을 꼼꼼히 운문의 리듬 속에 펼쳐낸 것이다.

이 책은 조선 중종 때와 숙종 무렵에 판각된 적이 있지만, 중국에서는 『사고전서』 속에 수록되어 전한다. 동월의 문집은 사라졌지만 『조선부』 덕분에 그는 조선과 중국에서 모두 기억하는 문인이 되었다.

『조선부』는 동월이 지은 작품의 구절마다 스스로 주석을 붙이는 형태로 이루어졌다.[80] 이 책이 우리의 눈길을 끄는 것은 바로 이방인의 눈으로 그려낸 조선 전기 우리 풍속의 단면 때문이다. 그는 꼼꼼하면서도 흥미롭게 작품과 주석 안에 조선의 풍속을 묘사했다. 조선의 지정학적 위치, 전반적인 풍속, 의주에서 한양까지의 여정, 평양의 유적과 역사, 한양에서 유숙할 때의 견문, 근정전勤政殿을 비롯한 궁궐 안에서의 풍경과 음식, 잔치, 제도 등을 그

---

80) 『조선부』는 이미 윤호진에 의하여 꼼꼼한 주석과 함께 완역되고 해설된 바 있다(윤호진, 『조선부』, 까치, 1994). 윤호진이 동월의 생애, 동월과 관련된 조선의 기록들, 작품의 내용 등을 상세하게 분석하였으므로 좋은 참고 자료가 된다. 아울러 변인석의 「사고전서와 한국인 부총재 김간에 대하여」(『동양사학연구』 제10집, 동양사학회, 1976), 변인석의 「사고전서 조선사료의 연구」(민족문화, 1977), 조영록의 「동월의 조선부에 대하여」(『전해종박사 화갑기념 사학논총』, 일조각, 1979), 신태영의 「명사明使 동월의 조선부에 나타난 조선 인식」(『한문학보』 제10집, 우리한문학회, 2004) 등에서 동월과 관련된 기록을 상세히 다룬 바 있다. 이들 연구가 많은 도움이 되었다.

려냈으며, 한강에서의 유람도 흥미롭게 묘사했다. 또한 저잣거리를 오가는 백성들의 모습과 그들이 살아가는 집, 아녀자들의 모습, 특산품 등을 기록하였다. 이렇게 동월은 1488년 정월부터 5월까지 자신이 겪은 조선 풍속의 단면들을 포착하여 기록하고 있다.

이 당시의 궁궐과 백성들의 모습이나 풍속을 이렇게 광범위하면서도 꼼꼼하게 기록한 글은 흔치 않다. 기순祈順의 「설제등루부雪霽登樓賦」나 예겸倪謙의 「등루부登樓賦」 등의 작품이 외국 사신의 눈으로 보는 아름다운 조선의 경치나 간단한 역사적 사실 등을 언급한 것에 비해, 동월의 『조선부』는 귀국 이후 일년 가까이 자료를 매만져서 심혈을 기울여 썼다는 점을 감안한다면 정말 소중하기 그지없는 책이다. 물론 조영록 교수의 언급처럼, 이 책에서 보이는 역사 의식이 중화주의적 태도를 노골적으로 드러내면서 조선의 모든 문화적 성취를 기자箕子의 유풍으로 돌리는 흠은 있다. 그러나 조선의 역사를 다루면서도 단군으로부터 시작한다든지, 조선의 자연과 역사에 대해 그 나름의 객관적 태도를 유지하는 것을 보면, 그의 태도를 마냥 비판하기는 어렵다.

중국 사신을 접대하는 태평관太平館은 숭례문 안쪽에 있었다. 동월 역시 그곳에서 열리는 연회에 참석하여 즐기거나 쉬었다. 그곳 방안을 묘사하면서 그는 '와탑臥榻은 8면을 장막과 병풍으로 둘러쳤다'고 하였다. 이어서 해당 대목에 주석을 달았는데, "나라 풍속에 그림을 거는 일은 적다. 무릇 공관公館의 네 벽에는 모두 병풍을 벌려놓고, 위에 산, 물, 대, 돌을 그리거나 혹 초서를 썼는데, 높이는 2~3척이다. 와탑도 또한 그렇다."(윤호진, 『조선부』, 61쪽)라고 하였다. 조선 선비의 방에 그림을 걸기보다는 병풍을 펼쳐서 장식을 했다는 것은 미처 알아채지 못하던 것인데, 외국 사신의 눈에는 쉽게 보인 모양이다.

곤궁하게 살아가는 백성들의 삶도 『조선부』에 묘사되어 있다.

가난한 집의 벽은 대를 엮되,

새끼줄로 얽어 튼튼하게 하고,

그 위로는 띠풀로 엮었으며,

그 구멍은 진흙덩이로 막았다.

가시나무가 처마 끝까지 나온 집도 있고,

건물이 겨우 둥근 상만 한 집도 있다.

貧壁編篠

索綯以完

其上則覆以茅茨

其空則塞以泥丸

有荊棘反出簷端者

有棟宇僅如困盤者

| 윤호진, 『조선부』, 79쪽 |

위 글에 주석을 붙이면서 동월은 이렇게 서술한다. "그 벽은 잡

목 따위를 가져다 바로 세운 뒤, 엮지 않고 새끼로 한다. 새끼로
맨 곳은 마치 그물의 눈과 같은데, 한 개의 눈마다 하나의 진흙덩
이로 막았다. 서울의 작은 골목은 이와 같고, 길가에서 본 것은 완
전히 진흙으로 발랐다." 이 대목을 읽으면 서울 저잣거리 어느 가
난한 집의 모습이 눈앞에 선연히 떠오르는 듯하다. 다음에 이어
지는 부잣집의 모습을 묘사하는 대목과 너무도 대비되어, 『조선
부』를 읽는 사람들에게 조선의 가난한 백성들의 궁핍하고 힘든
생활상을 강렬하게 전달한다.

이런 방식으로 동월은 조선에서의 연회 장면, 연희 모습, 성균
관의 구도, 백성들의 옷차림과 머리 모양, 여성들의 차림새와 풍
속, 짐승과 나무들의 모습을 짧지만 분명하게 묘사하였다. 특히
작품의 뒷부분에서는 소나무를 등불 대용으로 사용하기도 하고
식용, 교량, 건물의 기둥 등으로 다양하게 사용한다고 하였다. 작
품 앞부분에서 삼각산이 온통 소나무로 덮였다는 진술과 함께 생
각해본다면, 예부터 소나무가 우리 조상들의 삶 속에 깊이 뿌리
박혀 있었다는 점을 자연스럽게 증언하는 것이다.

『조선부』는 중종 25년(1530)에 편찬된 『신증동국여지승람新增東
國興地勝覽』 첫머리 「경도京都」 부분에 주석을 포함한 전편이 인용
되어 전한다. 이듬해인 중종 26년(1531) 태두남太斗南이 남원에서
간행하였고, 일부 야담집류에 단편적으로 기록이 보인 것을 제외
하면 한동안 작품이 보이지 않다가, 숙종 때 다시 간행되었다. 그
러나 조선 후기에 이르러서야 비로소 조선 지식인들의 책에 널리

新增東國輿地勝覽卷之一

京都上

古朝鮮馬韓之域北鎮華山有龍盤虎
踞之勢南以漢江為襟帶左控關嶺右
環渤海其形勝甲於東方諒山河百二
之地也百濟中葉自漢山而徙居未幾
播遷南上高麗蕭宗雖置南京有時來
巡而已皆不足以當形勢之勝至我〔東覽一〕

太祖康獻大王愛天明命定鼎于此以均
四方来廷之道里以建萬世不拔之閎
基非東而開三京形勢所能彷彿其萬
一也狩歟盛哉

新增 國郊

조선부 (민족문화추진회 영인본)

『조선부』가 우리의 눈길을 끄는 것은 바로 이방인의 눈으로 그려낸 조선 전기 우리 풍속의 단면 때문이다. 명나라 사신이었던 동월은 1488년 당시 조선의 궁궐과 백성들의 모습을 광범위하면서도 꼼꼼하게 기록했다. 『신증동국여지승람』 '경도(상)'의 세주에 작은 글씨로 전문이 수록되어 있는 이 책은 우리 조상들의 삶에 대한 귀중한 기록으로 남아 있다.

인용된다. 특히 이익의 『성호사설星湖僿說』이나 정약용의 『여유당
전서與猶堂全書』에서 조선 전기의 풍속을 고증하면서 자주 『조선
부』를 근거로 제시하였다.

　이 책은 일본으로 전해져서 출판되기도 하였다. 조선 후기 일
본에 사신으로 갔던 조엄趙曮은 일본에서 이 책을 보았노라며 자
신의 『해사일기海槎日記』에 기록하였다. 그만큼 조선의 풍속에 대

한 기록으로 동아시아 전역에서 읽혔던 책이 바로 동월의 『조선부』였다. 그렇지만 우리는 1937년 조선사편수회朝鮮史編修會에서 영인하여 간행하면서 비로소 쉽게 읽을 수 있었다. 이국인의 눈으로 정리 기록된 조선 전기의 풍경을 읽으면서, 새삼 그의 날카로운 시선과 정밀한 묘사에 감탄한다.

윤호진 교수의 글에 의하면, 훗날 조선에 사신으로 오는 중국 관리들은 동월의 『조선부』에 이어서 『속조선부續朝鮮賦』를 짓고 싶어했다고 한다. 외국에 사신으로 다녀오면서 객관적인 진술을 토대로 풍속을 정밀하게 기록하려는 태도가 조선 후기에서야 본격적으로 나타나기 시작한 우리의 실정을 생각하면, 동월의 『조선부』는 참으로 소중한 책이다. 우리는 이 책을 통해 조선 전기 한때를 살았던 조상들의 숨결을 느낄 수 있다.

개처럼 살아온 삶을
벗어나라

『분서』

유서 쓰는 사람

유서를 써본 일이 있다면 아마 짐작할 것이다. 비록 죽음 앞에 서있지 않더라도, 유서를 쓸 때만큼은 마음이 차분해지면서 자신의 삶을 돌아보게 된다는 것을. 생사일여生死一如 법문을 들으며 고개를 끄덕이던 사람에게도 죽음은 쉽지 않은 문제다. 우리의 삶 저편에 알 수 없는 세계가 있다는 것을 믿는다 해도, 여전히 불안감을 어쩌지 못하기 때문에 나도 모르는 사이 이승에 집착하게 된다. 그게 중생이다.

옛 사람들의 유서를 꽤 여러 편 읽었지만, 그중에서도 특히 기억에 남는 것이 있다. 바로 명나라 때의 사상가 이지(李贄, 1527~1602)의 유서다. 그의 호가 탁오卓吾이므로, 흔히 '이탁오'라고 불린다. 복건성 천주泉州에서 태어난 그는, 26세에 향시鄕試에 급제하여 29세에 하남성河南省 교유敎諭로 관직 생활을 시작하여 여러 관직을 거친 뒤 54세에 운남성雲南省 요안지부姚案知府를 그만둘 때까지 관직을 따라 떠도는 생활을 했다. 대체로 은퇴를 결심하고 노년을 보낼 곳을 물색할 나이에, 이탁오의 삶은 새로운 학문적 열정으로 불타올랐다. 나이가 들수록 더 날카롭게 벼려진 그의 학문적 솜씨는 천고를 울렸다.

그가 세상을 떠나기 얼마 전인 1602년 2월 5일에 남긴 그의 유언은 참으로 인상적이다. 그의 유언장에는 가족이나 재산에 관한 언급이 전혀 없다. 유언의 요지는 크게 두 가지다. 하나는 자신의 묘를 어떻게 만들어야 하는가에 대한 것이고, 다른 하나는 제자들의 앞날에 대한 것이다. 구덩이는 가로 한 길, 세로 다섯 자, 깊이 두 자 다섯 치 정도로 파서 묘혈을 마련한 뒤 삿자리 다섯 장을 바닥 아래 평평하게 깔고 시신을 안치하도록 당부한다. 뿐만 아니라 장례 물품은 어떻게 마련해야 하는지, 시신을 감싸는 수의는 어떻게 할지, 매장을 언제 어떻게 해야 하는지, 봉분과 비석을 어떻게 만들어 세워야 하는지 등을 세세하게 지시하고 있다. 이렇게 자신의 묘지 만드는 일을 지시하는 것이 유서의 대부분을 차지하는 가운데, 마지막으로 자신을 모시는 제자들에게 당부를 한다. 묘를 성심껏 지킬 사람은 지키되 만약 자신과 상관이 없는 사람이라면 알아서 떠나도록 내버려두라는 것이었다.

이렇게 독특한 유언을 남긴 그는 얼마 지나지 않은 3월 16일 자결함으로써 세상을 뜬다. 유언도 유언이지만 그의 죽음 역시 충격적이었다. 그는 만년에 스님처럼 머리를 완전히 깎았다. 머리카락이 길면 관리하는 시간이 드니까 차라리 빡빡 깎는 것이라고 말하며 다른 사람의 눈을 의식하지 않고 지냈다. 사회적 관습과 예를 과감하게 넘어서는 사유와 행동 때문에 탄핵을 당한 그는 감옥에 갇혔을 때에도 태연하게 주역에 관한 책을 저술했으며, 그 저술이 끝나자 머리카락이 길었으니 이발사를 들여보내 달라고 요청했다. 결국 그는 이발사의 칼을 빌려서 자신의 목을 베어 자결을 한다. 그의 죽음은 하루 하고도 반나절이 걸릴 정도로 오래 걸렸다. 그러니 죽음조차도 범상치 않았던 이탁오라 하겠다.

유언은 아니지만 유언과 같은 성격의 글로「예약豫約」을 들 수 있다. 글자 그대로 이 글의 내용은 자신이 죽은 뒤의 상황에 대해 여러 가지를 당부하는 말로 되어 있는데, 이 역시 그의 나이 일흔 무렵에 지어진 것이다. 그 외에도 죽음 문제를 깊이 생각하는 내용의 글들이 산견되는 것을 보면, 이탁오는 언제나 삶의 또 다른 얼굴로서의 죽음에 관한 문제를 항상 염두에 두고 살아갔던 것 같다.

현재까지 전하는 그의 책으로는 『분서焚書』와 『장서藏書』가 널리 알려져 있다. 이탁오의 책은 분량도 방대하지만, 글 속에 담긴 혁명적 사유 때문에 사람들의 간담을 서늘하게 한다. 범상치 않았던 그의 삶은 범상치 않았던 그의 사유에서 나온 것이고, 그같은 생각과 행동들이 동시대 많은 사람들에게 논란을 불러일으켰다.

흔적을 찾기 힘든 책

이탁오의 책을 처음 기록으로 남긴 사람은 허균이다. 역모의 혐의를 받아 비극적인 죽음을 맞이한 허균은, 만년에 『한정록閒情錄』을 편찬했는데, 이 책은 중국 문인들의 글 중에서 읽을 만한 것들을 메모해두었다가 주제별로 나누어 편집한 것이다. 글을 기록하고 그 출전을 밝혀놓았는데, 여기에 이탁오의 『분서』가 등장한다. 현재 전하는 『분서』에는 허균이 기록한 글이 전하지 않는 것을 보면 아마 허균의 착오로 전거를 잘못 기록했거나 현재 우리가 보는 판본과는 다른 것을 보고 기록하였을 것으로 추정된다. 어느 쪽이 맞는지 알 수는 없지만, 적어도 허균이 『분서』를 본 것만은 분명한 사실이다.

『분서』를 보았다는 기록은 허균의 다른 기록에서도 발견된다. 그는 1615년 윤 8월 한양을 출발하여 1616년 3월까지 명나라에 사신으로 다녀온다. 그 과정에서 상당한 분량의 책을 구입해 왔는데, 그 속에 이탁오의 『분서』가 포함되어 있었다. 또한 중국을 다녀오면서 지은 시 작품을 모아서 『을병조천록乙丙朝天錄』을 남겼는데, 이 안에 흥미로운 시가 세 편 수록되어 있다. '이씨의 분서를 읽고讀李氏焚書'라는 제목 아래 세 편의 연작시가 수록되어 있는데, 그중 첫번째 수를 들면 다음과 같다.

맑은 조정에서 대머리 늙은이의 글 태워버렸지만
그 도는 아직도 남아 있어 모두 타지 않았다.
저 불교와 우리 유교, 깨달음은 하나건만
세상 사람 마구 이야기하며 제 스스로 어지럽다.[81]

清朝焚却禿翁文
其道猶存不盡焚

---

81) 허균, 「독이씨분서讀李氏焚書」. 이 글의 원문은 『을병조천록』(최강현 역주, 국립중앙도서관, 2005)에 수록된 영인 자료를 이용했으며, 번역은 필자의 것이다.

彼釋此儒同一悟

世間横議自紛紛

　허균은 이때 비로소 이탁오의 저작을 읽었던 것으로 보인다. 그러나 세번째 수에 나오는 구절, "노자(老子, 허균 자신을 지칭함—필자 주)는 이전부터 탁로(卓老, 이탁오를 말함—필자 주)의 이름을 알고 있었다老子先知卓老名"라는 구절로 보건대 이탁오의 존재는 이전부터 알고 있었던 것으로 보인다. 위의 시에서도 이탁오를 '독옹秃翁'이라고 표현한 것은 머리카락을 몽땅 깎아버린 모습으로 살아갔던 이탁오를 표현하는 말이다. 게다가 명나라가 이탁오의 과격한 사상적 경향을 싫어하여 그의 책을 없애버렸던 점을 언급한 것을 보면 그는 분명 이탁오를 꽤 알고 있었을 것이다.

　이전의 연구자들은 허균의 과격한 사유와 행동의 원천 중의 하나로 이탁오의 사상적 영향 관계를 언급하곤 하였다. 물론 위의 시가 발견되면서 현재 남아 있는 허균의 저작에는 이탁오의 사상적 그림자가 드리워진 것은 아니라는 쪽으로 논의가 기울기는 했지만, 적어도 그의 사상적 구도가 이탁오를 연상시킨다는 점만은 분명해 보인다.

　흔히 '양명좌파陽明左派'로 지칭되는 이탁오는 이후 조선의 여러 사람들에게 읽히면서 수용되었음이 분명하다. 처음에는 그의 흔적을 발견하기 어려웠지만 18세기 후반 이후에는 이탁오와의 연관성을 비교적 분명하게 보이는 사람도 있고, 그의 이름을 언급하는 사람도 있었다. 맥락은 분명하지 않지만 박지원 역시 『열하일기』에서 『분서』를 언급하고 있는 것을 보면, 당시의 지식인들에게 이탁오의 이름은 아주 낯설지만은 않았던 듯하다. 그렇지만 워낙 이단으로서의 행동을 일삼았기 때문에, 이 책을 읽는 조선의 선비들은 사회적으로 불이익을 받을까 두려워하여 명시적으로 이탁오의 이름을 드러내는 사람은 거의 없었다. 이탁오는 자신이 활동하던 당대에도 이단으로 몰렸을 정도니, 주자학으로 무장된 조선의 현실 속에서 이탁오를 읽고 받아들인다는 것은 그야말로 목숨을 걸어야 하는 짓이었을 것이다.

개 같은 나의 인생

중국철학사에서 이탁오의 이름은 '동심설童心說'과 함께 소개된다. 인간이 태어나면서 가지고 있었던 최초의 일념一念, 그 진실된 자리를 동심으로 표현한 것이다. 자라면서 그 동심은 인간의 욕망에 의해 은폐되어 발현하지 못하게 되므로, 중요한 것은 동심을 어떻게 회복할 것인가 하는 것이었다. 이 동심설은 조선 후기 많은 지식인들에게 수용되었을 뿐 아니라 양명학의 학맥을 이은 근대의 지식인들에게까지 이어져서 큰 영향을 끼쳤다. 그의 글은 어느 하나 강렬하지 않은 것이 없을 정도였다.[82]

54세가 될 때까지 이탁오는 비교적 평범한 관인으로서의 삶을 살았다. 그가 갑작스럽게 가족과 헤어져 치열한 학문의 길로 나선 이유는 무엇이었을까. 현실적으로 그럴 만한 사정이 있었겠지만, 당시의 심사를 담은 글 한 편이 눈길을 끈다.

나는 어려서부터 성인의 가르침이 담긴 책을 읽었지만 그 내용이 무엇인지 알지 못했고, 공자를 존경했지만 공자에게 어떤 존경할 만한 점이 있는지 알지 못했다. 그야말로 난쟁이가 광대놀음을 구경하다가 사람들이 잘한다고 소리치면 따라서 잘한다고 소리 지르는 격이었다. 나이 50 이전의 나는 정말로 한 마리의 개에 불과하였다. 앞의 개가 그림자를 보고 짖으면 나도 따라서 짖어댔던 것이다. 만약 남들이 짖는 까닭을 물어오면 그저 벙어리처럼 쑥스럽게 웃거나 할 따름이었다.[83]

이 구절이 나에게 다른 어떤 구절보다 강렬하게 다가온 것은, 자신의 부끄러웠던 점을 솔직하게 진술했기 때문이었다. 공부하는 사람이라면 누구나 다른 사람의 글을 모방하는 것에 대한 부끄러움 혹은 부담감 같은 것을 가지고 있다. 그렇지만 솔직하게

---

82) 양명학파가 조선의 지식인들에게 끼친 영향을 문학 방면에 초점을 맞추어 연구한 책으로 강명관 교수의 『공안파와 조선 후기 한문학』(소명출판, 2007)이 있다. 이 책에는 이탁오의 『분서』가 읽힌 흔적과 영향도 함께 논의되어 있다.

83) 이지, 「성인의 가르침聖敎小引」(『속분서續焚書』 권2, 이혜경 옮김, 한길사, 2007), 243쪽. 현재 이지의 저술은 『분서』와 『속분서』가 홍승직 교수의 발췌 번역본(홍익출판사, 1998)과 이혜경 교수의 완역본(『분서』 전2권, 한길사, 2004 / 『속분서』, 한길사, 2007)으로 간행된 바 있다.

이탁오의 묘

범상치 않은 생각과 행동들로 동시대 많은 사람들에게 논란을 불러일으켰던 이탁오. 그는 가족이나 재산에 대한 언급이 전혀 없는 참으로 인상적인 유서를 남긴 채 자결을 선택한다. 그의 삶만큼이나 범상치 않은 죽음이었다.

자신의 공부 이력을 반성하면서 학문에의 의지를 다지는 일은 흔치 않다. 그러나 이탁오는 그동안 자신이 살아왔던 세월을 개의 울음에 비유하면서 비판적으로 서술했다.

이탁오의 이 진술은 그 시대에만 적용되는 것은 아니다. 지금도 여전히 유효하다. 이름난 학자들의 말을 인용하면서 자신의 생각을 진전시킨다고는 하지만, 많은 경우 그 사람들의 학설을 동어반복처럼 되뇌기 일쑤다. 표현만 슬쩍 바꾸어서 마치 자기 이야기인 듯 서술하지만, 남의 생각을 훔쳤거나 아니면 정확한 의도를 추측조차 하지 못한 채 그들의 말을 상찬하기에 바빴던 사실을 자신이 왜 모르겠는가. 그 사실을 인정하기가 어려울 뿐이다.

근대 이전 지식인들에게 경서 공부란 무엇이었을까. 성현들의 말씀을 읽으면서 인간으로서의 도리를 실천하고 아름다운 세상을 만들어나가기 위한 준비가 아니었겠는가. 그러나 시대가 흐를수록 경전을 공부하는 것은 과거 시험을 통과하여 출세하기 위한 수단으로서의 기능을 했다. 관직에 나아가 부귀영화를 누리기 위한 출발점, 그것이 바로 글쓰기였다. 성현들의 말씀을 적절하게 활용할 수 있는 능력이 있어야 글쓰기를 잘할 수 있었으므로 경서를 익히는 것은 세속적 욕망을 성취하는 도구로 여겨졌다. 이러한 현실을 이탁오는 강력하게 비판했다. 자신을 포함한 모든 지식인들이 오직 성현들의 말씀만 되뇌일 뿐 그 참뜻에 대해서는 관심도 두지 않으며, 그러니 다른 개들이 짖을 때 자기도 덩달아 따라 짖는 짓을 하면서도 부끄러운 줄도 모른다고 하였다. 이탁오는 그 점을 통렬하게 비판한 것이다.

스승 같은 벗, 벗 같은 스승

남을 따라 짖기만 하는 개가 되지 않으려면 공부와 실천의 합일이 필요하지만, 현실적으로는 함께 공부를 하며 서로 격려하는 사람들이 있어야 한다. 불교의 수행자들은 이를 '도반'이라 부르거니와, 이탁오 역시 그런 존재를 강조했다. 인간은 누구나 스승과 벗을 필요로 한다. 자신이 나아가야 할 원대한 목표가 있다면, 그곳에 도달할 수 있도록 나를 이끌어주고 가르쳐주는 스승은 너무도 소중한 존재다. 그러나 스승의 가르침만을 따라서 오직 한 길로만 가기에는 너무도 많은 유혹과 욕망이 횡행한다. 따라서 내 삶의 어지러움을 잡아주고 힘들 때 함께 독려하며 목표를 향해 나아갈 벗들이 필요하다.

이탁오 역시 스승과 벗을 중시하지만, 그가 생각하는 스승과 벗의 범주는 조금 특별했다.

내가 말하는 스승과 친구란 원래가 하나이니, 어떻게 두 가지 다른 의미가 존재하겠습니까? 하지만 세상 사람들은 친구가 바로 스승인 줄은 알지 못하니, 이리하여 네 번 절한 뒤 수업을 전해 듣는 사람만을 스승이라 이야기하지요. 또 스승이 바로 친구인 줄은 모르고 그저 친교를 맺으며 가까이 지내는 자만을 친구라고 일컫습니다. 친구라지만 사배四拜하고 수업을 맡을 수 없다면 그런 자와는 절대로 친구하면 안 되고, 스승이라지만 마음속의 비밀을 털어놓을 수 없다면 그를 또 스승으로 섬겨서도 안 됩니다. 고인은 친구가 연계하는 바의 중요성을 아셨기 때문에 특별히 '스승 사(師)'를 '벗 우(友)' 앞에 놓으시어 친구라면 스승이 아닐 수 없음을 보이셨으니, 만약에 스승이 될 수 없다면 친구도 될 수 없는 것입니다.[84]

어느 시대인들 스승의 도가 없었으랴마는, 그 도리가 현실 속에서 발현하는 모습은 시대마다 달랐다. 스승의 그림자도 밟지 않는 시대에, 스승을 벗과 동일시한다는 발상 자체가 참으로 신선하다. 이러한 논지를 담은 스승론이 없었던 것은 아니다. 중국의 문장가였던 한유韓愈가 그의 「사설師說」에서, 자신보다 나이가 많건 적건 간에 많이 아는 사람이라면 그에게 배워서 스승으로 모시는 것이 당연하다는 요지의 말을 한 적이 있다. 그러나 이탁오는 거기서 한 발 더 나아가, 스승이 벗이요 벗이 스승이라는 경지에까지 이르렀다. 스승 같은 벗, 벗 같은 스승이 그의 이상적인 사제 관계였다.

이탁오의 이러한 논의는 결국 주변의 어떤 존재에게서라도 배울 점이 있다면 서슴없이 스승으로 모시고 공부를 하라는 것이다. 경건한 자세와 예절을 잘 지켜 스승으로 모시면서 마음속으로는 스승으로 여기지 않는다면, 그것은 진정한 사제 관계라 할 수 없다는 것이다. 자신의 삶이 통째로 공부와 하나가 되지 않았다면 절대 나올 수 없는 생각이다. 이처럼 공부에 대한 그의 열망은 놀라울 정도로 치열했다.

---

84) 이탁오, 「황안의 두 스님을 위한 글 세 편爲黃安二上人三首」(『분서 I』, 이혜경 옮김, 한길사, 2004), 296~297쪽.

다시 '공부'를 돌아본다

　이탁오의 『분서』를 읽노라면 나도 모르는 사이에 조선 후기 박지원 그룹의 인물들을 떠올린다. 달빛 환한 밤, 여러 사람들이 모여서 술을 놓고 시를 읊조리거나 음악을 연주하면서 담소를 나눈다. 거기에는 나이와 신분을 넘어서 하나의 문화적 공유 의식이 있었던 것 같다. 동시에 서로가 서로에게 벗이자 스승으로서의 역할을 했으리라. 그런 점에서 그들이 이탁오의 『분서』를 명시적으로 언급하지는 않았지만 분명 그의 생각에는 상당 부분 동의했을 것이라는 막연한 생각이 들곤 하는 것이다.

　공부의 길을 걷는 나 자신도 이탁오의 글을 읽으며 주변을 돌아본다. 나에게는 저와 같은 스승이자 벗이 있는가. 나는 스승이자 벗으로서의 존재를 알아볼 수 있을 정도로 공부에 대한 열망이 치열한가. 그런 생각들이 책갈피 사이로 스친다.

마음속의 진리,
삶 속의 성인

『전습록』

스승의 말씀을 찾아서

존경하는 스승을 모시고 있다면 참으로 행복한 일이다. 스승의 존재에 대한 의문이 횡행하는 우리 시대에, 참다운 스승으로 모시는 분이 있다는 것은 그 자체만으로도 축복받은 일임에 틀림없다. 물론 도처에 스승이 있기는 하다. 천지에 가득한 삼라만상 중에 스승 아닌 존재가 없다는 생각을 가진다면, 굳이 어떤 존재를 특정하는 것은 의미가 없다. 그렇게 범위를 열어놓지 않더라도, 책만 열면 옛 선현들의 주옥같은 말씀을 접할 수 있으니 이처럼 좋은 스승이 또 어디 있겠는가.

그렇지만 여전히 나는 스승을 모시는 것에 대하여 특별한 생각을 가지고 있다. 책을 통해서 배우는 것이 어쩌면 나의 스승이 진행하는 수업 시간에 얻는 것보다 훨씬 많을 수도 있다. 그러나 책은 '말씀'을 전해줄 수는 있지만 그 행위 속에 깃든 위대함 혹은 실천력을 보여주기에는 역부족이다. 얼굴을 맞대고 듣는 이야기는 비록 언어의 일회성 때문에 전달에서의 한계를 지닐 수는 있지만, 그 상황이 주는 강렬한 기운은 도저히 흉내낼 수 없는 부분이 있다. 그런 점에서 인터넷이나 기타 첨단 매체를 이용해서 수업을 하는 것에 대해 나는 약간의 거부감을 가지고 있다. 날이 갈수록 그러한 경향은 계속해서 증가하겠지만, 여전히 나는 얼굴을 맞대고 수업을 하는 것에 훨씬 깊은 호감을 가지고 있을 것이다.

학생 시절에야 스승을 모시고 개인적인 이야기를 할 기회가 흔치 않았다. 제도적으로도 그게 쉽지 않지만, 배우는 자로서 스승과 마주 앉아 자연스럽게 이야기를 한다는 것 자체가 상당한 부담으로 작용했기 때문이다. 대학원에서 공부를 하거나 개인적인 만남이 지속될 수 있는 계기가 있어야 비로소 조금씩 편해지면서 다양한 이야기를 자연스럽게 나눌 수 있다. 그 시간이 소중한 것은 수업 시간에 들을 수 없는 다양한 경험을 접할 수 있기 때문이다. 스승의 학문적 경험과 인간적 시간의 축적이 수업 시간에 펼쳐지는 것은 극히 일부분이다. 그러나 개인적인 자리에서는 그것이 자유롭게 펼쳐지기도 하고 궁금한 점을 여쭈어볼 수도 있다. 이것이야말로 스승의 깨달은 경지를 구체적으로 엿보거나 전해 받는 중요한 지점이다. 물론 다른 계기를 통해서 이 과정을 밟아 나갈 수는 있지만, 역시 얼굴을 맞대고 자유롭게 이야기를 나누는 기회만 한 자리를 흔치 않다.

오랜 세월 동안 스승을 모시고 다니면서 이런저런 이야기를 나누다 보면 문득 그 이야기를 기록하고 싶다는 욕망이 생긴다. 사람의 기억에는 한계가 있어서, 재미있고 유익한 말씀을 들어도 얼마 안 되어 잊어버리거나 왜곡된 상태로 기억하게 마련이다. 듣는 즉시 메모를 해두면 좋겠지만, 그 일도 쉽지 않다. 여러 가지 이유가 있겠지만, 구체적인 스승의 '말씀'과 문자로 이루어진 기록 사이의 접근이 어려운 탓이 크다. 그럼에도 불구하고 우리는 기록에 의존하여 스승의 말씀을 기록하고 오래도록 전하려고 애를 쓴다. 스승이 저술을 통해서 당신의 생각을 전하는 경우가 별로 없었다면, 제자들이 남긴 대화의 기록이 스승의 생각을 전하는 거의 유일한 자료가 되는 셈이다. 선현들의 기록 중 상당히 많은 경우가 이와 같은 기록에 의존한 것이다. 우리가 흔히 '어록語錄'이라고 칭하는 것들이 그것이다.

공자의 『논어』라든지, 퇴계나 율곡의 어록, 위대한 선승들의 어록은 그들의 삶을 생생하게 보여주는 중요한 자료다. 대부분 제자들이 가르침을 받았던 기억에 의존하여 기록되었기 때문에 그 신빙성에 의문을 표할 수 있을지는 모르지만, 다른 여러 제자들의 합의를 암묵적 전제로 깔고 있기 때문에 누구나 해당 인물의 말씀이라고 인정한다. 스승의 말씀은 주로 제자들과의 대화 속에서 나온 것들이다. 세월이 가면 희미해지는 스승의 말씀을 제자들은 문자 속에 생생하게 담으려는 노력을 기울인다. 그 속에는 자신을 진리의 길로 이끌었던 자상하면서도 엄격한 스승의 모습을 그리워하는 제자의 마음이 들어 있기도 하고, 동시에 시공을 초월하여 많은 사람들이 자신과 함께 진리의 길로 나아갈 수 있는 지침을 발견하기를 기대하는 마음이 담겨 있다. 그것이 바로 어록이다. 그런 점에서 『전습록傳習錄』은 왕양명王陽明의 말씀을 제자들이 기록한 것을 바탕으로 편집한 일종의 어록인 셈이다.

『전습록』의 형성 과정

『전습록』은 명나라의 위대한 철학자 왕수인(王守仁, 1472~1528)의 어록과 몇 편의 서간을 모아 편집한 책이다. 왕수인의 어릴 때 이름은 운雲, 자는 백안伯安이며, 양명陽明은 그의 호이다. 흔히 왕양명으로 널리 알려진 탓에 그의 이름보다는 호로 부르는 경우가 많다. 이 글에서 왕양명으로 지칭하는 것도 그 이름이 널리 알려졌기 때문이다. 그의 문집은 흔히 '융경본隆慶本'으로 통칭되는 『왕문성공전서王文成公全書』(38권)가 간행되어 널리 읽혔는데, 후대의 각본들 역시 이 책을 근간으로 하여 첨보한 것들이다. 이 책의 권1에서 권3에 이르는 세 권 분량이 '어록'으로 분류, 편집되어 있는데 이것이 『전습록』이다. 물론 각 권의 앞머리에 '전습록'이라는 제목이 들어 있기도 하지만, 이 부분은 따로 떼어져 간행되고 읽히는 일이 많았으므로 단독 저작처럼 인식되기도 했다.

세 권으로 된 『전습록』은 왕양명 사후에 전집의 첫머리에 나란히 수록되기는 했지만, 그 성립 과정을 살펴보면 시대적인 편차를 보인다. 『전습록』 상권은 왕양명이 생존해 있을 당시에 편찬 및 간행되었다. 왕양명이 47세가 되던 1518년 8월, 그의 제자인 설간薛侃이 지금의 강서성江西省 감주贛州에서 『전습록』을 처음 간행하였다. 지금 우리가 『전습록』 상권이라고 하는 것이 바로 그 책이다.

설간의 편찬본은 모두 129조목의 이야기를 수록하고 있다. 편찬자인 설간 자신이 기록한 35조목을 비롯하여 서애(徐愛, 1487~1518)의 기록 14조목, 육징陸澄의 기록 80조목이 그것이다. 여기서 주목해야 할 인물이 바로 서애이다. 그는 1512년 12월, 왕양

양왕명의 생가 앞에 있는 패방

뛰어난 사상가였지만 현실 속에서는 뛰어난 병법가로서 이름을 날린 왕양명은 도적들을 토벌하여 큰 공을 세우는 한편 제자들과의 문답을 통해 자신의 생각을 널리 펴고, 마음 공부를 꾸준히 하여 성인이 되기 위한 노력을 게을리 하지 않았다.

명과 배를 타고 회계會稽로 가면서 『대학大學』에 대해 가르침을 받았다. 서애는 왕양명의 제자이자 그 누이동생과 결혼한 매서妹壻이기도 하다. 그는 주자학을 열심히 공부하던 사람이었는데, 왕양명이 1506년 당시의 권력자였던 유근劉瑾의 전횡을 비판하다가 귀주貴州 용장龍場으로 유배를 갔을 때부터 제자의 예를 갖추어 가르침을 받던 터였다. 1508년 용장에서 『대학』의 종지였던 '격물치지格物致知'의 깊은 의미를 새롭게 깨달아 흔히 '용장의 깨달음'으로 일컬어지는 일대 사건이 발생한다. 그때 서애는 왕양명의 생각을 충실히 받아들여 자신의 공부에 도움이 되도록 애를 썼다. 그러나 불행하게도 그는 32세 되던 해에 병으로 사망한다. 그가 세상을 떠난 나이나 왕양명이 아끼고 총애했던 제자라는 점 때문에 흔히 공자의 제자 안자顏子와 비교하여 '왕문王門의 안자' 로 불린다.

『전습록』상권 앞머리에는 머리말에 해당하는 서애의 글이 짧게 붙어 있다. 그 글에서 서애는 스승의 말을 왜 기록하게 되었는지에 대해 서술한다. 그리고 대화 속에서의 가르침을 문자로 옮기는 것의 어려움에 대해 토론한다. 그럼에도 불구하고 서애는 왜 스승의 가르침을 기록으로 남기려 했을까. 자신은 10여 년이나 스승을 따르면서 공부를 했어도 그 높은 경지를 엿볼 엄두도 내지 못하는데, 자신의 스승 양명 선생과 일면식도 없거나 어쩌다 한두 번 만나 대화를 나누어본 사람들이 스승의 학설을 억측하고 왜곡하여 이해하거나 비난하는 것을 보고, 자신이 들은 이야기만이라도 널리 전할 필요를 느꼈다고 하였다. 서애는 자신이 기억하는 스승의 말씀을 글로 옮긴 뒤 상당 기간 동안 보관하고 있었던 것 같다. 그러다가 그가 세상을 떠난 뒤 발견되어 『전습록』이 편찬되는 중요한 계기를 제공하였다.

책의 제목 역시 서애가 붙인 것으로 알려져 있다. 『논어』에 보면 증자가 자신은 하루에 세 가지를 반성한다고 하였는데, 그중의 하나가 바로 '스승께서 전하신 것을 잘 익히지 않았는가傳不習乎' 하는 것이었다. 이 글귀를 이용하여 『전습록』이라고 명명한 것이다. 이 기록을 계기로 하여 육징이 기록한 것과 설간 자신이 기록한 것을 합쳐서 스승의 언행을 담은 책을 간행하였다.

문집에 수록된 왕양명의 연보에 의하면, 그의 나이 53세 때인 1524년 10월, 문인 남대길南大吉이 월(越, 지금의 소흥紹興)에서 『전습록』을 속각續刻한다. 당시 왕양명은 부친상을 당해 상복을 입고 있는 상태였다. 왕양명의 뛰어난 제자로 꼽히는 왕기王畿가 제자로 들어온 것도 이 시기다. 이 지역의 군수였던 남대길은 스스로 제자가 되었을 뿐만 아니라 스승을 위하여 계산서원稽山書院을 보수하여 존경각尊經閣을 세운 뒤 그곳에서 강학 활동을 이을 수 있도록 하였다. 그 후 남대길은 스승의 편지 여덟 편을 모아서 '전습록' 이라는 제목으로 간행하였다. 이 책이 바로 『전습록』 중권이다.

중권에는 왕양명의 제자인 전덕홍(錢德洪, 1496~1574, 자는 홍보洪甫, 호는 서산緒山)이 서문과 발문에 해당하는 짧은 글을 붙였고, 그 뒤로 고린(顧璘, 1476~1545, 호는 동교東橋), 주형(周衡, 자는 도통道通, 호는 정암靜庵), 육징(陸澄, 자는 원정原靜), 구양덕(歐陽德, 1495~1554, 자는 숭일崇一, 호는 남야南野), 나흠순(羅欽順, 1465~1547, 자는 윤승允升, 호는 정암整庵), 섭표(聶豹, 1487~1563, 자는 문울文蔚, 호는 쌍강雙江) 등에게 보낸 편지로 이루어져 있다. 중권 역시 왕양명이 생존했을 때 간행되었기 때문에 어떤 방식으로든 스승의 확인을 거쳤을 것이다. 더욱이 문자로 된 것이어서 어록의 경우와는 달리 분명한 신뢰를 획득한 상태에서 나온 책이다.

이들과는 달리 『전습록』 하권은 왕양명이 타계하고 난 뒤에 편찬된 것이다. 모두 142개 조목으로 편찬된 하권은 왕양명이 타계한 지 27년이 되는 1554년에 간행된다. 전덕홍의 짧은 발문을 붙여서 간행된 이 책은 여러 사람이 스승에게서 받은 가르침을 기억해내서 기록을 남긴 것들이었다. 상권과 중권에 비해 신빙성에 의문을 표하는 일이 없는 이유는, 제자들의 기록을 받아서 전덕홍이 직접 자료를 정리한 데다 기록을 제출한 제자들이 모두 왕양명을 오랫동안 따르면서 가르침을 받았기 때문이다.

이렇게 해서 세 권으로 이루어진 『전습록』이 완성되었고, 각각의 책이 간행될 때마다 많은 사람들에게 사상적 충격과 새로운 사유의 지평을 확대시키는 계기를 제공했다.[85]

사상마련, 삶에서 시작하는 공부

왕양명의 사상을 정리할 때 가장 먼저 등장하는 것은 심즉리心卽理, 치양지致良知, 지행합일知行合一 등이다. 그러나 『전습록』을

---

[85] 『전습록』의 다양한 판본과 주석본에 대한 개괄적인 소개는 정인재 교수의 「왕양명과 전습록」(『전습록』, 정인재·한정길 역주, 청계, 2001)을 참고할 수 있다. 이 책 이외에도 『전습록』 번역은 그동안 여러 차례 이루어졌는데, 송하경, 김학주, 안길환, 김홍호, 정차근 등의 번역본을 통해서 접할 수 있다. 번역본에 대한 자세한 검토를 한 글로는 최재목 교수의 「전습록:우리글로 만나는 왕양명, 양명학의 진면목은?」(『오늘의 동양사상』 제9호, 예문동양사상연구원, 2003년 9월)을 들 수 있다.

접하면서 강렬한 인상을 받는 것은 아무래도 공부에 임하는 왕양명의 치열한 태도가 아닐까 싶다.

대나무와 관련된 그의 일화는 공부에 몰두하는 그의 태도를 단적으로 보여준다. 『대학』에서 제시하는 중요한 조목 중에 격물치지라는 말이 있다. 사물을 궁구하여 앎에 이른다는 말을 확인해 보려고 여러 날 동안 잠도 자질 않고 대나무만 바라보다가 7일째 되는 날 병이 나고서야 그 공부를 멈추었다는 것이다. 짧은 일화 속에서 우리는 왕양명의 공부 방식이 얼마나 우직한지, 그의 집중력이 얼마나 맹렬한지 알 수 있다.

그는 뛰어난 사상가였지만 현실 속에서는 뛰어난 병법가로서 이름을 날렸다. 당시 명나라는 국외적으로 주변 국가의 침략으로 불안한 상태였고 국내적으로도 많은 도적들이 출몰하거나 민란이 일어나 어지러운 상황이었다. 특히 45세 무렵부터 타계할 때까지 강서와 복건 지역의 도적들을 토벌하여 큰 공을 세웠다. 그 와중에서도 제자들과의 문답을 통해서 자신의 생각을 널리 펴는 한편 마음 공부를 꾸준히 하여 성인이 되기 위한 노력을 게을리하지 않았다.[86]

마음을 깨달으면 그것이 곧 성인의 경지라고 주장했던 왕양명의 종지는 대부분의 주자학자들에게 선불교를 모방한 것이라는

---

86) 왕양명의 생애를 흥미롭게 보여주는 것으로 다음의 책을 들 수 있다. 『한 젊은 유학자의 초상』(뚜 웨이밍, 권미숙 옮김, 통나무, 1994), 『내 마음이 등불이다』(최재목, 이학사, 2003).

비난을 받았다. 거리에 가득한 수많은 사람들이 모두 성인이라는 구절로 대표되는 그의 마음 공부에 대한 강조는 불교적 흐름 속에서 해석될 여지를 가지는 것이었기 때문이다. 그렇지만 그가 말하는 '마음'은 인간이 태어날 때부터 가지고 있는 본래의 마음, 즉 '본심本心'을 말한다. 이 본심이 바로 양지良知인 셈이다. 『전습록』중권에 수록된 「주도통에게 보내는 편지」에서 왕양명은 이렇게 말한다. "자신의 '양지'는 원래 성인과 같은 것이므로 만약 자신의 양지를 체득하여 이해할 수 있다면 성인의 기상은 성인에게 있는 것이 아니라 나에게 있다." 이와 같은 취지의 구절은 『전습록』전편을 통해 자주 언명된다. 이 생각을 강하게 밀고 나간다면 결국 글을 모르는 시정의 천민들도 사대부와 동일한 성인으로서의 자격을 충분히 가지고 있을 뿐 아니라 이미 성인이라는 점을 인정할 수밖에 없다. 그것이 가진 급진성을 밀고 나간 사람들을 흔히 양명좌파라고 한다.

그렇지만 『전습록』을 읽는 내내 내 눈을 끌었던 구절은 역시 '사상마련事上磨鍊'이었다. 구체적인 일에서 자신의 공부를 연마해야 한다는 뜻의 이 말은, 여러 번 언급되고 있다. 왕양명의 글을 읽다 보면 그의 무인적 기질이 느껴질 때가 있다. 그것은 제자들의 질문에 대답을 하면서 보여주는 거침없는 그의 태도와 깨달음의 경지 때문일 것이다. 그 활달함이 무인으로서의 삶에서 비롯된 것인지는 알 수 없지만, 상당히 자유로운 정신과 기상을 느낄수 있는 것만은 사실이다.

책을 읽고 학문 연마에 몰두하는 사람들은 관념적인 것에 빠져서 실제 생활에는 우활한 경우를 종종 본다. 왕양명은 그러한 태도를 단호하게 배격하면서, 공부의 출발점을 구체적인 삶으로 비정한 것이다. '사람은 모름지기 실제 일에서 연마해야 비로소 자기 자리를 확고하게 할 수 있다'[87]든지, 양지만 맹백하다면 그대가 고요한 곳을 따라 깨달음을 체득해도 좋고 구체적인 일에서 연마를 해도 좋다'[88]는 등의 발언은 비슷한 맥락에서 나온 것으로 보인다. 어떻든 자신이 살아가는 현실에 발을 튼실히 딛고 서서 진리를 탐구하는 그의 자세는 사람들에게 강렬한 실천력을 부여한다. 게다가 인간의 사회적 처지를 떠나 누구에게나 평등하게 부여하는 양지의 개념은 사회적으로 소외받는 사람들에게 큰 지지를 이끌어낼 수 있었다.

진리를 향해 걸어가는 발걸음

조선의 유학자 퇴계 이황이 「전습록논변傳習錄論辯」을 비롯한 「언행록言行錄」의 여러 곳에서 양명학을 비판했던 사실은 여러 가지 측면에서 시사점을 던져준다. 우선 이 시기에 와서야 주자학의 입장에서 양명학을 이단이라고 비판할 수 있는 시기가 도래했

---

87) 人須在事上磨, 方立得住. (『전습록』 상권, 제23조목)
88) 良知明白, 隨你去靜處體悟也好, 隨你去事上磨鍊也好. (『전습록』 하권, 제262조목)

다는 점이고, 동시에 그 이전부터 양명학이 이 땅의 지식인들에게 영향을 끼치고 있었다는 점을 드러낸다. 주자학의 구도 속에서 만들어졌던 조선 왕조는 다른 사상적 입장을 모두 이단으로 몰아붙였다. 양명학 역시 이단으로 몰려서, 조선의 지식인들은 드러내놓고 양명학을 공부할 수 없었다. 그렇지만 진리의 길을 찾는 구도자들은 험한 사상적 그물을 비껴가면서 양명학에 대한 학문적 탐구를 멈추지 않았다.

16세기 전반에 이미 양명학의 영향을 받은 기록이 발견되는 것을 보면, 『전습록』 상권이 출간되었을 때 바로 조선에 수입되어 읽혔을 가능성이 높다는 점을 짐작하게 한다. 그 이후 남언경南彦經, 장유張維, 최명길崔鳴吉, 정제두鄭齊斗 등으로 이어지면서 양명학의 한 맥을 형성한다. 물론 학파의 형성은 이광사李匡師 집안의 여러 사람들이 중심이 된 강화학파를 꼽는다. 정제두의 아들인 정후일鄭厚一에 의해 계승된 이후 신작申綽, 김택영金澤榮, 박은식朴殷植, 정인보鄭寅普로 이어지면서 학문의 등불이 되었다.

진리를 향해 용맹스럽게 나아가는 이들의 모습에서 성인을 향한 힘찬 기상을 느끼는 것은 어쩌면 당연한 일일 것이다. 이단이라는 비난에도 불구하고 끊임없이 진리를 탐구하고 자신의 삶과 세상살이를 통찰하는 그들의 정신을 우리는 『전습록』을 통해 새삼 배우는 것이다.

조선 지식인의
서가를 탐하다

1판 1쇄 인쇄 2009년 9월 11일
1판 3쇄 발행 2012년 1월 10일

지은이 | 김풍기
펴낸이 | 김이금
펴낸곳 | 도서출판 푸르메
등록 | 2006년 3월 22일(제318-2006-33호)
주소 | 121-869 서울시 마포구 연남동 568-39 컬러빌딩 301호
전화 | 02-334-4285~6
팩스 | 02-334-4284
E-mail | prume88@hanmail.net
인쇄 · 제본 | 한영문화사

ⓒ 김풍기, 2009

ISBN 978-89-92650-23-6 03810

이 도서의 국립중앙도서관 출판시도서목록(CIP)은 e-CIP홈페이지(http://www.nl.go.kr/ecip)

와 국가자료공동목록시스템(http://www.nl.go.kr/kolisnet)에서 이용하실 수 있습니다.

(CIP제어번호: CIP2011005260)